Obras da autora publicadas pela Editora Record:

A probabilidade estatística do amor à primeira vista
Ser feliz é assim
A geografia de nós dois
Olá, adeus e tudo mais

Jennifer E. Smith

Tradução:
Alda Lima

1ª edição

— Galera —

RIO DE JANEIRO
2018

CIP-BRASIL. CATALOGAÇÃO NA PUBLICAÇÃO
SINDICATO NACIONAL DOS EDITORES DE LIVROS, RJ

S646s Smith, Jennifer E.
Sorte grande / Jennifer E. Smith; tradução Alda Lima. – 1. ed. – Rio de Janeiro: Galera, 2018.

Tradução de: Windfall
ISBN 978-85-01-11312-2

1. Ficção americana. I. Lima, Alda. II. Título.

17-46107
CDD: 813
CDU: 821.111(73)-3

Título original:
Windfall

Copyright © 2017 Jennifer E. Smith, Inc.

Todos os direitos reservados.
Proibida a reprodução, no todo ou
em parte, através de quaisquer meios.

Texto revisado segundo o novo Acordo Ortográfico da Língua Portuguesa.

Editoração eletrônica: Abreu's System

Direitos exclusivos de publicação em língua portuguesa somente para o Brasil
adquiridos pela
EDITORA RECORD LTDA.
Rua Argentina, 171 – Rio de Janeiro, RJ – 20921-380 – Tel.: (21) 2585-2000,
que se reserva a propriedade literária desta tradução.

Impresso no Brasil

ISBN 978-85-01-11312-2

Seja um leitor preferencial Record.
Cadastre-se e receba informações sobre nossos
lançamentos e nossas promoções.

Atendimento e venda direta ao leitor:
mdireto@record.com.br ou (21) 2585-2002.

Para Andrew,
meu amuleto da sorte.

Faça uma pausa, você que está lendo isto, e pense por um instante na longa corrente de ferro ou ouro, de espinhos ou flores, que jamais o teria prendido se não fosse o encadeamento do primeiro elo em um memorável dia.
— CHARLES DICKENS, GRANDES ESPERANÇAS

windfall (noun): a piece of unexpected good fortune, typically one that involves receiving a large amount of money
— OXFORD AMERICAN DICTIONARY

Parte Um

JANEIRO

Um

Quando o homem atrás do balcão pergunta qual é meu número da sorte, hesito.

— Precisa ter um — diz ele, a caneta pairando sobre a fileira de quadradinhos no formulário. — Todo mundo precisa.

Mas o problema é: não acredito em sorte.

Pelo menos não em boa sorte.

— Ou pode ser qualquer coisa, na verdade — continua ele, se inclinando por cima do balcão. — Só preciso de cinco números. E aqui está o truque. O grande segredo. Está pronta?

Confirmo que sim com a cabeça, tentando aparentar que faço isso o tempo todo, como se não tivesse completado 18 anos algumas semanas atrás, como se este não fosse meu primeiro jogo de loteria.

— Precisa fazer com que sejam muito, muito bons.

— Ok, então — respondo com um sorriso, surpresa por entrar na brincadeira. Eu planejava deixar o computador escolher, apostar no acaso. Mas, de repente, um número me vem à cabeça com tanta facilidade que digo, antes de poder pensar melhor: — Que tal trinta e um?

Dia do aniversário de Teddy.

— Trinta e um — repete o homem, marcando o quadradinho correspondente. — Muito promissor.

— E oito — continuo.

Dia do meu aniversário.

Atrás de mim, há uma fila de pessoas esperando para jogar, e praticamente posso sentir a impaciência coletiva. Observo a placa acima do balcão, onde três números brilham em vermelho intenso.

— Trezentos e oitenta e dois — digo, apontando para o monitor. — São milhões?

O homem faz que sim, e meu queixo cai.

— É quanto posso ganhar?

— Você não pode ganhar nada — ressalta ele —, a não ser que escolha mais alguns números.

— Certo. Vinte e quatro, então.

O número de Teddy no basquete.

— E onze.

O número de seu apartamento.

— E nove.

Há quantos anos somos amigos.

— Ótimo — diz o homem. — E a Super Aposta?

— O quê?

— Precisa escolher um número Super Aposta.

Franzo a testa para ele.

— Mas antes você disse que eram cinco números.

— Correto. Cinco mais a Super Aposta.

O sinal acima do balcão avança: 383. É um valor quase alto demais para significar alguma coisa — uma quantia impossível e improvável.

Respiro fundo, tentando desembaralhar os números em minha cabeça. Mas apenas um continua aparecendo sem parar, como algum terrível truque de mágica.

— Treze — digo, quase esperando que algo aconteça. Em minha cabeça, a palavra parece branca de tão eletrificada, quente, carregada. Mas, em voz alta, parece qualquer outra palavra, e o homem apenas olha para mim com um ar de dúvida.

— Sério? Mas dá azar.

— É só um número — argumento, mesmo sabendo que não é verdade, mesmo que eu não acredite em nada daquilo. O que sei é o seguinte: números são coisas mutáveis. Eles raramente contam a história toda.

Ainda assim, quando ele me entrega o pedaço de papel — aquele quadradinho de matemática sem lógica e puro acaso —, eu o guardo cuidadosamente no bolso do casaco.

Só por precaução.

Dois

Leo está aguardando do lado de fora. Começou a nevar. Flocos pesados e molhados pousam aos montes no cabelo escuro e nos ombros de seu casaco.

— Tudo pronto? — pergunta ele, já começando a caminhar na direção do ponto de ônibus. Eu me apresso em acompanhá-lo, escorregando levemente na neve fresca.

— Tem ideia do quanto este bilhete de loteria poderia valer? — pergunto, ainda tentando assimilar a quantia.

Leo ergue as sobrancelhas.

— Um milhão?

— Não.

— Dois?

— Trezentos e oitenta e três milhões — revelo a ele, acrescentando, caso não tenha ficado completamente claro: — De dólares.

— Isso só se você ganhar — lembra ele, sorrindo. — A maioria das pessoas não ganha nada a não ser esse pedacinho de papel.

Coloco a mão no bolso para sentir o bilhete.

— Mesmo assim — insisto, quando chegamos ao ponto de ônibus. — É meio louco, não é?

Sentamos no banco, nossa respiração formando nuvens que pairam no ar antes de desaparecer. A neve provoca certo ardor, e o vento, soprando de lado, é gelado e machuca. Chegamos mais perto um do outro em busca de calor. Leo é meu primo, mas na verdade parece mais um irmão. Moro com sua família desde os 9 anos, depois que perdi meus pais em um intervalo de pouco mais de um ano entre um e outro.

No período nebuloso que se seguiu àquela época horrível, eu me vi sendo tirada de São Francisco — o único lar que eu conhecera — e percorrendo metade do país até ser largada com meu tio e minha tia em Chicago. Foi Leo quem me salvou. Quando cheguei, ainda estava me adaptando, chocada com a injustiça de um mundo que tirara meus pais de mim, um de cada vez, com uma precisão tão fria. Mas Leo decidiu que era seu trabalho cuidar de mim, e foi um trabalho que levou a sério, mesmo aos 9 anos de idade.

Éramos um par estranho. Eu, magra e pálida, o cabelo parecido com o de minha mãe, tão louro que adquiria um tom ligeiramente rosado em determinadas luzes; Leo, por outro lado, herdou os olhos castanhos e cabelos escuros desgrenhados da própria mãe. Ele era engraçado, gentil e infinitamente paciente, enquanto eu era quieta, triste e um pouco retraída.

Mas, desde o começo, formamos um time: Leo e Alice.

E, é claro, Teddy. Desde que cheguei, os dois — inseparáveis desde crianças — me acolheram, e temos sido um trio desde então.

O ônibus chega, os faróis embaçados pela neve rodopiante. Deslizo para um dos assentos de janela, e Leo afunda a meu lado com suas pernas compridas esticadas para o corredor vazio, uma poça já se formando debaixo das botas encharcadas. Procuro dentro da bolsa o cartão de aniversário que comprei para Teddy, estendo uma das mãos, e, sem nem precisar pedir, Leo me passa a pesada caneta-tinteiro que sempre carrega.

— Parece que acabei roubando sua ideia — começa ele, pegando um maço de cigarros do bolso do casaco. Ele o gira entre os dedos, parecendo satisfeito. — Mais uma vantagem de fazer

18 anos. Sei que ele não fuma, mas achei que seria ainda melhor que o vale-abraço que ele me deu.

— Você ganhou um abraço? — pergunto, olhando para ele.

— Eu ganhei um sorvete que, de alguma maneira, acabei pagando.

Leo ri.

— Faz sentido.

Apoio o cartão no assento à frente, tentando mantê-lo estável em meio ao balanço do ônibus. Quando observo seu interior em branco, no entanto, meu coração começa a martelar dentro do peito. Leo nota que hesito e se ajeita no assento, virando-se mais na direção do corredor para me dar um pouco de privacidade. Fico olhando suas costas por um instante, me perguntando se ele está apenas sendo educado ou se finalmente descobriu meu segredo, uma ideia que faz meu rosto arder.

Há quase três anos sou apaixonada por Teddy McAvoy.

E apesar da dolorida noção de que provavelmente não tenho escondido isso muito bem, geralmente opto — em prol de autopreservação — por acreditar que não é o caso. Meu único consolo é estar bastante certa de que Teddy não faz a mínima ideia. Há muitas coisas para amar em Teddy, mas seus poderes de observação são, na melhor das hipóteses, questionáveis. O que é um alívio nesse caso em particular.

Ficar apaixonada por Teddy me pegou de surpresa. Durante muitos anos, ele foi meu melhor amigo: meu engraçado, encantador, irritante e frequentemente idiota melhor amigo.

Até que um dia, tudo mudou.

Era primavera, primeiro ano do ensino médio, e, por incrível que pareça, estávamos fazendo uma maratona de cachorros-quentes. Teddy tinha mapeado todos os melhores lugares no North Side, e percorreríamos tudo a pé. O dia tinha amanhecido frio, mas a temperatura foi esquentando até ficar quente demais para meu moletom, que amarrei em volta da cintura. Foi só em nossa quarta parada — quando sentamos a uma mesa de piquenique, lutando para terminar nossos cachorros-quentes — que percebi que o suéter devia ter caído no caminho.

— Não era de sua mãe? — perguntou Leo, parecendo preocupado, e confirmei com a cabeça. Era só um moletom velho da Stanford, com capuz e buracos em ambos os punhos. Mas o fato de que pertencera a minha mãe o tornava inestimável.

— Vamos encontrá-lo — prometeu Teddy, quando começamos a refazer nossos passos, mas eu não tinha tanta certeza, e meu peito doía só de pensar em tê-lo perdido. Quando o temporal começou, só tínhamos refeito metade do trajeto do dia, e rapidamente ficava claro que o suéter era uma causa perdida. Não havia nada a fazer a não ser desistir.

Porém mais tarde, naquela noite, a tela de meu celular se acendeu com uma mensagem de Teddy: estou aqui fora. De pijama, desci as escadas sem fazer barulho, e, quando abri a porta da frente, ele estava ali na chuva, o cabelo escorrendo e o casaco ensopado, segurando o suéter molhado debaixo do braço, como uma bola de futebol. Não consegui acreditar que ele o tinha encontrado. Não consegui acreditar que ele havia voltado para procurar.

Antes que Teddy pudesse dizer alguma coisa, joguei meus braços a seu redor e o abracei com força, e isso fez alguma coisa ganhar vida dentro de mim, como se meu coração fosse um rádio que estivera cheio de estática durante anos e, de repente, de uma vez só, se tornara audível.

Talvez eu já o amasse há tempos antes daquilo. Talvez só não tivesse percebido até abrir a porta aquela noite. Ou talvez sempre tenha sido para acontecer daquele jeito, com um garoto trêmulo segurando um suéter molhado na porta de minha casa, a coisa toda tão inevitável quanto o dia virar noite e voltar a ser dia uma vez mais.

Não tem sido fácil amar Teddy; o sentimento é constante e persiste, como uma dor de dente, só que não há um remédio propriamente dito. Durante três anos eu agi como amiga. Vi Teddy gostar de uma série de garotas que não eram eu. E, durante todo esse tempo, tive medo demais para contar a verdade.

Pisco algumas vezes para o cartão a minha frente, balanço a caneta na mão. Pela janela, a noite está coberta de branco, e o ônibus nos leva para mais longe do coração da cidade. Alguma coisa na escuridão, todos aqueles flocos de neve se chocando com força contra o para-brisa, perturbadores e surreais, fazem com que eu me sinta momentaneamente corajosa.

Respiro fundo e escrevo: *Querido Teddy*.

Então, antes de poder pesar muito, continuo escrevendo, a caneta deslizando com rapidez pela página em branco, um esvaziamento de meu coração feito às pressas, sem cuidado, um ato tão imprudente, tão ousado, tão monumentalmente estúpido que faz meu sangue pulsar nos ouvidos.

Quando termino, pego o envelope.

— Não esquece o bilhete — diz Leo.

Tiro o bilhete do bolso. Ele está dobrado agora, e um dos cantos tem um pequeno rasgo, mas estico o papel contra a perna e faço o possível para desamassá-lo. Quando Leo se inclina para ver melhor, sinto todo o rosto arder de novo.

— O dia do aniversário dele? — pergunta Leo, olhando os números através das lentes embaçadas por causa do calor que faz dentro do ônibus. — Escolha meio óbvia...

— Pareceu apropriada para a ocasião.

— Dia do seu aniversário. Número da camisa de Teddy no basquete. — Ele faz uma pausa. — O que é onze?

— Um número primo.

— Muito engraçada — diz ele, exibindo em seguida uma expressão de reconhecimento. — Ah é. O apartamento dele. E nove?

— Há quantos anos...

— Vocês são amigos, certo.

Ele prossegue para o último número. Observo seu rosto enquanto Leo o assimila — aquele treze claríssimo, horrível —, e então levanta o queixo, os olhos escuros atentos e preocupados.

— Não significa nada — digo rapidamente, virando o bilhete para baixo e o alisando com uma das mãos. — Precisei pensar rápido. Eu só...

— Não precisa explicar.

— Eu sei — digo, dando de ombros.

Essa é a melhor coisa em Leo.

Ele me observa por mais alguns segundos, como se para ter certeza de que estou realmente bem; e, em seguida, se recosta no assento. Ficamos os dois ali, virados para a frente, o ônibus se lançando violentamente contra a neve espessa que se acumula no para-brisa. Depois de um tempo, ele coloca uma das mãos sobre a minha e me apoio nele, descansando a cabeça em seu ombro, e assim ficamos pelo resto do caminho.

Três

O apartamento de Teddy está quente e quase úmido, muita gente e muito barulho em um espaço pequeno. Ao lado da porta, o radiador antigo sibila e dá trancos, e, do quarto, a música atravessa as paredes, fazendo os retratos de escola de Teddy estremecerem nas molduras. A única janela, ao lado da cozinha, já está embaçada, e alguém escreveu ali TEDDY MCAVOY É UM. A última palavra foi apagada, de modo que fica impossível desvendar qual era exatamente.

Fico na ponta dos pés para olhar a sala.

— Não estou vendo Teddy — aviso, tirando meu casaco e jogando-o em cima da perigosa montanha de casacos que se ergueu do chão. Leo pega meu casaco e amarra a manga do seu na do meu, de modo que parecem estar de mãos dadas.

— Não acredito que Teddy está fazendo isso. A mãe dele vai matá-lo.

Mas há mais por trás daquilo. Existe um motivo pelo qual Teddy normalmente não convida ninguém para sua casa, mesmo que a mãe trabalhe à noite como enfermeira. O apartamento inteiro consiste em apenas dois cômodos — três se contarmos o banheiro. A cozinha é basicamente uma pequena área de azulejos escondida no canto, e Teddy fica com o único quarto. A mãe dorme no sofá-cama enquanto ele está na escola, um detalhe que torna incrivelmente óbvio que eles não têm o mesmo tipo de condição financeira da maioria de nossos colegas de turma.

Mas sempre adorei o lugar. Depois que o pai de Teddy abandonou a família, os dois precisaram abrir mão do espaçoso apartamento de dois quartos que tinham em Lincoln Park, e esse onde moram agora era o que podiam pagar. Katherine McAvoy fazia o possível para transformar aquele lugar em um lar. Tinha pintado o cômodo principal de um azul tão vívido que a sensação era a de estar dentro de uma piscina; o banheiro ganhou um cor-de-rosa alegre. No quarto de Teddy, cada parede era de uma cor: vermelho, amarelo, verde e azul, como a parte interna de um paraquedas.

Esta noite, no entanto, a casa está tão cheia que não parece tão aconchegante, e, quando um grupo de calouras passa por nós, escuto uma delas perguntar, seu tom de voz incrédulo:

— Só tem um quarto?

— Dá pra imaginar? — rebate a outra, de olhos arregalados. — Onde a mãe dorme?

— Eu sabia que ele não era rico, mas não sabia que era, tipo, pobre.

Sinto Leo se eriçar a meu lado. É exatamente por isso que Teddy nunca traz ninguém aqui, além de nós. E é por isso que é tão estranho ver vários colegas da escola apertados em cada centímetro disponível esta noite. No sofá, cinco garotas estão tão espremidas que é difícil imaginar como vão conseguir se levantar, e o corredor que leva ao quarto de Teddy está entupido por quase todos os companheiros de basquete. Um deles passa correndo por nós — com o copo para o alto, o líquido derramando na camisa —, gritando repetidamente "Cara! Cara! Cara!" e abrindo espaço até a cozinha a cotoveladas.

— Cara — repete Leo, em um tom de voz que me faz rir, porque não importa em qual temporada estejamos, seja na de futebol ou na de basquete ou na de beisebol, sempre nos sentimos ligeiramente deslocados em meio aos colegas de time de Teddy. Às vezes é como se ele tivesse vidas paralelas: uma na qual passa as noites de sexta marcando o ponto da vitória diante da escola inteira, e outra na qual passa as noites de sábado vendo filmes bobos comigo e com Leo. Sempre assistimos às partidas, ficamos na torcida e aparecemos nas comemorações depois porque ele é nosso melhor amigo. Mas gosto mais quando estamos só os três.

— Lá está ele — diz Leo, e, por um segundo, fecho meus olhos, profundamente ciente do cartão em minha bolsa, um segredo ainda vibrando com as possibilidades, como algo prestes a florescer.

É só Teddy, lembro a mim mesma, mas então dou meia-volta e lá está ele, com aquele sorriso enorme, levantando uma das mãos para nos chamar.

O lance com Teddy McAvoy é que não há nada de particularmente excepcional em sua aparência. Se eu tivesse de descrevê-lo, seria difícil encontrar uma coisa marcante o bastante para classificá-lo. Ele tem altura mediana: alguns centímetros mais alto que eu, e alguns mais baixo que Leo. O cabelo tem um tom de castanho comum, cortado de um jeito completamente normal. Suas orelhas têm tamanho padrão, seus olhos também são de um castanho comum, e o nariz não tem nada de extraordinário. Mas, de algum jeito, no conjunto, ele é lindo.

— Oi — cumprimenta ele, seu rosto se iluminando ao passarmos pelas garotas que se posicionaram logo na entrada da cozinha. — Estão atrasados.

Abro a boca para dizer alguma coisa, qualquer coisa, mas, antes que consiga, ele me puxa para um de seus abraços de urso, meus pés descolando do piso de linóleo grudento, meu coração subindo até a garganta. Quando ele me põe de volta no chão, pisco algumas vezes para ele.

— Não vai me desejar feliz aniversário? — pergunta ele, as sobrancelhas subindo e descendo, e alguma coisa em seu tom de provocação me faz rebater rapidamente.

— Chega de confete — digo, sorrindo. — Já desejei um milhão de vezes hoje.

— É, mas foi na escola. Não em minha festa.

— Bem, feliz aniversário então — concedo, revirando os olhos. — Já estava na hora de me alcançar.

Sem aviso prévio, ele passa um dos braços em volta de meu pescoço e me puxa em um amigável mata-leão.

— Porque você já fez 18 anos há séculos...

— Semanas — corrijo, tentando me desvencilhar.

— ... não significa que pode agir como se fosse tão mais velha e sábia que eu.

— Não estou agindo. — Agora estou rindo, e Teddy me solta.

— É bem difícil ser o mais novo — comenta Teddy, suspirando de um jeito exagerado. — Especialmente quando é óbvio que eu sou tão mais maduro que vocês dois.

— É óbvio — ironizo, balançando a cabeça.

Leo pega um punhado de M&M's de uma tigela na bancada.

— Então, achei que a festa ia ser na casa de Marty.

— O voo dos pais foi cancelado por causa da neve — explica Teddy —, e não tínhamos mais opções. Então achei que era melhor fazer aqui mesmo.

Ele dá um sorriso, mas é visível o esforço por trás do gesto. Mesmo passados seis anos, ele ainda se envergonha pelo prédio velho, do único quarto, da ausência do pai.

— Então — continua ele, batendo palmas. — Como nenhum de vocês dois me recebeu com balões hoje de manhã, o que foi uma verdadeira decepção, a propósito, e não havia nem sinal de confetes quando abri meu armário na escola, sei que devem ter trazido alguma coisa.

— Assim parece que nossa presença não é suficiente — provoca Leo.

— Sério, qual é o presente? — pergunta Teddy, olhando de mim para Leo. — Na verdade, não falem. Quero adivinhar. Leo provavelmente fez alguma coisa computadoresca...

— Isso nem é uma palavra.

— Talvez um desenho animado sobre as aventuras de Teddy McAvoy? Ou um retrato pixelado? Ou meu próprio site?

— Claro — diz Leo, assentindo. — www.TeddyÉUmIdiota. com.

— E Al... — prossegue Teddy, voltando-se para mim. — Aposto que andou por aí atrás de alguma coisa incrível, mas, depois de comprar, acabou dando para alguém que precisava mais que eu.

— Sabe — diz Leo, sorrindo —, ela realmente estava no so-pão hoje mais cedo.

— E provavelmente no asilo também.

— E recolhendo lixo no parque.

— E passeando com os cachorros do abrigo. — Teddy ri. — Com certeza ela deu meu presente de aniversário a um dos cachorros. Era um cachorro legal pelo menos? Tipo um Do-bermann ou um Basset? Por favor me diga que não foi para um Poodle nem para um Chihuahua.

Reviro meus olhos para os dois.

— Vocês são ridículos.

— Aqui — diz Leo, tirando o maço de cigarros do bolso de trás da calça e entregando-o a Teddy, que fica olhando fixamente para a caixinha em sua mão.

— Qual é o propósito disso?

— Você tem 18 anos agora. Apenas uma das vantagens.

— Mas, então — brinca Teddy, arqueando uma das sobran-celhas —, nada de Playboy?

— Imaginei que você provavelmente já estivesse bem abas-tecido nesse departamento.

Ele gargalha e se vira para mim.

— E o que mais vou ganhar?

Olho por cima de seu ombro e vejo a geladeira coberta de fotos de quando ele era pequeno, sorrindo e exibindo a falta de um dente, ou quase imerso em uma pilha de folhas, e tento me lembrar da aparência exata de Teddy quando o conheci na época, quando eu podia olhá-lo sem me sentir assim, sem amá-lo tão desesperadamente. Chego quase a ponto de recapturar a sensação — simples, sem esforço, descomplicada —, mas, então, ao erguer o olhar, vejo Teddy me encarando com expectativa e desisto. As coisas são diferentes agora. Não tem volta.

Quando tiro o cartão da bolsa, noto que minha mão está tremendo e — rápida e subitamente — que não posso fazer isso. Como achei que poderia?

Este envelope — este pequeno e fino retângulo de papel dobrado — está pesado de tanta esperança e possibilidade. Guardei meu coração inteiro ali dentro. Não há como ficar parada, assistindo Teddy abri-lo. Não aqui. Não agora. Talvez nunca.

Mas, antes que eu possa mudar de ideia, antes que possa inventar alguma desculpa e guardá-lo de volta na bolsa, Teddy pega o envelope de minha mão.

— Para mim? — pergunta ele, com doçura. — Obrigado, Al.

Ele é o único que me chama desse jeito desde sempre. No entanto, ouvir esse apelido agora me faz sentir um pânico tão grande que acho que eu poderia derrubá-lo no chão para pegar o envelope de volta.

— Não — respondo, a voz um pouco engasgada ao esticar a mão para o papel. Mas Teddy o segura com força e estica o braço para longe, alheio à expressão em meu rosto. Pelo canto de olho, percebo que Leo assimila o que está acontecendo, e, para meu alívio, ele aponta para o cartão.

— Acho que ela te deu o envelope errado, Teddy — diz ele, e Teddy o abaixa com uma expressão intrigada.

— Mas está com meu nome. — Ele passa um dos dedos sob minha caligrafia pequena. — Viu? Ursinho Teddy.

É meu velho apelido para ele, um que não uso há anos, e, de alguma forma, ver aquilo ali à mostra, na mão do próprio, me deixa enjoada.

— Esqueci de assinar — explico, tentando abafar o nervosismo no tom de voz, mas Teddy não está mais me escutando. Está ocupado demais abrindo o envelope.

Olho para Leo, que dá de ombros para mim como quem diz "não há o que fazer", e de volta para Teddy, que está abrindo o cartão. Estou tão nervosa por causa do que escrevi que esqueci o bilhete da loteria, bem em cima de minhas palavras — minhas terríveis, insensatas e humilhantes palavras —, mas Teddy levanta o bilhete com um sorriso.

— Ei, olhe só. Vou ficar rico.

— Muito rico — diz um dos jogadores de basquete, um cara enorme que tenta abrir caminho com os cotovelos para pegar mais uma bebida. Ele usa uma gravata-borboleta que pode ter sido escolhida, ou não, por ironia. — Estavam falando agora mesmo no jornal. É uma bolada monstruosa.

Ao continuar tentando alcançar o bar improvisado, ele consegue esbarrar em Leo, que tropeça em Teddy que, por sua vez, deixa cair o cartão. Por um breve momento, o tempo parece congelar, e assisto aquilo acontecer em câmera lenta: o modo como o papel cai da mão de Teddy e vai flutuando até o chão, escorregando para baixo da geladeira com a graça e o propósito de um aviãozinho de papel.

Ficamos encarando o lugar por onde ele desapareceu.

— Na cesta — diz Leo, erguendo as sobrancelhas.

— Foi mal — lamenta o garoto, afastando-se da cena.

— Ops! — comenta Teddy, ficando de joelhos.

Muda, observo enquanto ele se agacha e enfia a mão no espaço estreito entre o fundo da geladeira e os azulejos.

— Alguém me arranje um garfo ou algo assim — pede ele, ainda agachado.

— Um garfo? — pergunta Leo. — Está pretendendo comer aí embaixo?

— Não, mas acho que se eu conseguisse...

— Tudo bem — digo, colocando uma das mãos em suas costas com delicadeza. — Sério, Teddy. Não era nada muito importante.

Teddy parece preocupado e fica de pé.

— Tem certeza?

— Sim — afirmo, tentando não deixar transparecer o alívio que estou sentindo.

Ele limpa as mãos na calça jeans e se abaixa novamente para pegar o bilhete que caiu ao lado de meu pé.

— Antes o cartão que o bilhete, certo?

— Certo — concorda Leo, rindo. — Tenho certeza de que essa geladeira era o único obstáculo entre você e essa bolada.

Quatro

Teddy costuma ser o centro das atenções mesmo quando não é seu aniversário. Então, esta noite, é quase impossível ter sua companhia. Ele está cercado de outros amigos, e sempre parece haver mais alguns pairando por perto, esperando para cumprimentá-lo ou abraçá-lo.

Do outro lado da sala, eu o observo baixar a cabeça para dizer alguma coisa a Lila, sua ex-namorada. Faz poucas semanas que eles terminaram um relacionamento de quase três meses, que é geralmente quando acontece. Há um método na loucura de Teddy quando se trata de garotas: depois de conquistá-las, eles namoram por um tempinho, e, então, quando ele está pronto para partir para outra, começa a agir de modo tão distante, tão frustrantemente inacessível, tão inteiramente apartado, que cabe a elas finalmente terminar o relacionamento.

— Você é horrível — avisei a ele durante um recesso de Natal, quando ele me contou que Lila finalmente tinha desistido.

— Horrível ou uma espécie de gênio? — rebateu ele, com aquele sorriso largo que já era marca registrada.

Sou totalmente diferente do desfile de garotas superanimadas que geralmente o seguem. Supostamente, eu deveria me apaixonar por alguém como Nate, meu colega da turma de cálculo avançado que vai para o Instituto de Tecnologia de Massachusetts ano que vem. Ou então David, que é voluntário comigo no asilo, ou até mesmo Jackson, que escreve poesias tão lindas que meu coração acelera quando ele as lê em voz alta na aula de inglês.

A verdade é que Teddy McAvoy não faz nem um pouco meu tipo. Ele é um pouco normal demais, um pouco confiante demais, um pouco satisfeito demais consigo mesmo. Ele é — basicamente — um pouco Teddy demais.

Mesmo assim, eu me sinto péssima quando Lila fica na ponta dos pés para sussurrar alguma coisa em seu ouvido, e ele joga a cabeça para trás, gargalhando.

— Sabe — começa Leo, seguindo meu olhar —, a maneira tradicional de passar tempo em eventos como este seria conversando com alguém. — Abro a boca para responder, mas ele levanta uma das mãos antes que eu fale. — Que não seja eu.

— Eu sei — admito, forçando-me a parar de olhar para Teddy. — Desculpe. Não sei o que há de errado comigo. Prometo que serei mais divertida.

— Vamos tentar algo mais realista — provoca ele, dando um tapinha em meu ombro. — Tipo, levemente falante ou até mesmo simplesmente presente na maior parte do tempo.

— Como é? — pergunta Teddy, surgindo atrás de nós. — Eu ouvi "presente"?

Reviro os olhos.

— Vou sair para ver a neve — continua ele. — Querem vir?

— Tá frio demais — responde Leo, e fico silenciosamente grata por isso ao me virar para Teddy com o que espero ser um dar de ombros casual.

Ele estende o braço para mim.

— Vamos?

Assim que saímos do apartamento, a festa parece longe, a música, abafada e distante. No final do corredor mal iluminado, Teddy abre a pesada porta para a saída de emergência, e somos recebidos por um sopro de ar gelado. Aqui fora a neve ainda cai com força, é jogada pelo vento em todas as direções, como confete. Cubro minhas mãos com as mangas do moletom e vou até a grade.

A vista aqui em cima não tem nada de especial, apenas as janelas dos prédios ao redor, em sua maioria apagadas a esta hora. Lá embaixo, há um único rastro de pegadas na neve, e até mesmo elas estão rapidamente desaparecendo. É quase meia noite, o mundo está quieto.

Teddy se abaixa para pegar um punhado de neve com as mãos nuas, distraidamente transformando-o em uma bola perfeita. Então, ele se endireita, assumindo a pose de um arremessador, e olha na direção da rua, como se para lançá-la pela lateral da escada de incêndio. Mas no último minuto ele gira e atira a bola em mim.

— Ei! — exclamo, olhando para ele com uma expressão exageradamente ultrajada enquanto limpo a neve do suéter, mas ele apenas ri.

— Precisava ser feito — justifica ele, parando a meu lado. Ele se inclina para perto e esbarra levemente em meu ombro com o dele. — É tradição.

Não consigo não sorrir. Meu rosto já está ardendo de frio, e minhas mãos, congeladas, então as enfio nos bolsos da calça jeans, tentando não demonstrar. Porque a última coisa que quero neste momento é voltar lá para dentro, sair da neve e do escuro e da calmaria. Lá embaixo, a porta do prédio se abre e, em seguida, fecha, e algumas pessoas saem de uma vez, suas vozes mais calmas. Sob o cone de luz do poste da calçada, dá para ver a neve caindo constantemente, e Teddy se vira para mim, o sorriso desaparecendo.

— Então... — começa ele. — Ele não ligou.

Balanço a cabeça.

— Eu juro...

— Antes que fique irritada...

— Não estou irritada — corrijo. — Estou zangada. E você devia estar também.

— Você sabe como ele é.

— É justamente esse o problema. Eu sei. Ele tem feito isso com você há anos, e é uma droga. Se ele quer desaparecer durante os outros trezentos e sessenta e quatro dias, tudo bem. Mas no aniversário do filho ele podia pelo menos...

— Al.

Dou de ombros.

— Só estou dizendo.

— Eu sei — responde ele, quase parecendo achar aquilo divertido. — E sou grato por isso.

— Bem, aposto que ele está pensando em você hoje, seja lá onde estiver.

— Claro — concorda Teddy, com uma risada amarga. — Provavelmente entre mãos de pôquer.

— Você não pode afirmar — argumento, mas ele me olha de um jeito sério.

— Não vamos nos enganar. Ele provavelmente só vai se lembrar na semana que vem, e, então, vai me mandar alguma coisa ridícula para compensar, e, em seguida, me pedir essa coisa de volta quando começar a ir mal no jogo e precisar pagar dívidas. Nós dois sabemos como funciona.

— Talvez seja um bom sinal — digo, por não suportar ver Teddy tão decepcionado. — Lembra o ano passado, quando ele mandou todos aqueles presuntos defumados?

— É — responde ele, franzindo a testa. — E o jogo de facas no ano anterior?

— Exatamente. Ele só manda coisas quando está com sorte — digo, lembrando de como, quando éramos pequenos, Charlie McAvoy costumava entrar porta adentro com sacolas cheias de presentes para Teddy, contando a Katherine sobre as horas extra que vinha ganhando como eletricista. Somente tempos depois, ela e Teddy descobriram que ele passava a maior parte do tempo no hipódromo, apostando em corridas de cavalo. — Então, talvez isso signifique que as coisas estejam melhores. Talvez ele esteja procurando ajuda.

Teddy não parece muito convencido, e não posso culpá-lo. Faz seis anos que Charlie apostou e perdeu todas as economias da família durante uma farra de três dias em Vegas. Eles não o veem desde então.

— Mas — prossigo, balançando a cabeça — continua não sendo justo.

Teddy dá de ombros.

— Já me acostumei.

— Teddy — insisto, virando para olhar em seus olhos, porque quero ter certeza de que ele entende aquilo, realmente entende: que é ok ficar chateado, que ele não precisa sempre fingir que está tudo bem. — Isso não torna as coisas melhores.

— Eu sei — admite ele, baixinho.

O redemoinho de flocos de neve e o borrão das luzes ao fundo fazem com que exista algo quase onírico em Teddy. Seus olhos brilham muito, o cabelo está salpicado de neve, e ele olha para mim com quietude. Percebo que estamos bem próximos e estou tremendo, apesar de não ser de frio, algo que, no momento, parece irrelevante. Estou tremendo por causa da ideia louca e caótica que me passa pela cabeça de repente: quero contar a ele sobre o cartão, sobre as coisas que escrevi e o quanto fui sincera.

Mas, então, a porta atrás de nós se abre e a luz do corredor nos alcança, revelando um grupo de garotas do segundo ano, todas dando risadinhas em seus casacos estilosos e botas chiques.

— Oi, Teddy — cumprimenta uma delas. — Tudo bem nos juntarmos a vocês?

Ele hesita, apenas por um segundo, antes de desgrudar o olhar do meu, e subitamente o feitiço é quebrado.

— Claro — responde ele, sorrindo, e, antes que possa dizer qualquer outra coisa, antes que Teddy possa destroçar ainda mais meu coração, pigarreio.

— Vou até lá dentro procurar Leo — aviso, mas o foco de Teddy já mudou, já começou a divagar em alguma outra direção. Exatamente como sempre foi.

Exatamente como sempre será.

Cinco

Dentro do apartamento, enquanto procuro por Leo, tropeço em um saco de lixo perto da cozinha. Eu o apanho automaticamente e o arrasto em meio à multidão até o corredor vazio. Por um instante, fico ali parada, olhando para o piso de linóleo sujo, as luzes piscando no teto. À esquerda, fica o apartamento treze, seus tortos números de bronze que parecem sempre me observar, e à direita, fica a saída de incêndio, que leva à área externa, onde Teddy ainda está com aquelas garotas.

Eu devia ter falado alguma coisa sobre o cartão antes de sermos interrompidos. Devia ter bolado um jeito de fazer com que ele me visse, me enxergasse de verdade, de fazê-lo cair na real e perceber que também me ama. Às vezes parece que, se eu desejar isso com vontade suficiente, talvez aconteça. Mas sei que não é assim que as coisas funcionam. A vida não se curva à vontade de ninguém. E também não funciona baseada em um sistema de créditos. Só porque o mundo roubou algo de mim, não significa que me deva outra coisa em troca. E só porque estoquei uma quantidade grande de má sorte, não significa que vá receber algo de bom em troca.

Mesmo assim, não parece pedir demais: que o garoto que amo possa me amar de volta.

Com um suspiro, lanço o saco dentro da calha da lixeira e o escuto fazer barulho até chegar lá embaixo. De volta ao apartamento, encontro Leo sentado na velha poltrona de couro do quarto de Teddy, a cabeça baixa, olhando para a tela do celular.

Ele tirou o moletom verde e está usando a camiseta do Super Homem que lhe dei de presente de Natal. Com os óculos de armação grossa, no entanto, ele se parece mais com uma versão amarrotada de Clark Kent.

Indico o telefone com um aceno de cabeça.

— Max?

Ele balança a cabeça, mas não sem antes abrir um sorriso, o mesmo que ele abre sempre que alguém menciona seu namorado. Eles estão juntos há seis meses apenas, e no final do verão passado Max foi para a faculdade em Michigan, mas isso não os impediu de ir rapidamente do estágio "Eu meio que gosto de você" para "Acho que isso pode ser algo mais" para "Estou completamente apaixonado por você". E durante esse tempo eu também fui me apaixonando por Max, aquele tipo de paixão que acontece quando vamos descobrindo um monte de coisas incríveis em alguém que significa muito.

— Não — responde Leo, levantando o olhar para mim. — Só minha mãe.

— Vou tentar adivinhar... Em pânico por causa da neve?

Minha tia Sofia nunca se adaptou totalmente aos invernos de Chicago. Ela passou a infância em Buenos Aires, antes da família mudar para a Flórida quando tinha 8 anos, e este tipo de clima é basicamente a única coisa que a desacelera, levando-a diretamente ao modo hibernação.

— Está preocupada com as estradas. Acha que a gente devia dormir aqui.

Faz um tempo desde que dormimos aqui pela última vez. Costumávamos fazer isso o tempo todo, nós três. Quando éramos mais novos e Teddy ainda precisava de alguém para cuidar dele enquanto a mãe trabalhava à noite, convencíamos a Sra. Donohue, a velhinha do apartamento ao lado, a nos deixar ficar também. Enquanto ela roncava no sofá, alinhávamos os dois sacos de dormir no chão, e Teddy ficava na beirada da cama, seu rosto olhando os nossos de cima, e conversávamos até as pálpebras pesarem demais e as palavras começarem a sair pela metade.

— E eu não posso dizer que as outras pessoas estão indo embora assim mesmo — explica Leo, com um sorriso tímido —, porque ela acha que somos os únicos aqui. Então...

— Então — continuo, olhando para sala e para a montanha de roupas no chão, para os livros empilhados sobre a cômoda e uma meia solitária despontando de debaixo da cama de solteiro.

A cama de Teddy. O lugar onde ele dorme todas as noites. Engulo em seco.

— Então parece que vamos ter de dormir aqui.

E é assim que — algumas horas depois — acabamos viajando no tempo.

Teddy me ofereceu a cama, mas recusei, então estamos — mais uma vez, depois de todos esses anos — dispostos em nossa formação de costume: Teddy deitado com o queixo apoiado nas mãos, olhando por cima da beirada da cama para mim e Leo, aninhados no chão, por baixo de um conjunto aleatório de cobertores.

— Pessoal — diz Teddy, com um ar de risada na voz. — Pessoal, pessoal, pessoal.

Aquele era o refrão interminável de Teddy aos 12 anos, e escutá-lo novamente nesse momento me traz uma onda de nostalgia tão forte que me sinto até meio tonta.

Leo dá sua resposta típica e ligeiramente cansada:

— Sim, Theodore?

— Lembra quando convencemos você a desenhar um mural para a gente? — Teddy bate com o punho na parede azul-escura ao lado da cama. A mesma parede que um dia fora branca, uma tela perfeita, ou pelo menos era o que pensávamos aos 11 anos. — Paguei você com pirulitos.

— Melhor comissão que já ganhei — confessa Leo. — Mesmo que tenhamos precisado cobrir tudo no dia seguinte.

— Ainda dá para ver o contorno dos pinguins no canto — observo, com um sorriso. — E aquele peixe que você desenhou atrás da porta.

Teddy fica em silêncio por um momento, e então sua voz — hesitante, o que não é comum — irrompe mais uma vez na escuridão:

— Acham que deu tudo certo esta noite?

— Foi ótimo — afirma Leo, a última palavra engolida por um bocejo. — Acho que você deve ter estabelecido um recorde mundial de pessoas por metro quadrado.

— Estava meio cheio mesmo — admite Teddy. — Acha que as pessoas notaram que só tem um quarto?

— Não — respondo, com firmeza. — Estavam ocupadas demais se divertindo.

— Alguém quebrou o vaso de minha mãe — continua ele. — Espero que ela não perceba, porque não tenho como comprar um novo até voltar a trabalhar no verão.

— A gente faz uma vaquinha e te ajuda a comprar — ofereço. Então, antes que ele possa discordar, o que sei que vai fazer, acrescento: — Depois você paga.

— Aceito Visa, Mastercard e pirulitos — completa Leo.

Aquilo faz Teddy rir.

— Obrigado. Vocês são os melhores.

Leo boceja de novo, mais alto dessa vez, e ficamos em silêncio. Observo as estrelas de plástico no teto, as constelações familiares. A luz fraca, vindo das janelas, é azulada; lá fora ainda neva. Depois de alguns minutos, escuto o assovio suave da respiração de Leo. No escuro, estico o braço e tiro seus óculos com delicadeza, colocando-os no chão entre nós dois. De cima, Teddy me observa.

— Ei — recomeça ele —, se lembra de quando...

Mas coloco o dedo indicador na frente da boca.

— Não acorde Leo.

— Então sobe aqui e a gente continua conversando — pede ele, e escuto o farfalhar dos lençóis quando ele vai para a outra beirada da cama. — Ainda é meu aniversário. E não estou cansado.

— Bem, eu estou — rebato, mesmo que não seja nem um pouco verdade.

Nunca estive tão acordada quanto agora.

— Vem logo — insiste ele, dando um tapinha na cama, mas continuo congelada no chão, me sentindo boba por hesitar, por pensar duas vezes. Tudo o que ele quer é conversar com a melhor amiga do jeito que fazemos desde pequenos.

Fico de pé e me movo com cuidado para não acordar Leo. Então subo na cama e deito ao lado de Teddy. A cama é estreita, certamente inadequada para duas pessoas, mas deitados de lado, um encarando o outro, o espaço é mais que suficiente.

— Oi — cumprimenta ele, sorrindo para mim no escuro.

— Oi — respondo, o coração batendo rápido.

O hálito de Teddy tem o cheiro mentolado de pasta de dente, e ele está tão perto de mim que só consigo focar em um traço de seu rosto por vez: nariz, boca, olhos. Paro nesses últimos porque Teddy me observa com ar de curiosidade.

— O que foi? — pergunta ele.

Balanço a cabeça.

— Nada.

— Não me reconhece mais agora que tenho 18?

— Acho que não — respondo, em busca de alguma réplica espirituosa, o tipo de brincadeira que geralmente corre solta entre nós. Mas não consigo pensar em nada. Meus pensamentos estão embaralhados por sua proximidade, e meu peito dói com alguma coisa mais profunda que amor, alguma coisa mais solitária que esperança.

Teddy, penso, piscando para ele, e preciso de todas as forças para não falar daquele jeito, do jeito como soa em minha mente: como um suspiro ou uma pergunta ou um desejo.

— Você se divertiu? — pergunta ele, e faço que sim com a cabeça, meu cabelo fazendo barulho de estática contra o travesseiro. — Achei que foi bem legal. Tipo, não foi igual a festa dos 16, mas quem é que ainda tem energia para aquele tipo de coisa?

— Seu velho — comento brincando, e ele ri.

— Eu realmente me sinto meio velho — admite ele. — Dezoito. Cara.

— Percebe que agora nos conhecemos há metade de nossas vidas?

— Isso é muito louco. — Teddy balança a cabeça. — Na verdade, não é. É estranho tentar lembrar de uma época quando a gente não se conhecia.

Fico em silêncio por um instante. Ainda dói demais pensar no tempo antes de nos conhecermos: a primeira metade de minha vida, quando eu vivia com meus pais em São Francisco e tomávamos café da manhã juntos, íamos ao parque e eles me contavam histórias antes de dormir, como uma família normal. Tentar lembrar é como encarar o sol por tempo demais. É vermelho, intenso, brilhante e, mesmo meia vida mais tarde, ainda queima feito fogo.

Teddy coloca uma das mãos em meu braço. Estou usando um de seus moletons, mas, mesmo sob toda a camada de tecido, ainda sinto o calor do toque.

— Desculpe — diz ele. — Eu não quis...

— Não — interrompo, pegando fôlego. — Tudo bem. Eu não estava pensando nisso.

Ele me olha com ceticismo.

— Você sabe que pode se abrir comigo.

— Eu sei — respondo automaticamente.

Ele balança a cabeça. Os olhos estão arregalados e não piscam, e, quando Teddy se mexe, seu pé toca o meu.

— Do mesmo jeito que você conversa com Leo. Você se abre com ele em relação a essas coisas. Mas também pode falar comigo.

Mordo o lábio inferior.

— Teddy...

— Sei que dói muito — continua ele, me interrompendo. — E não quero pressionar. Mas sei que você acha que sou inconsequente, que não sou sério o bastante. Que não posso te apoiar quando se trata desse tipo de coisa, mas eu posso.

— É isso que você acha?

— Bem, é. Sempre foi assim. Você procura Leo quando quer lembrar. E procura a mim quando quer esquecer.

Eu fico o encarando, a garganta apertada. Existe uma verdade naquelas palavras que jamais me ocorrera antes.

— Só estou dizendo que posso estar aqui para você também, se me deixar.

— Eu sei.

— Também posso ser um cara legal.

— Você já é.

— Não sou. Mas quero ser. Para você.

As palavras ficam ali flutuando no escuro, e fecho meus olhos com força, querendo oferecer algo a ele, desejando que fosse mais fácil deixá-lo entrar. Ele encontra minha mão e a aperta dentro da sua.

— Às vezes — começo depois de alguns instantes — parece que estou começando a me esquecer deles.

— Impossível — sussurra ele.

— Hoje em dia, quando penso em meus pais, é como se estivesse assistindo a um filme de uma família feliz. Mas nada disso parece real.

— É porque você está pensando no plano geral — argumenta ele. — Isso vai te derrubar toda vez. Você precisa ir se lembrando aos poucos. Tipo, meu pai costumava desenhar sorrisos com pasta de dente no espelho do banheiro para mim.

— Sério? — pergunto baixinho, e ele assente.

— Ou escrevia bilhetinhos como "Hoje é o dia!" ou "Prepare-se, mundo!"

A maneira como Teddy diz aquilo — triste e solene e um pouco melancólica — é quase como se o pai também estivesse morto. O que, é claro, ele está. Só que de um jeito diferente. Mas, naquele instante, sinto uma onda de reconhecimento, de uma experiência compartilhada, desconhecida para o mundo lá fora, e aperto a mão de Teddy.

— Quero dizer — diz ele, com pesar —, só nas manhãs em que ele não estava tomando café da manhã em algum cassino flutuante. Mas, mesmo assim. Às vezes penso nisso.

Respiro fundo, querendo compartilhar alguma coisa com ele também.

— Meu pai costumava fazer panquecas em formato de coração para mim aos domingos — revelo finalmente, e a lembrança me dá uma pontada no peito. — Elas sempre ficavam com o fundo queimado, mas eu gostava assim. E minha mãe... — Interrompo a mim mesma, mordendo o lábio inferior. — Minha mãe costumava cantar enquanto lavava a louça. Ela era meio que péssima cantando.

— Viu? — diz Teddy, seus olhos ainda fixos nos meus. — Pequenas coisas.

Agora nossos rostos estão bem próximos, ainda estamos de mãos dadas e nossos pés com meias se tocam. Estamos tão próximos que posso sentir sua respiração em meu rosto, e, por alguns demorados segundos, ficamos ali daquele jeito, apenas nos olhando. Não sei bem o que exatamente está acontecendo, meus pensamentos estão confusos demais para entender. Ele só está sendo meu amigo. Só está se colocando à disposição. Sendo um cara legal. Só isso.

Mas, então, ele chega ainda mais perto e parece que alguma coisa dentro de mim entra em curto-circuito. Quero tanto que ele me beije, mas também fico apavorada com o que pode acontecer se ele fizer isso. Tenho medo de que tudo mude, e medo de que não mude, medo de que, quando as luzes se acenderem pela manhã, a gente não consiga nem se olhar sob o peso de que tenha sido um grande erro capaz de arruinar uma amizade de nove anos.

Teddy se aproxima ainda mais até que seu nariz toca o meu, e é como se o foco mudasse, as lentes em zoom até as margens do mundo ficam embaçadas, e bem aqui, bem agora, só existe a gente. Lá fora, a neve se acumula no parapeito, todos os sons estão abafados, a tempestade começa a parar. Aqui dentro, o quarto é um ambiente aconchegante e quente, nosso iglu particular.

Nossos narizes se tocam mais uma vez — um prelúdio, um prólogo —, e meu coração vai aos tropeços na direção dele. O restante de meu corpo está desesperado para segui-lo. Mas, pouco antes de nossos lábios se tocarem, pouco antes do mundo todo mudar, ouvimos um estalo alto seguido por um barulho de algo sendo esmigalhado. Quando nós dois nos sentamos na cama ao mesmo tempo e olhamos para o chão, nos deparamos com Leo, com a cara amassada e não exatamente acordado, procurando pelos óculos quebrados.

Seis

Quando abro os olhos na manhã seguinte, me deparo com uma variedade de copos plásticos vermelhos espalhados. Atrás deles, o sol começa a atravessar o vidro coberto de geada, o quarto ainda banhado em tons de azul. Pisco algumas vezes, tentando me lembrar de onde estou e de como fui parar no sofá, então me sento, bocejando.

Ainda assim, demora um pouco para a memória voltar.

O rosto de Teddy muito perto do meu. O modo como nossos narizes se tocaram. A batida de nossos corações alta em meus ouvidos.

E, então, Leo esfregando os olhos e perguntando as horas, eu pulando desajeitadamente da cama, Teddy parecendo um sonâmbulo despertado abruptamente.

Fecho os olhos com força outra vez.

Não aconteceu nada. Não de fato. Mas, naquele instante de confusão, no que se deu lenta e desconcertantemente após, pude ver no modo como ele me olhou no escuro. Tinha sido — para ele, pelo menos — um quase acidente.

E a pior parte é que sei que ele provavelmente está certo em sentir alívio. Eu não queria que ele só me beijasse. Eu queria tão mais que aquilo. Queria que ele se apaixonasse por mim. E Teddy não é assim.

Atrás de mim, a porta do quarto se abre e eu respiro fundo, me preparando para virar a cabeça e dar de cara com ele. Mas é só Leo.

— Bom dia — cumprimenta ele. Sem óculos, Leo aparenta ser mais novo, mas ele franze a testa e se arrasta pelo corredor, parecendo um velho. No chão, em frente ao sofá, ele larga as botas de neve que vinha carregando e gesticula para eu abrir espaço. Sento em cima dos pés, esperando que ele diga alguma coisa sobre a noite passada, mas ele simplesmente boceja ao se abaixar para amarrar os cadarços.

— Está indo embora? — pergunto, e Leo confirma com a cabeça.

— Preciso comprar óculos novos. Ou pelo menos encontrar os antigos. E tenho um monte de coisas para fazer.

— Coisas de design?

Ele balança a cabeça.

— Material para me candidatar à faculdade.

— Quais?

— Michigan — responde Leo, sem me olhar. — O prazo é segunda-feira.

Esta é uma questão delicada entre nós. Desde que a arte de Leo começou a migrar dos cadernos para o computador, o programa de design gráfico na School of the Art Institute de Chicago se tornou seu sonho. Mas, agora que Max está em Michigan, o foco parece estar mudando.

— Bem — digo, a voz algumas oitavas alta demais. — Acho ótimo.

Tenho tentado manter minha opinião apenas para mim, considerando que essa obviamente é uma decisão que ele precisa tomar sozinho. A questão é que nos conhecemos bem demais e minha reprovação transparece apesar de meus esforços.

— Não acha, não. Mas tudo bem. Só estou mantendo meu leque de opções em aberto.

— Eu sei.

— Não é como se eu não quisesse mais estudar no...

— Eu sei.

— É só que realmente sinto falta...

Abro um sorriso.

— Sei disso também.

Ficamos em silêncio por alguns instantes.

— Ok — recomeça ele, levantando. — Quer voltar comigo?

Olho ao redor da sala, que está um desastre. Há copos espalhados em todos os cantos, pacotes de salgadinhos pela metade e uma garrafa de refrigerante caída na bancada, ainda gotejando líquido nos armários. Basicamente todas as superfícies estão cobertas de marcas meladas de copo, e a lixeira, transbordando, está cercada de latas amassadas e bolinhas de guardanapo.

— É melhor eu ficar e ajudar Teddy a limpar tudo antes que a mãe dele chegue — respondo, olhando para o relógio; são quase oito horas, o que significa que ela estará de volta em breve. — Só para me certificar de que ele vai chegar vivo ao décimo nono aniversário.

— Não se preocupe — avisa Teddy, vindo pelo corredor. Viro o corpo para observá-lo, mas então desvio o olhar, a lembrança me atingindo mais uma vez. Ele está usando apenas uma calça cinza de moletom, uma camiseta verde jogada sobre o ombro. Ver seu torso nu é quase insuportável nesta manhã. — Minha mãe acabou de ligar dizendo que vai ficar no plantão da manhã. Acho que está a maior confusão lá por causa da neve.

— Melhor presente de aniversário que você poderia ganhar — diz Leo, pegando o casaco.

Teddy veste a camiseta e vai cambaleando até a bancada da cozinha, onde tira o papel-alumínio de cima do bolo que a mãe preparou para ele. Os dois tinham feito uma comemoração particular ontem antes de ela sair para o trabalho, e o que sobrou havia basicamente sido devorado na festa que veio em seguida. Mas ele raspa um pouco da cobertura da lateral do prato com o dedo, depois vem até onde estou e desaba no sofá a meu lado.

Demoro um segundo para arriscar um olhar de esguelha em sua direção. A necessidade de saber o que ele está pensando é quase esmagadora. Mas, assim que Leo põe a mão na maçaneta, sinto uma onda de pânico ao me imaginar sozinha com ele, e decido que, no fim das contas, talvez seja melhor não saber no que ele está pensando.

— Certeza de que não quer esperar um pouquinho? — pergunto, a voz tensa. — Aposto que as ruas ainda não estão boas, e você está sem seus óculos.

— Vou ficar bem — assegura Leo, virando a cabeça e dando de cara com o porta-casacos, segurando-se ali para se equilibrar e estreitando os olhos para o objeto, fingindo estar confuso. — Teddy?

— Muito engraçado — digo, e Leo faz uma breve reverência. Em seguida, ele acena para nós dois, abre a porta e sai. E, com isso, eu e Teddy ficamos completamente sozinhos.

Sete

Na cozinha, jogando os copos em um saco de lixo, nenhum dos dois menciona o que quase aconteceu ontem à noite. Mesmo assim, aquilo parece pairar entre nós.

— Deixe — diz Teddy, se aproximando na hora em que me abaixo para apanhar uma folha de papel-toalha que caiu no chão. Ele a pega e a joga no saco com um sorriso solícito demais. — Eu pego.

— Obrigada — balbucio, voltando minha atenção para outra parte do cômodo, mas, uma vez mais, eis Teddy me seguindo, oferecendo-se para realizar as tarefas mais simples, rondando e ajudando e basicamente se esforçando demais.

Isso só torna tudo pior.

Nada aconteceu, e, mesmo assim, alguma coisa mudou.

Não é assim que agimos um com o outro. E, certamente, este não é Teddy. Teddy é o cara que implica comigo por minhas boas ações, que atira bolas de neve e que nunca se dá o trabalho de ajudar a limpar nada. Quando ele me abraça, sempre me levanta do chão e, às vezes, desenha pequenos jacarés em homenagem ao apelido que me deu: Ali Gator.

Ele não é cuidadoso comigo. E eu não sou educada com ele.

Até agora.

E isso está me deixando louca.

— Que diabos — digo, exasperada, enquanto tentamos passar pelo espaço apertado da cozinha, andando como sombras um do outro, indo de um lado a outro exatamente ao mesmo tempo, inutilmente fora de sincronia — está fazendo?

Ele parece surpreso com minha impaciência.

— Eu só ia ajudar...

— Por que não começa a arrumar a sala enquanto termino aqui?

— Ok — responde ele, dando de ombros.

Mas até para isso o apartamento está parecendo pequeno demais. A cozinha é estilo americano, então posso vê-lo por cima da bancada, afundando no sofá, o controle remoto em uma das mãos.

— Isso é ajudar? — pergunto, e ele vira o rosto para mim com um sorriso largo.

— Estou fazendo duas coisas ao mesmo tempo. Limpo melhor com a TV ligada.

Reviro os olhos.

— Aposto que sim.

Enquanto ele troca de canal sem parar, arrumo a cozinha, lavando copos e limpando superfícies. De vez em quando, paro para olhar sua nuca, torcendo para que ele vire, para que diga alguma coisa, para que me encare. Mas Teddy não o faz. O cômodo parece carregado com uma estranheza tão alienígena que fico com vontade de chorar, e quase desejo que não tenha acontecido o que quase aconteceu noite passada.

Quase.

Teddy para no noticiário local, que está mostrando imagens de carros que derraparam na estrada e montes de neve quase tão altos quanto os repórteres.

— Olhe só isso — diz ele, apontando para a tela. — Quarenta e cinco centímetros. A gente devia passear de trenó quando terminarmos.

— Preciso ir para casa quando terminarmos.

Teddy me olha magoado.

— Mas é meu aniversário.

— Não mais.

— Bem, é o *fim de semana* do meu aniversário.

Balanço a cabeça.

— Preciso fazer dever de casa.

— Você está no terceiro ano.

— E preciso escrever material para as candidaturas.

— Você já entrou.

— Não se eu não me candidatar.

Ele ri.

— Justo.

Na tela, o foco voltou ao repórter, que anuncia o resultado da loteria da noite anterior para após os comerciais. Volto à cozinha, e Teddy vira o rosto e me olha.

— Não quer esperar? Podemos estar ricos.

— Você pode estar rico.

— Talvez, mas se meu bilhete tiver sido o vencedor...

— Sim?

— Espero encontrá-lo.

— Você já perdeu? Foi rápido, hein? Até para seus padrões.

— Bem, com certeza está em algum lugar por aqui — diz ele, indicando a sala com uma das mãos, e eu olho ao redor, para as mesas e superfícies vazias e organizadas, o chão, em sua maior parte limpo, e os sacos de lixo enfileirados perto da porta, tudo pronto para ser levado para fora.

— Tudo bem — digo, dando de ombros, porque, com ou sem bilhete, nossas chances são poucas. — Você tem noção de qual é a probabilidade de ganhar na loteria?

Teddy balança a cabeça.

— Eu também não — admito. — Mas uma vez li que você tem mais chances de ser atingido por um raio ou de ser atacado por um tubarão ou de se tornar presidente.

Teddy ri.

— Uhm... bem provável.

— Ah, e também são maiores as chances de morrer com uma máquina de venda automática caindo em cima de você.

— Isso, sim, parece totalmente possível — comenta ele, voltando sua atenção para a TV quando a âncora do fim de semana, uma jovem de cabelo curto e escuro, reaparece na tela.

— Segundo informações oficiais, foram vendidos três bilhetes vencedores para o prêmio de 424 milhões de dólares de ontem à noite — começa ela, e, sem perceber, vou até a sala para ouvir melhor, me sentindo meio ridícula. — E você pode ser um dos ganhadores se comprou seu bilhete na Flórida, no Oregon ou bem aqui, em Chicago.

A imagem muda para uma pequena casa lotérica com um toldo vermelho.

— O sortudo local ainda não apareceu, mas o bilhete vencedor foi vendido no Smith's Market, em Lincoln Park.

Meu queixo cai.

— Esse lugar não é perto de sua casa? — pergunta Teddy, virando para mim e, quando vê a expressão em meu rosto, arregalando os olhos. — Espere, foi lá que você comprou? Caramba. Talvez realmente estejamos milionários.

Na tela, aparecem imagens com o funcionário do lugar, o mesmo que me ajudou a preencher os números ontem à noite. Mas logo a cena volta à âncora.

— O vencedor do Oregon preferiu permanecer anônimo, e o terceiro vencedor, da Florida, ainda não apareceu. O prêmio da última noite foi o sétimo mais alto na história da loteria, acumulando impressionantes 424 milhões de dólares. Os vencedores receberão um total de 141,3 milhões de dólares cada, sem descontar os impostos, o que, é claro, poderá ser sacado de uma vez ou dividido em dois pagamentos anuais.

Teddy agora está de pé.

— Não pode ser.

— Não — concordo, balançando a cabeça.

— Eu realmente não faço a mínima ideia de onde está o bilhete — diz ele, meio rindo, e o homem do tempo aparece na tela, brincando com a repórter a respeito de como ele gostaria de ter lembrado de fazer uma aposta. — Você se lembra dos números?

Não respondo, meus olhos ainda colados na TV. Seria mais fácil dizer a ele que foram números aleatórios, que eles não significavam nada, que nada disso tinha importância. A única maneira de Teddy descobrir teria sido se tivéssemos ganhado. Se ele tivesse ganhado. E a probabilidade de aquilo acontecer era absurda.

Mas não quero mais fingir. Então confirmo com a cabeça.

— Lembro — respondo baixinho, no momento que a repórter volta a encarar a câmera..

— E, mais uma vez, os números — diz ela. — Vinte e quatro...

Teddy ergue as sobrancelhas.

— Meu número da sorte.

— Oito...

— Seu aniversário.

— Trinta e um...

Ele parece meio pálido agora.

— E o meu.

— Nove...

Antes que ele possa falar, digo:

— Há quantos anos nos conhecemos.

— Onze...

Teddy franze a testa.

— Seu apartamento — sussurro, meu coração disparando.

— E a Super Aposta — diz a repórter animadamente — foi um raramente sortudo treze.

Agora não há mais necessidade de dizer nada. Ambos sabemos o significado daquele número. Abaixo a cabeça, sem conseguir encará-lo.

Meus pais morreram com treze meses de diferença.

Minha mãe, depois de uma curta batalha contra um câncer de mama, em treze de julho.

E meu pai, pouco mais de um ano depois, em um acidente de carro em treze de agosto.

Treze.

Treze.

Treze.

É um clichê, é claro: o azar daquele número.

Mas, para mim, é mais que aquilo também: é uma armadilha, uma mina terrestre, uma cicatriz.

E agora, talvez, algo mais.

Quando criança, ganhei o pior tipo de loteria possível. As probabilidades deviam ser tão pequenas quanto as do sorteio em dinheiro, pelo menos as chances tão improváveis quanto. Mas agora aqui estou EU, encarando a tela da TV, onde os números que escolhi enchem a legenda, como uma equação que não consigo sequer começar a resolver.

Teddy está olhando para mim.

— Treze?

— Treze — respondo, anestesiada. Minha boca está tão seca que é quase difícil falar. Pisco várias vezes para ele e então, no mais calmo tom de voz possível, continuo: — Você ainda consegue encontrar o bilhete, certo?

Ele dá a volta no sofá, andando em minha direção, mas não da maneira com que normalmente faz, não com seu caminhar de sempre. Há algo de hesitante nele agora, algo um pouco fora do tom. Noto, pela primeira vez, que sua camiseta tem um trevo, a palavra SORTE impressa em letras brancas logo abaixo da flor.

— Está dizendo que...?

— Não — respondo rapidamente.

Teddy solta o ar, parecendo quase aliviado.

— Não.

— Exceto que... sim.

— Al, qual é. Sim ou não?

Engulo em seco.

— Preciso ver para ter certeza. Não quero... Não quero criar esperanças demais. Mas...

— Mas?

— Acho que...

— Sim?

— Que podemos... — Meu coração está palpitando. — Acho que você pode ter ganhado.

Teddy fica me olhando por um tempo, sem compreender, então seus olhos se arregalam e ele solta um grito alto, socando o ar e girando.

— Você está brincando? — pergunta ele, socando o ar mais uma vez. — Ganhamos?

— Eu acho...

Antes que eu consiga terminar, seus braços estão a meu redor e ele está me levantando do chão, do jeito que sempre faz, nós dois rindo enquanto ele me gira, meu rosto pressionado contra sua camiseta verde da sorte, que tem cheiro de suor, de detergente e de sono, e envolvo seu pescoço com meus braços e me permito ficar tonta.

Quando ele me põe de volta no chão, seus olhos estão brilhando como na véspera.

— Ganhamos mesmo? — pergunta ele, suavemente.

Abro um sorriso.

— Feliz aniversário.

E, então, antes que eu me dê conta do que está acontecendo — antes de ter tempo de memorizar a expressão em seu rosto e o formato de seus lábios, todas as coisas das quais quero me lembrar quando eu reproduzir isso em minha cabeça mais tarde —, ele abaixa a cabeça e me beija. Toda a tontura de antes — da noite anterior, quando seu rosto estava tão perto do meu, e de um instante atrás, quando vimos os números na tela —, o jeito com que o mundo saiu dos eixos quando a repórter disse a palavra *treze* e o jeito com que todas as cores da sala viraram um borrão enquanto ele me rodava... todas essas coisas são nada comparadas a isto.

Meu coração é um ioiô, subindo e descendo, e é Teddy quem está controlando a corda. Só que eu nunca imaginei que um ioiô podia subir tão alto.

Todas as vezes que imaginei como seria, nunca soube.

Teddy é pura eletricidade agora — um balão prestes a estourar ou uma lata de refrigerante prestes a explodir todo o gás —, e posso sentir isso em seu beijo, no modo como ele aperta os lábios contra os meus, como aperta minha cintura e me puxa para ainda mais perto.

Então, tão rapidamente quanto, ele me solta.

Dou um passo incerto para trás, ainda cambaleando.

— Isso é loucura — diz ele, praticamente saltitando.

Teddy vai até a cozinha e, então, de volta até a TV, passando as mãos no cabelo e deixando-os em pé, como se tivesse levado um choque. Por um segundo, acho que ele está falando do beijo, mas percebo que, é claro, ele está falando da loteria.

Encaro Teddy, ainda inteiramente em outro lugar.

Ele acabou de me beijar, penso, minha cabeça cheia demais para qualquer outra coisa, mesmo outra coisa tão grande quanto milhões de dólares. *Teddy McAvoy acabou de me beijar.*

Talvez a noite passada não tenha sido um erro, afinal. Talvez não tenha sido um fiasco.

Talvez tenha sido um começo.

A ideia me faz estremecer.

— O que a gente faz quando uma coisa dessas acontece? — pergunta ele, e, quando simplesmente pisco os olhos em resposta, Teddy me olha impaciente. — Al. Qual é? Foco. O que a gente faz? Liga para um advogado ou algo assim, né? Ou esconde o bilhete? Acho que já ouvi falar que é melhor guardá-lo em um cofre, talvez? Não temos cofre. Só temos uma jarra de biscoitos. Talvez devêssemos entrar no Google e descobrir o que fazer.

— Acho que a primeira coisa — digo, voltando à realidade — é *achar* o bilhete.

— Certo — concorda ele, interrompendo-se abruptamente. — Certo!

Mas ele fica parado no mesmo lugar, como se aguardando mais instruções.

— Que tal checar nos bolsos da roupa que você vestiu ontem à noite? — sugiro, meu coração ainda palpitando, e, sem responder, Teddy dispara para o quarto, voltando alguns segundos mais tarde, com uma expressão de total desespero.

— Não está lá — diz ele, o rosto pálido. Então coloca as mãos na cabeça e solta um grunhido. — Não sei onde... não tenho a mínima ideia do que fiz com ele. Sou tão idiota. *Tão* idiota.

— Tudo bem. Tem de estar aqui em algum lugar, certo?

Procuramos pelo apartamento inteiro em uma espécie de frenética caça ao tesouro, desfazendo — cômodo por cômodo — todo o trabalho de arrumação que tínhamos acabado de concluir. Reviramos gavetas e olhamos embaixo da cama, abrimos armários e reviramos roupas. Esvaziamos a lata de lixo do banheiro e examinamos o conteúdo das prateleiras da cozinha. Até reabrimos os sacos de lixo enfileirados ao lado da porta, apesar de ter sido eu quem os encheu e de ter certeza de que o bilhete não estava ali. Simplesmente não conseguimos pensar em mais nada.

De vez em quando, encostamos um no outro ao nos mover de um cômodo a outro, e penso mais uma vez: *Teddy McAvoy me beijou*. É só o que posso fazer para não pegar sua mão, puxá-lo de volta para mim, ficar na ponta dos pés e beijá-lo mais uma vez.

Mas, quando ele tenta achar o bilhete embaixo da geladeira, uma lembrança diferente vem à tona e eu praticamente pulo em cima de Teddy, tirando-o da frente e me oferecendo para procurar.

— Minhas mãos são menores — explico, meu rosto ardendo contra o frio chão de azulejos enquanto tateio, voltando de mãos vazias.

Teddy franze a testa para mim, e me levanto.

— Vou olhar no chuveiro

— No chuveiro? — Eu o sigo até o banheiro. — Você não tomou banho.

— Eu sei, mas é o último lugar no qual consigo pensar em procurar — diz ele, abrindo a cortina e entrando na banheira. Posso ver o pânico em seus olhos enquanto ele se abaixa para tirar o tampão do ralo, e coloco uma das mãos em seu ombro.

— Teddy. Duvido de que...

— Estamos falando de milhões de dólares aqui — diz ele, levantando-se de volta, o rosto cheio de preocupação. — E se eu simplesmente joguei o bilhete fora?

Me dou conta de uma coisa e bato com a cabeça no batente da porta.

Teddy sai da banheira.

— O quê?

— Já sei onde está — revelo, com um gemido. — É o único lugar onde a gente não procurou.

— Onde?

— Pegue seu casaco.

— O quê?

— Pegue o casaco — repito, já caminhando. — Vamos ter de escavar um pouco.

Oito

Do lado de fora do prédio, ficamos de frente para a caçamba azul. Uma camada fina de neve cobriu os sacos de lixo ali dentro feito açúcar de confeiteiro polvilhado sobre algum tipo de sobremesa estranha e grumosa. A caçamba em si está imunda, molhada e cheia de manchas marrons. Enquanto a encaramos, nenhum de nós exatamente pronto para entrar, escutamos um barulho alto vindo de cima, em seguida o som de algo batendo por dentro da calha de lixo. Segundos depois, uma caixa de pizza cai no alto da caçamba com um estampido.

Teddy se aproxima.

— Caçamba errada, idiota — grita ele para o alto, com as mãos em volta da boca, dando de ombros para mim em seguida. — Isso claramente é reciclável.

Eu rio daquilo e, então, indico a caçamba com a cabeça.

— Está pronto?

— Por que eu?

— Porque o bilhete é seu.

— Mas você comprou. E foi você quem jogou fora.

— Eu levei o lixo para fora — argumento, ciente de como já voltamos rápida e automaticamente à dinâmica normal. — Foi *você* quem jogou fora. E é você quem vai ficar rico se o encontrarmos.

Ele suspira, a respiração condensa no ar gelado. O céu está claro e limpo esta manhã — o clima melhorou no meio da noite

—, mas as máquinas de remover neve ainda não chegaram ao beco atrás do prédio, onde os montes estão quase alcançando nossos joelhos.

Teddy limpa o nariz com a manga do casaco e fica olhando para a caçamba.

— Como era o saco?

— Era um saco de lixo. O que você acha?

— Certo, mas branco ou preto? Papel ou plástico?

— Plástico branco — respondo, me aproximando e ficando na ponta dos pés a alguns centímetros da lixeira, onde dúzias de sacos plásticos indistinguíveis aparecem por baixo da neve.

— Ótimo — ironiza Teddy, vindo para meu lado. — Pelo menos não vai se misturar às outras.

— Quer ajuda? — pergunto, mas ele já pulou e está equilibrado na beirada da caçamba, empoleirado como um macaco, as botas batendo com força na lateral metálica. Ele usa um dos braços para se equilibrar enquanto revira o conteúdo, puxando duas sacolas brancas e as jogando para o lado. Eu me afasto pouco antes de uma delas me acertar, e Teddy pula de volta para fora, espalhando a neve.

Juntos, abrimos os sacos e olhamos o conteúdo. No primeiro, encontramos cascas de ovos, um miolo de maçã e alguns envelopes endereçados a um A. J. Lynk; interrompemos a busca nesse. O segundo está em sua maior parte cheio de papel rasgado: contas antigas e extratos de banco e pedaços de envelopes.

— Mais recicláveis — avisa Teddy, atirando-o na caçamba ao lado. Ele limpa as mãos na calça jeans e olha de volta para mim. — O que estamos procurando mesmo?

— Não sei. Não enchi o saco nem nada. Ele simplesmente estava lá ontem à noite, então o levei para fora. Mas tenho quase certeza de que foi o único desde a festa.

Ele põe as mãos no quadril.

— Isso tudo é só um truque para me fazer pular aí dentro?

— O quê? — Solto uma gargalhada. — Não!

— Os números eram aqueles mesmo?

— Só entre — ordeno, apontando para a caçamba, e ele faz uma saudação e sobe novamente. Só que, dessa vez, ele joga uma perna pela lateral, depois a outra, e, com um grunhido, entra na caçamba e some de vista.

Por um instante, não ouço nada. Vou até a beirada e fico na ponta dos pés, mas a estrutura é alta demais e só consigo ver o metal azul manchado. De perto, o cheiro é de fruta podre, pó de café úmido e algo azedo. Franzo o nariz.

— Teddy?

Escuto um leve farfalhar, mas nenhuma resposta. Estico o pescoço, tentando olhar, imaginando se ele poderia ter se machucado quando pulou. Estou prestes a chamá-lo de novo quando um braço aparece, e, antes que eu possa reagir, uma bola de neve é esmagada em cima de minha cabeça, como se fosse um ovo, pedaços de gelo caindo de meu chapéu até a gola do casaco.

— Que nojo — reclamo, estremecendo e rindo enquanto limpo o rosto. — Neve de lixo.

— Para você, sempre o melhor — diz Teddy alegremente, desaparecendo novamente em seguida.

— Ei! — chamo, alguns minutos mais tarde, esfregando as mãos enquanto espero mais sacos. — Se lembra daquela vez que fomos flagrados tentando roubar bilhetes da loteria?

— Eram só raspadinhas — corrige ele, a voz abafada de dentro da caçamba. — E foi você que fez a gente ser expulso da loja. Não sabe disfarçar nem um pouco.

— Qual é? Eu estava nervosa. Foi meu primeiro roubo.

— Primeiro e último. Você nunca foi sangue-frio. Nem quando tinha 12 anos.

— *Especialmente* quando tinha 12 anos.

Ele atira mais um saco para fora, e, enquanto o reviro, eu me lembro daquela excursão infeliz. Foi logo depois que o pai de Teddy foi embora, quando perdeu todas as economias da família e mais um pouco. Foi quando Teddy se tornou obcecado por dinheiro. *O que você faria se tivesse um milhão de dólares?*, nos perguntava constantemente, quase casual, como se não fosse mais que apenas uma curiosidade, um pensamento bobo; como se não estivesse imaginando o que uma quantia dessas poderia significar, para as dívidas deixadas pelo pai, ainda pairando sobre eles, para a mãe, fazendo hora extra no hospital, e para ele, chegando a um apartamento vazio depois da escola.

Até mesmo naquela época aquilo já partia um pouco meu coração.

— Então — começo, chutando a neve. — O que você faria se tivesse um milhão de dólares?

A cabeça de Teddy aparece pela borda do container de metal. Ele estreita o olhar para mim, parecendo desconfortável.

— Não posso pensar nisso ainda. Não até encontrarmos o bilhete.

— É porque lembrei do que você sempre falava...

— O quê? — pergunta ele, mas há algo em seu tom de voz que deixa claro que ele já sabe a resposta.

— Você queria seu antigo apartamento de volta — respondo. — Para sua mãe.

Ele sorri, quase involuntariamente, lembrando-se do voto solene que fez para nós, e por um segundo parece que Teddy volta a ter 12 anos, sonhando com riquezas incalculáveis.

— Isso — confirma ele — e uma máquina de pinball.

— Tenho quase certeza de que havia um papo sobre uma mesa de sinuca também.

— Pelo menos era melhor que a ideia de Leo. Ele só queria um cachorrinho.

— Um boxer — relembro. — Porque ele achava boxe legal. Ah, e mil lápis de cor.

Teddy gargalha com aquela lembrança.

— Não chegam exatamente a custar um milhão de dólares.

— Leo sempre foi um cara de gostos simples.

Ele apoia um cotovelo na beira da caçamba, olhando de cima para mim.

— E você... Você nunca nos dizia o que queria.

Ele tem razão. Nunca entrei na brincadeira como os meninos, jamais fiquei perdida em devaneios. As coisas que eu mais queria no mundo não podiam ser compradas com dinheiro.

Exceto, talvez, uma coisa. Parada ali na neve, penso na fotografia que eu guardava na cômoda, uma foto de meus pais no Quênia, onde eles se conheceram no Corpo da Paz. Na foto, os dois estão se olhando, o sol se pondo no horizonte, a savana banhada em cores douradas, a silhueta de uma única girafa ao fundo.

Aquele, acho, seria meu desejo. Viajar eu mesma até lá.

Mas, mesmo tantos anos depois, ainda não consigo dizer aquilo em voz alta.

— Seja como for, eu sempre soube — diz Teddy, e olho para ele, surpresa.

— É?

Ele faz que sim.

— É a única opção lógica. Se você tivesse um milhão de dólares e pudesse comprar qualquer coisa no mundo, estou cem por cento certo de que você iria certamente, sem dúvidas, escolher ter o próprio... avestruz.

É tão, tão aleatório — tão incrivelmente ridículo — que começo a gargalhar.

— *O quê?*

— Um avestruz — repete ele, como se devesse ser uma coisa óbvia, como se eu estivesse falando besteira. — Você sabe, aquela ave gigante.

— De onde você tirou que eu gostaria de ter um avestruz?

— De te conhecer tão bem quanto conheço — responde ele, na lata. — Porque, provavelmente, sou a única pessoa no planeta que percebe que você não seria feliz a não ser que tivesse um enorme pássaro que não voa.

Balanço a cabeça, ainda rindo.

— Você é tão esquisito.

— Por isso você me ama — brinca ele, o que me deixa sóbria novamente. Meu sorriso se desfaz, meu rosto fica quente, e preciso me concentrar em não tocar meus lábios no lugar que ele beijou há menos de uma hora.

Mas Teddy não percebe. Ele simplesmente sorri, claramente satisfeito consigo mesmo, e desaparece novamente em meio às pilhas de sacos de lixo.

Depois daquilo, trabalhamos em silêncio por um tempo — ele atirando para fora as sacolas, uma de cada vez, e eu revirando cada uma delas em busca de algo que possa ter vindo do apartamento dos McAvoy — até que finalmente vejo.

— Teddy! — grito. Escuto uma paulada rápida e vejo sua cabeça reaparecer. Estou olhando para um envelope com o nome Katherine McAvoy, enterrado debaixo de um monte de copos plásticos vermelhos da festa de ontem à noite. — Acho que pode ser.

— O bilhete? — pergunta ele, um pouco ofegante ao pular para fora da caçamba, deslizando desajeitadamente pela lateral e escorregando na neve ao aterrissar.

— Não, só a sacola — digo, entregando a ele o envelope. — Vamos levar lá para dentro?

Ele parece dividido, e eu entendo. Parte de mim quer rasgar o saco agora mesmo, jogar todo o conteúdo no chão e começar uma busca frenética apesar do frio, da umidade e do vento. Mas há outra parte minha que compreende o que pode estar prestes a acontecer — compreende que todo o nosso mundo pode muito bem ser completamente transformado —, e não sei se estou pronta para viver isso ainda.

Teddy está soprando nas mãos em concha e batendo os pés, esperando que eu lhe diga o que fazer em seguida. Por baixo do gorro, meus olhos fitam os dele, e, quando Teddy me olha de volta, subitamente me sinto anestesiada.

— Vamos — decreto, e então entramos.

Nove

Sentamos um de frente para o outro no chão da cozinha. Ainda estamos com as bochechas rosadas e os dedos rígidos por causa do frio, mas tiramos nossas botas e casacos, e nos encaramos seriamente, o saco de lixo entre nós: um estranho e improvável árbitro de nosso destino.

Teddy assente para mim.

— Você olha.

— Você está fedendo mais — observo, empurrando o saco em sua direção.

Teddy abre o saco e se levanta.

— Ok. — E, então, ele despeja o conteúdo no chão e eu fico de pé, escapando por pouco da enxurrada. — Lá vamos nós.

Observamos a montanha de guardanapos sujos, embalagens vazias de salgadinhos e pedaços engordurados de pizza que desliza pelo chão recém-lavado. Teddy é o primeiro a atacar, agachando-se, como uma criança brincando na praia, enquanto remexe os papéis. Eu chuto para o lado um bolo de guardanapos sujos e mexo na pilha com o dedão do pé.

Na sala de estar, a TV ainda está ligada, e posso escutar as risadas de um seriado de comédia. Através do vidro embaçado da janela vêm as vozes das crianças brincando na neve. Mas, subitamente, me dou conta de como a cozinha está silenciosa: só eu e Teddy e o zumbido da geladeira, ainda firmemente protegendo meu cartão.

Olhando mais uma vez para a pilha de lixo, sou tomada pela vontade de pegar a mão de Teddy, de impedi-lo antes que ele encontre aquele pedacinho de papel que vai mudar tudo.

Porque... quantas vezes uma vida pode ser dividida em um antes e um depois?

Era só uma brincadeira, tenho vontade de dizer. *Não era para acontecer nada disso.*

Mas não tenho coragem de estragar sua felicidade. Para Teddy não seria apenas dinheiro; seria segurança, possibilidade e promessa. Com um simples bilhetinho, sua vida se tornaria completamente irreconhecível.

Tudo por minha causa.

Não importa o que ele tenha dito na noite passada, sei que de algumas maneiras Teddy me entende melhor que Leo jamais poderia. Leo tem pais que o amam e uma casa com camas suficientes para mais um filho. Eles tiram férias e vão a restaurantes legais e compram roupas novas sem nem pensar do que precisariam abrir mão para tê-las. São gentis e generosos, meu tio e minha tia, e sou inacreditavelmente grata por ter ido morar com eles.

Mas isso faz com que Leo seja diferente de mim. Ele é um dos sortudos. Ainda vive em um mundo no qual o chão parece sólido.

Teddy e eu, por outro lado, crescemos em areia movediça. E, apesar de ter sido por motivos diferentes, apesar de raramente tocarmos no assunto, alguma coisa nesse simples fato sempre nos uniu.

Então, eu o observo procurar esse bilhete para outro mundo com horror terrível e crescente, algo que vem da parte mais sombria e egoísta de meu coração. Mas não posso evitar. Para mim já parece ser algum tipo de perda.

Porque agora ele parece prestes a se tornar uma pessoa completamente diferente.

Ele parece uma pessoa cujo trem está prestes a chegar.

Ele parece a pessoa mais sortuda do mundo.

Subitamente, ele fica imóvel, todo o corpo congelado por alguns segundos, antes de levantar a cabeça e olhar para mim. Não preciso nem perguntar. Assim que nossos olhares se cruzam, eu sei.

Durante um bom tempo, nenhum de nós dois diz nada. Então, ele pega o bilhete — cuidadosa e gentilmente, como se o papel pudesse quebrar — e se recosta, me encarando com olhos arregalados em descrença.

Pigarreio uma vez, depois outra, mas não consigo pensar em nada para dizer. É grande demais, isso que está acontecendo, espantoso demais. Não pareço encontrar palavras adequadas.

Teddy baixa o bilhete e olha para mim em choque.

Sem aviso, ele começa a gargalhar. A princípio é baixinho, mas, então, os ombros começam a tremer, e, conforme o volume aumenta, eu me vejo cedendo também. Porque, de repente, aquilo tudo é hilário, esse louco, improvável e ridículo golpe de sorte que caiu bem no meio de nossa vida totalmente comum. E porque nós dois estamos agachados aqui no chão, procurando ouro em um rio de lixo.

E, principalmente, porque o encontramos.

Teddy agora está caído de lado, apertando a barriga com uma das mãos e segurando o bilhete com a outra, e eu me encosto nos armários da cozinha, sem fôlego e agitada, o som de nossas risadas preenchendo cada espacinho, ecoando pelas paredes e prateleiras, tornando tudo mais quente e cheio de vida.

Quando Teddy se senta novamente, ele enxuga as lágrimas e toma fôlego. Balanço minha cabeça, ainda sorrindo, mas o sorriso some quando noto que ele se interrompe e encara o bilhete em sua mão.

— Então — diz ele, olhando para mim, a expressão em seu rosto ficando muito séria de repente. — E agora?

Parte Dois

FEVEREIRO

Dez

Os sites de loteria deixam bem claro o que fazer primeiro. Sem exceção, todos eles sugerem ligar para um advogado.

Em vez disso, resolvemos ligar para Leo.

— Oi — diz Teddy ao telefone, parecendo se esforçar muito para não rir, a notícia borbulhando dentro dele, ameaçando transbordar a qualquer momento. Estou sentada a seu lado em um dos bancos da cozinha, tão próxima que nossos joelhos se tocam, o que faz com que seja difícil pensar em qualquer outra coisa. Pelo menos para mim. Teddy claramente está distraído demais para notar. Ele dá uma piscadela para mim ao pressionar o aparelho contra o ouvido. — Pois é, então... Você tem de voltar, ok? A gente precisa de sua ajuda com uma coisa.

Ele faz uma pausa demorada que, sem dúvida, significa um Leo resmungando e alegando que acabou de chegar em casa.

— Aconteceu uma coisa — explica finalmente Teddy, sacudindo a cabeça em seguida. — Não, nada desse tipo. É só que... Não, é uma coisa boa. Eu juro. Sim, ela está aqui. Ela está bem. Nao, olhe. Você, por favor, pode só...

Ele abaixa o telefone, colocando-o sobre a bancada entre nós dois, e aperta o botão do viva-voz, fazendo a voz de Leo ecoar pela cozinha.

— ... e têm alguma ideia de como está frio? — diz ele. — Está, tipo, o Ártico lá fora. E as ruas estão uma confusão. Além disso, tenho um monte de coisas para fazer, e não consigo começar nenhuma delas até encontrar meus óculos antigos.

— Cara — recomeça Teddy, se debruçando sobre o aparelho.

Ele está com um sorriso estranho, um que nunca vi: estranhamente sereno e meio bêbado ao mesmo tempo. Seu olhar está no pote de biscoitos em cima da bancada entre nós. É de cerâmica azul, tem formato de um hipopótamo e, para abri-lo, você precisa decapitar a pobre criatura. Estendo o braço e o puxo para mim; então, pelo que parece a milésima vez nos últimos minutos, olho ali dentro.

O bilhete está no fundo, com algumas migalhas escuras dos Oreos que precisamos tirar (e em seguida, naturalmente, comer) para abrir espaço. Todos os artigos on-line instruíam o vencedor a assinar atrás do bilhete. Então depois de checar duas vezes os números, Teddy assinou no verso do bilhete e o guardou no pote. Depois, apertei a tampa com força, mantendo minha mão pressionada contra a cabeça do hipopótamo, como se eu tivesse acabado de prender o gênio em sua lâmpada ou algum outro tipo de mágica estranha e desconhecida. O que, de certa forma, suponho que tenha mesmo feito.

— Só confie em mim — diz Teddy a Leo, que ficou mudo do outro lado da linha. — Você vai *querer* vir.

— Você não pode simplesmente me contar por telefone? — pergunta Leo, pesarosamente. — Vai demorar um século para eu voltar.

— Leo — digo, me debruçando também. — Só venha, ok? Ele hesita, e, então, sei que ele virá.

— É?

— É — afirmo, e Teddy abre um sorriso de gratidão para mim.

— Ok — diz ele, com um suspiro, finalmente cedendo. — Antes eu só preciso... chego aí assim que puder. Mas vocês vão ficar me devendo essa.

Teddy ri.

— Eu te dou um milhão de dólares.

— Que tal só um brunch? — sugere Leo. — Estou faminto.

— Encontramos você no Lantern — combina Teddy, desligando e se virando para mim. — Fica de babá enquanto me visto?

Demoro um segundo para entender que ele está se referindo ao pote de biscoitos.

— Claro — respondo, achando um pouco cedo demais para ficar paranoico com a fortuna recém-descoberta. Mas, quando Teddy volta alguns minutos depois usando jeans e um suéter listrado, de cabelo molhado e penteado, também me vejo relutante em perder o pote de vista. — Troca de guarda — brinco, levantando e passando por ele em seguida.

Percebo que a possibilidade de acontecer alguma coisa durante os seis minutos que levo para escovar os dentes e vestir as roupas do dia anterior é bem pequena. Mas, ainda assim, aquele bilhete é basicamente uma nota de 140 milhões de dólares, e isso parece pesado demais para se colocar em um pedacinho tão pequeno de papel, especialmente considerando que Teddy tem uma tendência a perder as coisas. Então, ao sair do banheiro e o ver mexendo no celular com uma das mãos, a outra em cima da cabeça do hipopótamo, fico de fato um pouco aliviada.

— Dizem que devemos ligar para um contador também — comenta ele, sem levantar a cabeça. — E um consultor financeiro.

— Quem diz?

— Não sei. — Ele dá de ombros. — A internet.

— Tem certeza de que não quer ligar para sua mãe?

Ele levanta o olhar e encontra o meu.

— Meio que quero, mas acho que preciso de mais alguns minutos para processar isso tudo antes. Além disso, prefiro contar pessoalmente. Consegue imaginar a cara de minha mãe quando souber?

Sorrio, lembrando da expressão de Teddy ao olhar o bilhete não muito tempo atrás.

— Na verdade consigo.

— De toda forma, ela vai chegar em algumas horas. Vamos só encontrar Leo e descobrir que diabos devemos fazer em seguida. — Ele se levanta, parecendo tonto, pegando em seguida a jarra de biscoitos e enfiando-a debaixo do braço. — Pronta?

Eu o encaro.

— Você não vai levar isso para a lanchonete.

— O bilhete?

— Não, o pote de biscoitos.

Teddy o examina, como se não tivesse muita certeza de como aquilo foi parar debaixo de seu braço.

— Bem, o que mais devemos fazer com ele?

— Não sei, mas acho que assim fica parecendo meio suspeito.

Ele inclina a cabeça e me olha.

— Acha que alguém vai me ver com um pote de biscoitos e concluir que há um bilhete vencedor da loteria dentro?

— Não acho completamente impossível — respondo, tentando permanecer com uma expressão séria.

Ele abre a tampa e enfia a mão no pote para pegar o bilhete, que segura cuidadosamente com dois dedos.

— Então o que propõe fazer com ele?

— Guardar na carteira?

— Não sei. O velcro está meio gasto e...

— Acho que o problema maior — interrompo, rindo — é, na verdade, você usar uma carteira de velcro.

— Não é essa a questão.

— Ok — concedo, olhando para o bilhete. — Talvez devêssemos deixá-lo aqui.

— Bem, e se alguém arrombar o apartamento?

— Quais as chances de, depois de você morar seis anos aqui, alguém arrombar o apartamento pela primeira vez justamente nesta manhã?

Teddy me olha com desconfiança.

— Quais as chances de ganharmos na loteria?

— Bem pensado — admito. Vou até a gaveta debaixo do micro-ondas, da qual tiro um saquinho plástico com fecho. Pego o bilhete de sua mão e o guardo cuidadosamente ali dentro. — Aqui. Isso vai protegê-lo da neve.

— Não podemos sair com ele por aí assim — argumenta ele, preocupado. — Todo mundo vai ver.

— Eu guardo na bolsa.

Ele olha para a bolsa carteiro de tecido preta em cima da mesinha de centro.

— Ela tem, tipo, um bolso ou coisa parecida?

— Com zíper e tudo.

— Ok — concede Teddy, e pegamos nossos casacos nos ganchos ao lado da porta. — Mas você sabe que isso significa que não posso perdê-la de vista.

Sorrio e calço minhas galochas.

— Estou falando sério — insiste Teddy. — Vou ser sua sombra. Não vai se livrar de mim nem querendo.

— Acredite em mim — provoco. — Já tentei.

Quando ele me acotovela de brincadeira, meu coração dá um pulinho. Retribuo o gesto, e, imediatamente, ele desvia de mim, rindo. Tudo parece tão normal entre nós, como se o beijo fosse algum tipo de sonho distante, e não tenho certeza se deveria me sentir aliviada ou desapontada com isso.

Uma vez prontos, com o bilhete protegido pelo plástico e guardado em segurança na bolsa, Teddy põe a mão na maçaneta. Mas, logo antes de girá-la, ele para e se vira para me olhar. Um dos cantos de sua boca está erguido, como se ele estivesse tentando prender um sorriso.

— Ei, Al?

— Sim?

— A gente acabou de ganhar na maldita da loteria — diz ele, a voz deslumbrada, e eu rio porque é ridículo e incrível e real. Sabe-se lá como eu escolhi não só um nem dois nem sequer três números vencedores, mas todos eles. As chances de isso acontecer têm de ser ínfimas. E, no entanto, aqui estamos nós.

Teddy está me encarando, os olhos brilhando, e sorrio de volta para ele.

— Você acabou de ganhar na porcaria da loteria.

Ele coloca a mão de volta na maçaneta e a retira mais uma vez.

— Al?

— Sim?

— Obrigado — agradece ele, virando e me abraçando forte.

E tem alguma coisa ali, no tom de espanto da voz ou nas batidas do coração, que sinto através dos casacos ou na maneira com que ele repousa o queixo em cima de minha cabeça, que me dá um nó na garganta.

Do lado de fora, o sol brilha forte contra a neve em blocos, o mundo tão ofuscante que parece cheio de glitter. A neve ainda não foi removida das calçadas, e um par de pegadas profundas forma uma trilha pela rua que dá no Lantern, nossa lanchonete favorita. Teddy vem andando atrás de mim, uma das mãos enluvadas agarrada à alça de minha bolsa.

Olho ao redor durante o trajeto, tentando decidir se o mundo parece diferente esta manhã. Há pessoas tirando a neve de suas portas com pás, crianças correndo com trenós de plástico, cachorros afundando nos montes altos de neve já retirada. É o primeiro dia de fevereiro, a manhã após uma tempestade de neve, um sábado como qualquer outro em Chicago.

Exceto pelo bilhete que queima como carvão em brasa no bolso de minha bolsa.

Atrás de mim, posso ouvir o barulho das botas de Teddy e o som irregular de sua respiração.

— Da próxima vez — diz ele —, vamos poder pegar um táxi.

— São só três quadras — rebato, mas ele tem razão, é claro.

Da próxima vez não vamos ter de atravessar toda essa neve nem esperar no vento frio por um ônibus. De agora em diante, poderemos pagar um táxi. Ou pelo menos Teddy poderá.

Sei que é bobeira nutrir um sentimento de perda por causa disso. Para começo de conversa, pessoas ricas nem devem pegar táxis; provavelmente preferem as próprias limusines ou até helicópteros, quem sabe? Mas, apesar de um táxi ser uma ambição deprimente para um vencedor da loteria, a ideia sempre foi um luxo para nós, o tipo de coisa com a qual sonhamos em dias assim.

E esse é o primeiro sinalzinho de que as coisas em breve serão bem diferentes.

Ao nos aproximarmos do Lantern, vejo Leo sentado a nossa mesa preferida perto da janela, a cabeça baixa, examinando o cardápio. Quando Teddy abre a porta de vidro da lanchonete, um sininho familiar nos anuncia e somos recepcionados por uma rajada de calor e pelo cheiro doce de waffles.

Caminhamos juntos na direção da mesa, e, quando estamos ambos parados em frente a ela, Leo baixa o cardápio, estreitando os olhos para nós dois com um velho par de óculos.

— É bom que valha a pena — adverte ele, e Teddy apenas sorri.

Onze

Depois que a história toda vem à tona, Leo simplesmente nos encara.

— Por que, em nome de Deus, estão contando isso para *mim*? — diz ele, finalmente.

Teddy pisca para ele, confuso.

— Er, porque você é meu melhor amigo, e eu só achei que...

— Não — retruca Leo, baixando a voz, como algum personagem misterioso de um filme sobre grandes roubos. — Quero saber por que não estão falando com um advogado ou algo assim neste momento?

— Ah — diz Teddy. — Porque achei que você saberia o que fazer.

Leo nem deixa a gente pedir nada para comer. Em vez disso, ele nos leva para fora da lanchonete.

— Desculpe — grita Teddy para a garçonete confusa, enquanto abandonamos nossa mesa. — Prometo que deixo uma gorjeta bem grande da próxima vez.

Ela apenas revira os olhos, o que é justo, considerando que ele geralmente deixa apenas um montinho de moedas tiradas do fundo do bolso. Mas isso o faz rir mesmo assim.

De volta ao apartamento, tiramos os calçados e os casacos, e nos sentamos enfileirados no sofá, onde ficamos observando o bilhete dentro de seu saquinho plástico enquanto esperamos a mãe de Teddy e os pais de Leo — que ele chamou enquanto voltávamos da lanchonete — chegarem e assumirem o comando. Katherine McAvoy estava terminando seu turno extra no hospital, e tia Sofia e tio Jake prometeram chegar assim que conseguissem tirar toda a neve de cima do carro. Nenhum deles tem a mínima ideia de por que foi chamado, pois Teddy está determinado a dar a notícia pessoalmente.

Enquanto esperamos os três, me ocorre pela primeira vez que, para cada um de nós, temos exatamente a mesma quantidade de adultos. Três pais. Três adolescentes. Duas versões improvisadas de família.

Leo é o único que continuamente quebra o gelo.

— Isso é loucura — repete ele toda hora, olhando para o bilhete com admiração. — Totalmente insano.

— Eu sei — concorda Teddy, os olhos meio arregalados.

— Insano — reitero, ainda ligeiramente entorpecida.

— Você ganhou na *loteria* — diz Leo a Teddy, como se aquele fato pudesse ter lhe escapado. Ele coloca a cabeça entre as mãos, bagunçando o cabelo escuro, e se volta para mim. — E você comprou o bilhete. Isso só pode ser a coisa mais louca que já aconteceu. Na história.

Quando Katherine McAvoy chega, estamos ansiosos ao extremo. Teddy está andando de um lado para o outro, eu estou fazendo café, e Leo está no celular, pesquisando o que fazer quando se ganha na loteria. Nós três congelamos assim que escutamos um barulho na porta. E então Katherine aparece, ainda com o jaleco verde, os curtos cabelos loiros caindo sobre os olhos enquanto ela se atrapalha com as chaves, cansada depois de trabalhar dois plantões seguidos.

Ela para subitamente quando percebe que estamos os três a encarando.

— Oi — começa ela, arrastando a palavra de um jeito que sugere que nossos esforços em parecer normais falharam. Ela ergue uma sobrancelha. — O que houve, gente?

Teddy dá um passo à frente. Ele parece um garotinho tentando guardar um segredo enorme, seu rosto praticamente reluzindo com a novidade.

— Oi, mãe — diz ele, esticando um braço por cima do sofá em uma tentativa inútil de parecer casual. — A gente, er, tem uma coisa para te contar, na verdade.

De onde permanece parada, perto da porta, Katherine enrijece e fica claro, pelo modo como seu rosto está tenso, que ela se prepara para o pior. Mas Teddy percebe imediatamente e balança a cabeça a fim de negar.

— Calma, está tudo bem — assegura ele, apressando-se até ela. Ele pega a mão da mãe e a conduz até a poltrona verde ao lado do sofá. Ela ainda está de casaco, e, quando senta, ele infla a seu redor, de modo que ela precisa baixá-lo. — É uma coisa boa, prometo.

— Teddy — diz ela, cansada. — Foi uma noite longa.

— Eu sei, mas acredite em mim, você vai querer escutar isso. Olhe, você se lembra daquela vez que tentamos roubar... Na verdade, não importa. Lembra como você costumava me dizer para nunca...

— Teddy — interrompo, baixando minha xícara de café na mesa. — Conte logo.

— Sim — insiste Katherine. — Por favor. Só me conte.

Leo pega o saquinho plástico com o bilhete dentro, entregando-o a Teddy. Ele o segura cuidadosamente com dois dedos, passando-o para sua mãe com uma expressão orgulhosa no rosto.

— Aqui — diz ele, incapaz de conter o sorriso a essa altura, e Katherine franze a testa diante do saquinho por alguns segundos, sem entender bem. Depois um vislumbre de irritação passa por seu semblante.

— Sabe — diz ela, finalmente — que a loteria não é muito melhor que apostas, certo?

— Mãe — grunhe Teddy. — Relaxe. Não é a mesma coisa.

Mas Katherine endireita as costas, recuperando as forças.

— É claro que é. É apenas uma forma de aposta socialmente aceita. A loteria nada mais é que um monte de gente que não pode jogar desperdiçando dinheiro em um jogo no qual as probabilidades são...

— Foi Alice que me deu — interrompe Teddy, apontando em minha direção, e Leo explode em gargalhadas.

— Todos nós sabemos que Alice é uma péssima influência — acrescenta ele, e eu reviro os olhos.

— Foi um presente de aniversário — explico a Katherine, me juntando a eles na sala. — Era para ser uma brincadeira. Por completar 18 anos, sabe? — Quase acrescento que o presente de Leo foi um maço de cigarros, mas isso não vem ao caso agora.

— Não importa, de qualquer maneira — continua Teddy, agachando na frente da poltrona, e ficando cara a cara com a mãe. — Isso não tem nada a ver com papai. Isso tem a ver com a gente. Tem a ver com, bem... — Ele solta uma gargalhada de repente. — A questão é que... ganhamos.

Katherine o encara.

— Ganhamos...?

— Na loteria. Nós ganhamos na loteria.

— Tipo...

— Tipo, levamos a bolada. A grande.

Agora os olhos dela estão arregalados.

— Grande como?

— São cento e quarenta e um milhões e trezentos mil dólares — enumera Leo, baixando os olhos para conferir no celular. — Teria sido mais se não houvessem outros dois ganhadores. Mas ainda deve dar uns cinquenta e três milhões depois dos impostos. Ou dois milhões e oitocentos mil por ano se a gente escolher receber anualmente. Mas quem vai querer uma coisa dessas, né? Ninguém nunca conquistou o mundo ganhando mesada, certo?

Ninguém está prestando atenção. Katherine ainda está encarando Teddy, o rosto agora sem cor. Ela parece completamente estupefata, o que é tão estranho quanto basicamente tudo o que já aconteceu hoje.

— Você está falando sério — diz ela, mas aquilo não é uma pergunta.

Ele confirma com a cabeça.

— Estou.

— Isso não é uma piada? Porque estou exausta e, se isso for uma das suas...

— Mãe — interrompe ele, colocando uma das mãos sobre as dela. — Isso não é piada. Eu juro. Nós ganhamos na loteria. Alice escolheu os números vencedores. Ela ganhou *milhões* para a gente.

É estranho assistir acontecer; a expressão no rosto de Katherine indo do cansaço à incredulidade e ao choque e, então, finalmente se tornando uma expressão que não vejo há muito tempo: alegria.

— Milhões? — repete ela, balançando a cabeça, e Leo oferece o celular, onde os números do site da loteria são os mesmos que os do bilhete em suas mãos.

Katherine abre a boca, como se fosse dizer mais alguma coisa, e, então, parece mudar de ideia. Em vez disso, ela se levanta, passando direto por Teddy e se aproximando de mim. Ela é alguns centímetros mais baixa que eu, mas segura meus ombros de modo que preciso me abaixar um pouco, e há algo determinado em seu olhar, algo quase feroz na maneira com que ela está me olhando.

— Alice — sussurra ela. — Obrigada.

— Não foi nada — digo automaticamente, mas também porque é a verdade. Foram cinco minutos dentro de uma casa lotérica. Foi tão banal quanto comprar um pacote de chiclete ou um tubo de pasta de dente. Foi um presente de brincadeira, um gesto simbólico, uma ideia de última hora. Foi só um presente de aniversário, e um bem bobo, na verdade.

Mas, ainda assim, ela me abraça tão apertado que fica quase difícil respirar.

— Foi tudo — corrige Katherine.

Doze

Quando o interfone toca, Leo corre para abrir a porta.

— A senha é "bolada"— diz ele ao interfone, e há uma pausa cheia de ruídos antes de a voz de tia Sofia emergir.

— Leo?

— Oi, mãe — cumprimenta ele, apertando o botão. — Suba.

Teddy se vira para Katherine, que ainda parece meio tonta.

— Achamos que poderíamos precisar de um advogado — explica ele. — Então pedimos para Sofia vir.

— E tio Jake — acrescento, com um sorriso. — Caso a gente venha a precisar de um vendedor de artigos de escritório. Nunca se sabe.

Katherine ri.

— Coisas mais estranhas já aconteceram hoje.

Enquanto eles sobem as escadas, Leo e eu ficamos esperando perto da porta aberta do apartamento.

— Sem pressa — grita ele, quando escutamos seus passos. — Temos o dia todo.

— Ei — grita de volta tio Jake. — Não temos mais 18 anos, ok?

Chegando ao andar, ele joga o peso do corpo sobre o corrimão exagerando seu cansaço, enxugando a testa com a manga da camisa de flanela.

— Ok, estou aqui — diz ele, com um sorriso que ainda acho que é de meu pai, mesmo depois de todos esses anos. As semelhanças entre eles são assustadoras: o cabelo ruivo, os olhos azuis redondos, a mesma gargalhada retumbante. Tio Jake era alguns anos mais velho, e a cada aniversário, ainda fico arrasada ao perceber que meu pai jamais vai chegar àquela idade.

— Acabo de subir aproximadamente seis milhões de degraus — começa ele. — E estou perdendo a partida do Bulls. E precisei dirigir por quase 5 quilômetros de gelo e neve com a maior medrosa do planeta. Então, se quiserem nos inteirar e contar do que se trata em algum momento, seria fantástico.

— Eu ouvi isso — diz tia Sofia, finalmente alcançando o andar. Ela vai direto até onde eu e Leo estamos, puxando nós dois ao mesmo tempo para um abraço. Quase sinto o alívio que irradia dela. — Vocês podiam ser um pouquinho mais seletivos quando quiserem usar a palavra *emergência*.

— Eu avisei que estava tudo bem — lembra Leo, levantando o celular como prova, mas tia Sofia apenas balança a cabeça. Ela está usando calça jeans e um moletom grande demais da Northwestern, seu longo cabelo escuro está preso em um rabo de cavalo baixo que a faz parecer mais nova, e seu rosto ainda está cheio de preocupação.

— Bem, um pouco mais de informação teria sido bom — reclama ela, mas sua seriedade está derretendo agora que ela pôs os olhos em nós. — Ainda seria.

— Desculpe — começo, pronta para explicar, mas então Teddy põe a cabeça para fora da porta.

— Na verdade a culpa é minha — esclarece ele, sorrindo largo para os dois. — A questão é que estou precisando da ajuda de um advogado.

— Era só questão de tempo — sussurra dramaticamente tio Jake para mim, e eu rio, porque ele não está completamente errado. Mas, de repente, mal posso esperar para que eles saibam o real motivo por estarem aqui, para que ouçam as incríveis e impossíveis notícias.

Tia Sofia está franzindo a testa para Teddy.

— O que aconteceu?

— Vamos conversar lá dentro — convida ele, apressando-nos para entrar e fechando a porta.

Assim que Katherine vê minha tia, ela a abraça. Depois ela dá um beijo rápido na bochecha de meu tio e lhe oferece uma xícara de café, as mãos trêmulas. Quando finalmente estamos todos juntos na sala de estar, Teddy já está praticamente explodindo para contar a história. O restante de nós se acomodou no sofá ou puxou cadeiras para sentar, mas ele ainda está de pé na frente da mesinha de centro, pronto para iniciar a sessão.

— Então o que está havendo? — pergunta tia Sofia. — Como posso ajudar?

Teddy esfrega o queixo, tentando parecer sério.

— Bem, como falei, aconteceu uma coisa, e eu realmente preciso da ajuda de um advogado. Como sei que você é uma excelente profissional e...

— Meu ramo é Direito Ambiental — relembra minha tia. — Então, a não ser que você tenha visto um urso-polar precisando de ajuda esta manhã, posso não ser muito útil.

— Eu sei — diz Teddy, assentindo. — Mas imaginei que poderia nos ajudar com os termos legais, e que talvez conheça alguém em seu escritório que possa...

Tia Sofia está começando a parecer ansiosa de novo.

— O que exatamente aconteceu?

— Não se preocupe — digo a ela. — Prometo que não roubamos um banco nem nada do tipo.

Leo resfolega.

— É como se tivéssemos.

— Sério — diz tio Jake, com uma pontada de impaciência. — O que está havendo?

— Não sei se viram as notícias sobre o grande resultado da loteria esta manhã — diz Teddy, sorrindo para eles. — Mas a questão é que... eu ganhei.

Tio Jake o encara.

— Você ganhou?

— A loteria? — pergunta tia Sofia, estupefata.

Não consigo não rir, porque agora é exatamente a terceira vez que temos essa conversa, e ela foi exatamente a mesma coisa todas as vezes.

— Ele ganhou *milhões* — digo. — Tipo, milhões e milhões. — Faço uma pausa. — E mais milhões.

— Tudo por causa de Alice. — Teddy sorri para mim, e o modo com que ele diz meu nome todo, e não o apelido, me faz estremecer. — Foi ela que escolheu os números.

Meu tio me olha abismado.

— Bem, boa jogada, garota — elogia ele, virando-se para dar uma piscadela na direção de Katherine. — Eu lhe ensinei tudo o que ela sabe.

— Uau! — exclama tia Sofia, ainda absorvendo a informação. Abruptamente, ela se levanta e atravessa a sala para abraçá-lo. — Teddy, isso é incrível. Parabéns.

— Estamos muito felizes por você — diz tio Jake, levantando-se também. Ele dá um daqueles apertos de mão em Teddy que viram um esbarrão de ombros e depois um abraço. — Não podia ter acontecido com um cara melhor.

— E estamos aqui para ajudar da maneira que pudermos — completa tia Sofia, olhando para Katherine agora. — No que precisarem. Advogados, consultores financeiros, tudo. É só dizer do que precisam.

Katherine, que escutou tudo com uma expressão pensativa, endireita as costas.

— Você tem 18 anos agora — diz ela para Teddy, que sorri; graças a toda essa novidade, a festa de aniversário parece ter acontecido há séculos. — E isso significa que todas as decisões a serem tomadas são suas. Eu só espero que...

— Mãe — interrompe Teddy, rindo. — Isso *acabou* de acontecer. Sem sermões ainda, ok?

— Só estou dizendo que dinheiro vem e vai — continua ela, obviamente pensando no pai de Teddy. — Sei que vai querer se divertir um pouco com ele, e devia. Mas espero que seja responsável também.

Ele concorda impacientemente com a cabeça.

— Eu vou.

— E acho que a primeira coisa que devemos fazer — prossegue ela —, é guardar parte do dinheiro para sua faculdade.

Teddy hesita, e eu me sento um pouco mais ereta, observando-o cuidadosamente. Ele sempre dispensou a ideia de ir direto para a faculdade depois do colégio, e, por mais que eu estivesse esperando que ele mudasse de opinião, também compreendo seu ponto de vista. Ele passou tantos anos vendo a mãe tentando quitar as dívidas deixadas pelo pai que a última coisa que queria fazer era pegar um empréstimo universitário. Mas, assim que Katherine diz aquilo, percebo que ela tem razão: é a chance de Teddy.

— Mãe — diz Teddy, balançando a cabeça —, você sabe que meu plano é...

— Eu sei — interrompe Katherine, em tom cortante. — Trabalhar um ou dois anos e, depois, entrar em uma faculdade comunitária. Mas estou com medo de você passar o resto da vida como subgerente e...

— Gerente adjunto — corrige Teddy, parecendo envergonhado por estar fazendo a distinção. Ele passou os últimos três anos trabalhando em uma loja de artigos esportivos perto dali, e lhe prometeram uma promoção depois da formatura.

— Mas é justamente isso — argumenta ela, se inclinando para a frente. — Não importa mais. Agora você tem dinheiro para uma faculdade de verdade. Uma que tenha um excelente programa de treinamento. Você não precisa mais esperar.

— Não tenho certeza se... — começa Teddy, interrompendo-se. — Pode ser que minhas notas nem sejam boas o bastante para... Enfim. Isso acabou de acontecer e eu ainda não pensei direito sobre...

— Tudo bem — diz Katherine, mais calma. — Podemos conversar melhor sobre isso depois. Mas um fundo para a faculdade definitivamente vai ser nossa primeira prioridade. — Ela para, e seu olhar se volta em minha direção. — E acho que devíamos fazer um para Alice também.

Um breve silêncio se segue, durante o qual sinto o rosto ficando quente.

— O quê? — pergunto, piscando para ela. — Não, vocês não precisam...

— Alice — diz Katherine, com um sorriso. — Foi você quem comprou o bilhete. Tudo isso está acontecendo por sua causa.

Do outro lado da sala, Teddy está imóvel, em choque. Com o rosto pálido, ele me olha fixamente, os braços sem força jogados junto ao corpo. A expressão triunfante que ele exibira a tarde toda desapareceu completamente.

— Não acredito que eu... — começa ele, parando em seguida e sacudindo a cabeça. — Nossa, estou me sentindo péssimo. Mas é que hoje foi um furacão tão grande, e eu não estava pensando...

— Tudo bem — digo rapidamente. — De verdade.

Ele vem em minha direção e senta na mesinha de centro de frente para mim, de modo que seus joelhos batem nos meus. Seu rosto está muito sério.

— Você comprou o bilhete — diz ele baixinho. — E você escolheu os números. Sinto muito. Devia ter pensado nisso imediatamente.

Seus olhos castanhos estão focados em mim com uma intensidade enervante. Teddy respira fundo e estende uma das mãos, a qual encaro por um instante. Há algo estranhamente formal no gesto e penso novamente em nosso beijo naquela manhã, em como seus braços me envolveram com tanta força, em como nos encaixamos tão perfeitamente.

— Metade é sua — decreta ele, a mão ainda esticada para mim, e então escuto minha tia inspirar profundamente. A meu lado no sofá, Leo se enrijece. — É mais que justo.

— Teddy... — começo, sem certeza de como terminar.

Seus braços balançam um pouco, e ele agora está falando rápido, do jeito que faz quando está animado com alguma coisa.

— Foram os seus números da sorte. Foi você quem fez tudo isso acontecer.

— Foi só...

— Foi só você — insiste ele. — Você precisa fazer parte disso. Que tal? Você e eu? — Ele sorri meio torto. — Dois milionários, simples assim?

Como uma sonâmbula, balanço a cabeça, meu olhar ainda fixo na palma de sua mão.

— Não posso — digo baixinho. — Foi um presente.

— O quê? — diz ele, levantando-se rapidamente, e, quando o encaro, sua expressão parece um pouco mais severa. — Você não pode recusar, Al. É uma oportunidade única na vida.

Os outros estão nos assistindo; posso sentir. Mas é como se apenas Teddy e eu estivéssemos na sala, nossos olhares fixos um no outro e nossas mandíbulas tensas.

— Teddy. É sério. O bilhete é seu. Assim como o prêmio. Obrigada por oferecer, mas...

Ele fecha a cara.

— Obrigada por oferecer? Isso não é um pedaço de chiclete, Al.

— Sei disso.

— Então qual é o problema?

— Não existe um problema — respondo, erguendo o queixo, tentando parecer calma apesar do pânico que está começando a se formar dentro de mim. — Simplesmente não quero. Sinto muito.

— Não sinta muito — diz ele, com uma expressão séria. — Bem, quem perde é você. Quem é que recusa vinte milhões de dólares?

— Na verdade, será mais para 26.5 milhões se optarem por retirá-lo de uma só vez — interrompe Leo, e nós dois nos viramos para olhar feio para ele. Ele joga as mãos para o alto em sinal de rendição. — Só estou dizendo.

Esfrego minhas pálpebras, cansada de repente.

— Podemos simplesmente encerrar essa conversa?

— Não — nega Teddy. — Porque você merece o prêmio tanto quanto eu, e não acho tão louco eu querer...

— Teddy — interrompo. Ele para, surpreso, e eu respiro fundo. — Não é louco. E é muito generoso. Mas não preciso.

Ele fica me encarando.

— O quê? Por que não?

— Meus pais... — começo, mas, de repente, minha boca fica seca. — Meus pais...

— Os pais dela tinham seguro de vida, Teddy — explica minha tia, e olho para ela com gratidão. Seu olhar está fixo em mim, os olhos cheios de afeto. — A maior parte vai servir para pagar a faculdade, mas ainda vai sobrar um pouquinho para quando ela fizer 21 anos.

Teddy baixa o olhar, e, por um instante, penso que acabou. Mas então ele o levanta de volta para mim.

— Fico feliz por eles terem cuidado de você — diz ele, e, apesar de minha frustração, sinto uma nova onda de afeto por ele. — Mas não é a mesma coisa que estou tentando fazer. Você não quer ter uma rede de segurança? Depois de tudo que aconteceu? Não quer saber que está segura pelo resto da vida? Não importa o que aconteça?

Pisco algumas vezes para ele, subitamente menos resoluta. Por um segundo, fico quase tentada a ceder, a dizer que sim, a concordar com o que ele quiser. Mas alguma coisa me segura.

— Não posso — repito, e ele franze ainda mais a testa.

— O que seus pais deixaram para você foi ótimo — admite ele, claramente ansioso para ser compreendido. — Mas é só... é um monte de neve. Estou oferecendo a você um iceberg inteiro.

— Teddy — digo, exaurida, mas ele ainda não terminou.

— Não entendo. Não entendo você. Depois de todas as coisas terríveis que aconteceram contigo, acontece essa coisa boa. Essa coisa *incrível*. E você não quer ter nada a ver com ela?

Meus olhos ardem agora, e a sala parece pequena demais. Sacudo a cabeça, sem conseguir encará-lo, desesperada para aquela conversa chegar ao fim.

— Estamos falando de milhões de dólares aqui — pressiona ele, como se eu não entendesse o tamanho da questão. — Nunca mais você vai precisar se preocupar com nada. É o tipo de dinheiro que muda tudo. *Tudo*.

Aquelas últimas palavras me abalam. Fecho os olhos e respiro fundo, e me pergunto se os outros também conseguem escutar as batidas de meu coração. Tento engolir de volta o soluço que subiu pela garganta, mas, quando abro a boca, minha voz sai falha e confusa, pesada sob a ameaça de lágrimas:

— Teddy, por favor. Não.

Seus olhos se arregalam ligeiramente, mas a expressão em seu rosto não muda; ele ainda parece não compreender. Há um longo silêncio em seguida, e, então, tia Sofia pigarreia.

— Ok — diz ela, com um tom de finalização. — Acho que talvez já chegue.

Quando levanto a cabeça, estão todos me olhando — ela, tio Jake, Leo e Katherine — com expressões ligeiramente espantadas. O lugar é puro silêncio.

— É muito gentil de sua parte, Teddy — contemporiza tia Sofia, olhando ao redor. — Mas há muitas outras coisas sobre as quais precisamos conversar também, então talvez por hora seja melhor seguirmos em frente.

Teddy solta um grunhido e senta em uma cadeira do outro lado da sala, onde cruza os braços com uma expressão de frustração. Ninguém mais se mexe.

Depois de um tempo, tio Jake se endireita.

— Comida — sugere ele, tão de repente que Leo pula um pouco assustado. — Acho que precisamos comer, certo? Alguém mais está ficando com fome? Talvez Alice e Leo pudessem ir buscar umas pizzas...

— Claro — concorda Leo, olhando para mim de esguelha. — Ótima ideia.

Tio Jake começa a procurar a carteira nos bolsos, mas Teddy se antecipa.

— Eu pago — diz ele, indo até a cozinha. Ele tira algumas notas da gaveta onde ele e a mãe sempre guardam um dinheirinho para emergências. Quando se inclina para Leo e entrega o dinheiro, ele evita olhar para mim e diz: — Preciso gastar essa grana de algum jeito.

Treze

Leva apenas duas quadras para Leo começar.

— *Onde* você está com a cabeça? — pergunta ele, os olhos arregalados debaixo do gorro vermelho de lã. — Como pode recusar vinte e seis milhões de dólares assim?

Ele estala os dedos, e aquilo faz eu me encolher.

Não tenho uma resposta. Só agora estou começando a absorver a enormidade do que aconteceu. Minha resposta foi rápida e automática, pura reação. Só agora estou começando a me dar conta de que acabo de, educadamente, recusar uma verdadeira fortuna.

— Não sei — respondo, soprando as mãos. — Acho que não esperava que ele viesse com essa para mim...

Leo ergue uma sobrancelha.

— Qual é. Vocês encontraram o bilhete, tipo, cinco horas atrás. Deve ter passado por sua cabeça que ele iria te oferecer uma parte.

— Não passou — respondo honestamente. — O bilhete é dele. Não meu.

— Sim, mas foi você quem comprou.

— E dei de presente — respondo, exasperada. — Por que ninguém consegue entender isso?

— Porque — responde Leo, me encarando como quem está se divertindo com aquilo — acho que ninguém mais jamais pensaria dessa maneira.

— Como assim?

Ele dá de ombros.

— A maioria das pessoas estaria sonhando com todas as coisas que poderiam comprar, ou pensando em como a economia está horrível, ou como nunca mais precisariam sequer se preocupar em arranjar um emprego. A maioria das pessoas estaria ocupada pensando nelas mesmas.

— E você acha que eu também deveria estar — respondo secamente. — Considerando que não tenho ninguém além de mim mesma.

Ele olha para mim, a testa franzida.

— O quê? Não. Não foi nada disso que eu quis dizer.

— É o que Teddy estava tentando dizer também. Que preciso de uma rede de segurança. — Mantenho o olhar fixo à frente ao dizer aquilo, sem conseguir olhar para ele. — Porque estou por conta própria.

— Isso não é verdade — discorda Leo, e, apesar de sua intenção em fazer aquilo soar reconfortante, sinto uma pontada de irritação em sua voz. — Você tem a mim. E a meus pais. Sabe disso.

— Mas não é a mesma coisa que é para você. Quando eu fizer 18 anos, eles tecnicamente não serão mais responsáveis por mim. — Noto que ele está prestes a me interromper, então me apresso em continuar: — Sei que eles sempre estarão lá se eu precisar. Sei disso. Mas ainda assim, sou uma ilha.

Leo para abruptamente e se vira para olhar para mim.

— É isso que você acha?

Mudo o peso de um pé para o outro. Estamos numa poça de lama, e sinto os dedos do pé gelando mesmo através do solado de borracha da galocha.

— Você não está sozinha. — Ele parece magoado. — Você tem a gente. Para sempre.

Para sempre, penso, fechando os olhos por um segundo.

Parece uma promessa tão frágil.

— Você está conosco há nove anos — continua ele. — Isso são, tipo, milhares de jantares em família. Mas, ainda assim, você considera São Francisco seu lar. Não é que você seja uma ilha, Alice. Mas continua agindo como uma. E ninguém pode mudar isso a não ser você.

Abaixo meu queixo, olhando para as galochas, e então sopro uma baforada de ar condensado. Aquelas palavras doeram, e percebo que doeram porque são verdade.

— Eu sei — respondo baixinho, e Leo faz que sim diligentemente, como se fosse tudo o que ele queria ouvir. Então ele recomeça a caminhar, desviando das poças.

— Além disso — diz Leo, por cima do ombro —, você está mais para uma península.

— Como a Flórida? — pergunto, o que o faz rir.

— Algo do tipo.

Caminhamos mais uma quadra em silêncio, nossas cabeças baixas por causa do vento, e, então, quando paramos em um cruzamento, olho para ele.

— Teddy não estava totalmente errado — admito. — Se eu fosse esperta, provavelmente teria aceitado o dinheiro. Mas o dinheiro não parece ser de fato meu para que eu aceite.

— É, mas...

— O bilhete é dele, Leo. O que significa que o dinheiro também é. Simples assim.

— Certo, mas...

— Leo — interrompo, suspirando. — Foi a coisa certa a fazer, ok?

Ele me olha de um jeito que conheço bem. Do jeito que sugere que não estou contando tudo. Quando o sinal de pedestres fica verde, cruzamos a calçada gelada. Leo mantém a mandíbula retesada, mãos enfiadas nos bolsos, e, apesar de parecer ao mundo que ele está apenas imerso em pensamentos ou simplesmente me ignorando, sei que só está ganhando tempo, esperando que eu admita o verdadeiro motivo.

— Tudo bem — finalmente digo. — Talvez eu esteja com um pouco de medo também.

— Por quê?

— Porque você ouviu o que Teddy falou — respondo, dando de ombros. — É o tipo de dinheiro que pode mudar tudo.

— Ah — diz ele, uma expressão de compreensão tomando conta do rosto.

— Tudo em minha vida já foi mudado antes — explico, tentando parecer racional. — E realmente não tenho qualquer interesse em que isso aconteça de novo.

Dessa vez Leo para e olha para mim, os olhos castanho--claros iluminados.

— Eu entendo. Seus pais morreram, e sua vida virou de cabeça para baixo, e agora tudo o que você quer é que as coisas sejam normais.

Pisco algumas vezes para ele.

— Acho que sim.

— E você ganhou um montão de dinheiro por causa disso. Um dinheiro que você trocaria em um piscar de olhos por mais tempo com eles. Certo?

— Certo — respondo com cuidado, sem saber onde isso vai parar.

— Então, agora a última coisa que você quer é mais dinheiro — conclui ele, como se tivesse acabado de desvendar algum tipo de mistério. — Especialmente muito mais dinheiro.

— Leo — advirto, franzindo o cenho. — Pare de tentar me analisar.

Ele ri.

— Só estou tentando entender suas motivações — argumenta ele, e recomeçamos a caminhada. — Entendo de verdade. Pelo menos em parte. Mas ainda acho que você é maluca por recusar o dinheiro.

Dou de ombros.

— Talvez eu seja. Mas é só que parece... Sei lá. É meio demais, não é? Tipo, eu estou muito feliz por Teddy e por Katherine, porque sei que eles realmente precisam. Mas, se você tivesse escolha, gostaria honestamente de ganhar milhões e milhões de dólares, assim do nada?

— Sim — responde Leo, tão enfaticamente que ambos rimos. — Acho que, se você fizesse essa pergunta a cem pessoas, todas responderiam a mesma coisa. Elas também iriam querer dividir o prêmio com você, a propósito. O que seria totalmente justo.

— Não é o bastante apenas ficar feliz por Teddy?

— Talvez — admite ele, amolecendo. — Mas o universo te deve assim como a ele. Provavelmente muito mais.

Balanço a cabeça negativamente.

— Não é assim que as coisas funcionam.

— Você só acha isso — rebate ele, olhando intensamente para mim —, porque nunca teve fé no mundo. O que faz sentido, considerando que ele te decepcionou de maneiras realmente horríveis. Mas e se esse dinheiro fosse uma compensação? E se fosse para equilibrar as coisas?

— Leo — digo, mais uma vez frustrada. — Qual é? Sabe que não existe dinheiro o bastante no mundo para compensar uma coisa dessas. E, além disso, nem tudo acontece por um motivo. Não há um plano maior aqui. Tudo o que fiz foi comprar um bilhete. E não foi nem para mim. A coisa toda foi uma incrível coincidência.

— Certo, mas aconteceu. Então, agora você seria louca de perder uma chance dessas, especialmente por teimosia.

— Não estou sendo teimosa.

Ele ri.

— E ela ainda teima em dizer isso.

— Leo — gemo. — Chega.

— Tudo bem — concede ele, erguendo as mãos em rendição. — Se é isso que você realmente quer... então acho que posso lidar.

— Obrigada — agradeço, balançando a cabeça. De repente, estamos diante da pizzaria, com seu toldo baixo graças ao peso da neve acumulada, as janelas embaçadas de vapor. — É realmente maduro de sua parte.

— Mas teria sido divertido, sabe? — comenta ele, pulando os degraus até a entrada. — Aquelas montanhas de dinheiro. Férias no Caribe de jatinho particular. Camarotes no Wrigley Field. Carros chiques. Um iate estupidamente grande. Nosso próprio camelo.

Eu rio, pensando na teoria de Teddy de que eu gostaria de ter um avestruz.

— Acho que isso seria condizente, não? — indaga Leo. — Todos os milionários têm animais de estimação exóticos.

— Tio Jake não deixa você ter nem um cachorro.

Ele dá de ombros e abre a porta.

— É porque ele é alérgico. Tenho certeza de que adoraria ter um camelo. Ia poupá-lo de aparar a grama.

Leo fica esperando eu entrar, mas parei subitamente, perdida em pensamentos. Porque, assim que mencionei o nome de meu tio, a compreensão veio desmoronando em minha cabeça: a de que menos de uma hora atrás, me ofereceram milhões de dólares, e, em minha pressa em recusar, de alguma maneira, eu me esqueci de pensar nas duas pessoas que me abrigaram em sua casa todos aqueles anos antes sem nenhum tipo de expectativa.

Leo está de testa franzida para mim.

— Vai entrar?

De dentro do restaurante, sai um jato de ar quente e o cheiro de alho. Mas eu hesito, em pânico de repente.

— Na verdade, vou aqui do lado comprar chiclete.

Ele dá de ombros.

— Claro.

— Quer alguma coisa?

— Quero — responde ele, abrindo um sorriso. — Que tal um bilhete da loteria?

Olho para ele, cansada.

— Engraçadinho.

Mas, caminhando até a lojinha no final da quadra, meu estômago se revira. Tento me lembrar da expressão no rosto de tia Sofia depois que recusei o dinheiro, e se tio Jake pareceu zangado comigo. Depois de nove anos me sustentando, de cafés da manhã e almoços e jantares, férias na praia e acampamentos de verão, viagens para esquiar e matrículas de escola, idas a médicos, contas de celular, livros e computadores e música — todas essas coisas que constituem uma vida, todas elas com o próprio preço — como poderiam não estar interessados em uma porção daquele dinheiro? E como foi que nem me ocorreu perguntar a eles?

Leo claramente estava certo. Se eu sou uma ilha, não há ninguém para culpar além de mim.

Minha tia e meu tio sempre fizeram o possível para que eu me sentisse parte da família. Mas, por mais que eu tente, nunca foi fácil para mim deixá-los entrar completamente. Em minha experiência, famílias são coisas frágeis. E ser parte de uma coisa — ser realmente parte — significa que essa coisa pode ser tirada de você. Significa que você tem algo a perder. E eu já perdi coisas demais.

Talvez seja verdade que eu esteja mais para uma península agora — ligada, porém à parte, conectada, mas separada —, no entanto isso também pode ser uma experiência solitária. E quero mais que isso. Quero ser absorvida em seu pequeno continente. Quero parar de achar que, se eu for, o pior vai acontecer. Quero ser mais filha que sobrinha.

Quero pertencer.

Mas isso significa tentar mais. Significa deixá-los entrar e incluí-los quando se trata das coisas mais importantes — como dispensar dezenas de milhões de dólares. E talvez o fato de eu não ter feito isso seja um sinal. Talvez signifique que estou ainda mais à deriva que pensava.

Uma vez, pouco depois de chegar a Chicago, ouvi Leo perguntar à mãe se eu era órfã. Eles estavam lendo Harry Potter antes de dormir, como sempre. Tia Sofia se oferecera para reler tudo desde o início, para que eu acompanhasse a história também, mas eu disse que achava aqueles livros bobos — apesar de, na verdade, eu já ter lido os três primeiros com meu pai e apenas não conseguisse imaginar voltar àquelas páginas sem ele.

— Os pais de Harry morreram — dissera Leo aquela noite, quando passei por seu quarto a caminho do banheiro para escovar os dentes. — E isso fez dele um órfão, então...

— Sim — afirmara tia Sofia, a voz apressada. — Mas é diferente, porque Alice tem a gente.

— Harry também tinha um tio e uma tia — dissera Leo. — Mas eles não o queriam.

— Bem, mas a gente quer Alice. Muito, muito mesmo.

— Então ela não é órfã?

Tia Sofia fizera uma curta pausa e, em seguida, pigarreou antes de continuar.

— Vamos lá, quando pensa em Harry, qual é a primeira palavra que vem a sua cabeça?

Leo respondera imediatamente:

— Bruxo.

— Exatamente. Então ele é órfão e bruxo. Ambas as coisas são verdade, certo?

— Certo.

— Bem, é assim para todos nós também. Existem todo tipo de palavras que poderiam nos descrever. Mas a gente é que escolhe as mais importantes.

Leo para e pensa naquilo.

— Então Alice também poderia ser uma bruxa?

— Suponho que seja possível — respondera tia Sofia, rindo suavemente. — Mas, talvez, seja uma coisa completamente diferente, alguma outra palavra que ainda não descobrimos.

— Tipo?

— Isso vai depender de Alice.

Quatorze

Na segunda-feira, logo depois do terceiro tempo, encontro Leo na frente de nossos armários, que ficam lado a lado.

— Já encontrou com ele? — pergunta, enquanto tiro alguns livros da prateleira de cima.

— Não, mas ele mandou uma mensagem mais cedo — conto. — Parecia meio decepcionado com toda a papelada. Acho que estava esperando um pouco mais de festa.

— O que, tipo, balões e confetes?

Eu rio.

— Provavelmente.

— Então, isso significa que é oficial? — pergunta Leo, mantendo a voz baixa, apesar de ninguém ao redor parecer particularmente preocupado com o que estamos falando.

— Acho que sim. O bilhete foi reivindicado. O dinheiro estará disponível entre seis a oito semanas. E adivinhe só? Ele é o vencedor mais jovem da história.

Leo arregala os olhos por trás dos óculos.

— Sério?

— Bem, ele ganhou, tipo, doze horas depois de completar 18 anos — relembro, como se não fosse grande coisa, apesar do espanto ainda não ter me deixado por completo também.

Durante o resto do fim de semana, entre ligações e mensagens de Teddy, sonhei acordada com todas as coisas incríveis que ele poderia fazer com aquele dinheiro, todas as portas que se abririam, todas as pessoas que aquela quantia poderia ajudar. Ontem à noite, ele finalmente decidiu que preferia a soma total, o que significa que em breve receberá um cheque de pouco mais de cinquenta e três milhões de dólares.

Cinquenta e três milhões de dólares.

A população de Chicago tem só 2.7 milhões de pessoas, o que significa que, agora, Teddy poderia dar a cada pessoa na cidade — cada entregador e cada bombeiro e cada enfermeira, cada estagiário e motorista de ônibus e aposentado — uma nota de vinte dólares. Não me lembro exatamente da última vez em que Teddy teve sequer uma nota de vinte dólares sobrando. E agora isso.

Leo balança a cabeça, ainda parecendo abismado.

— Ele já começou a contar para as pessoas?

— Não sei — admito, olhando por trás do ombro para o corredor lotado, cheio de vozes e risadas, portas de armários batendo e conversas altas sobre o fim de semana que se passou. — Acho que não. Mas estou bem animada para ver a cara das pessoas quando ele contar. Consegue imaginar?

— Duvido de que precise esperar muito — diz Leo. — Teddy nunca foi muito de guardar segredos.

Meu rosto fica vermelho quando penso em como Teddy ainda não mencionou nosso beijo naquela manhã. Começo a me perguntar se ele teria esquecido totalmente e se isso seria possível. Mais que qualquer outra coisa, eu queria saber se aquilo significou algo para ele, assim como significou para mim. Até agora foi impossível dizer.

Atrás da porta do armário de Leo, há uma foto em preto e branco sua com Max, tirada no verão passado, as cabeças se encostando e os dois morrendo de rir.

— Já contou para Max sobre o grande prêmio?

— Estava esperando até ser oficial — responde Leo, abaixando para abrir a mochila. — O que acho que é agora.

— Mas é Max. Só achei que você teria...

— Eu sei, mas não queria dar azar nem nada do tipo.

— Teddy já ganhou — digo, olhando estranho para ele. — Você é supersticioso demais.

— Não sou, não — insiste ele, mas, quando inclino a cabeça de lado para ele, Leo dá de ombros. — Tipo, não é como se eu tivesse medo de gatos pretos e espelhos quebrados e do número treze... — Ele para abruptamente quando percebe o que acabou de dizer. — Desculpe, eu não...

— Tudo bem. Eu provavelmente não devia estar te provocando com isso quando tenho a própria superstição estranha, certo?

Ele me dá um sorriso solidário.

— Eu diria que a sua é bastante legítima.

Viro de volta para o armário e encaro a pequena flâmula de Stanford que fica na parte de trás da porta: um lembrete que ganhei de presente de minha mãe, algo que ela comprou assim que foi aceita na instituição — uma graduação que ela nunca chegou a cursar porque morreu no décimo-terceiro dia de julho.

O sinal toca, e ao redor os alunos começam a se espalhar.

— Talvez não seja mais tão azarento — diz Leo, parecendo esperançoso. — Não desde que foi um dos números vencedores.

Consigo esboçar um sorriso enquanto fecho meu armário.

— Talvez — concordo, mas sem muita certeza.

É só no sexto tempo que começo a ouvir os rumores sobre Teddy, o que significa que ele já deve estar de volta. Logo antes do sinal tocar, Jack Karch cutuca meu ombro.

— Foi mesmo você que fez o jogo?

Antes que eu possa responder, Kate McMahon gira para trás em sua cadeira.

— É verdade que ele vai largar o colégio?

— O quê? — pergunto, minha voz tão alta que nossa professora de inglês, a Sra. Alcott, me olha de cara fechada ao entrar na sala.

— Ouvi dizer que ele vai dar a volta ao mundo velejando por um ano — diz Kate, mais baixo agora. — Num iate de 12 pés.

— Capitão McAvoy — diz Jack, rindo. — Ouvi dizer que é só uma pegadinha. Que na verdade ele ganhou só vinte dólares na raspadinha.

Todos se viram para mim à espera de respostas, de fofocas, e fico aliviada quando a Sra. Alcott começa a ler os primeiros versos de um poema.

Quando a aula termina, reúno meus livros rapidamente e, assim que saio da sala, posso sentir. Há uma energia estranha no corredor, uma corrente de excitação conforme a notícia se espalha de pessoa para pessoa.

— Ei, Alice — chama o Sr. Tavani, meu professor de matemática, quando passo apressada por ele. — Ouvi dizer que você leva jeito para números. Devem ter sido todas aquelas provas de cálculo, hein?

Aceno desconfortavelmente para ele, ansiosa por encontrar Teddy, mas, quando chego a seu armário, só Leo está ali. Ele olha um monte de pôsteres e balões colados na porta verde do armário com uma expressão perplexa. Não é incomum decorações daquele tipo aparecerem em dias de jogos, então demoro um segundo extra para notar que são decorações diferentes.

— Caramba! — exclamo, olhando boquiaberta para o cartaz que diz: *Amamos você, Teddy!* Debaixo dele, outro cartaz diz: *Você sempre foi um vencedor para a gente!* — Como fizeram tudo isso tão rápido?

Leo sacode a cabeça, claramente se divertindo.

— São como elfos.

— Elfos gramaticalmente incorretos — digo, apontando para um cartaz que diz *Parabéns Ricaço* — Esqueceram a vírgula.

— Duvido de que ainda reste alguma na cidade de Chicago — diz Leo, sorrindo. — Devem todas ter sido usadas no cheque de Teddy hoje.

Olho para o relógio e percebo que o sétimo tempo está prestes a começar. Tenho física, minha única aula com Teddy, e ele normalmente para aqui para trocar os livros antes de entrar. Mas ainda nem sinal dele.

— É melhor eu ir — aviso, mas, bem na hora, eu o vejo no final do corredor, caminhando ao lado do Sr. Andrews, o diretor, que dá um tapinha caloroso nas costas de Teddy antes de virar na escada.

— O que foi isso? — pergunta Leo, enquanto Teddy se aproxima.

— Ele só queria me parabenizar em nome da administração — explica ele, claramente encantado. — E me lembrar de que o auditório está precisando desesperadamente de uma reforma.

Leo ri.

— Cara, se ele soubesse como está pedindo à pessoa errada. Você nunca na vida sequer assistiu uma peça inteira.

— Sim, bem, mas, agora que sou um homem de recursos — diz Teddy, em uma imitação de sotaque britânico, levantando o queixo e nos olhando de cima de maneira vagamente aristocrática —, não está fora de cogitação eu me tornar um patrono das artes.

— Então, como foi a manhã? — pergunto, ciente de como pareço ansiosa, mas incapaz de conter minha excitação. — Ficaram animados em conhecer você? Está se sentindo diferente?

— Na maior parte foi só papelada — admite ele. — Mas definitivamente a melhor papelada que já preenchi.

— Aposto que sim — digo, e, atrás de nós, a Srta. Hershey, professora de francês, coloca a cabeça para fora da sala e põe o dedo indicador na frente dos lábios. Teddy dá uma piscadela em sua direção, e ela balança a cabeça, embora esteja sorrindo. Nem os professores são imunes a seu charme.

— É melhor a gente ir andando — sugiro, puxando seu braço, e Teddy dá um aceno a Leo para seguirmos em direções opostas.

— Te vejo mais tarde, *ricaço* — chama Leo, e Teddy ri, voltando-se em seguida para mim com uma expressão ligeiramente sonhadora.

— Este é o melhor dia de minha vida. Só cheguei há umas duas horas, e a escola inteira já sabe. Ah, e contei para todo mundo como devo tudo a você, e agora todo mundo quer te dar dinheiro para você fazer mais jogos.

Eu rio.

— Não sei bem se existem muitas chances de um raio cair duas vezes no mesmo lugar.

— Tudo bem — diz ele, me abraçando e puxando para perto até o sopro de suas palavras agitar meus cabelos. — Meio que gosto de ter você como meu amuleto da sorte particular.

Sorrio contra seu peito, escutando as batidas de seu coração.

— Acho que esta é a primeira vez que alguém acha que dou sorte.

Teddy para, os braços deslizando de meus ombros ao se virar para mim.

— Al — começa ele, o rosto subitamente muito sincero. — Você foi a maior sorte que já me aconteceu. Você sabe disso, não sabe?

Sinto uma onda de calor, e minha cabeça fica muito leve. O que me dá vontade de subir na ponta dos pés e beijá-lo novamente.

— Teddy — começo, sem saber exatamente o que vou dizer, mas não importa mesmo assim, porque escuto alguém falando atrás de mim.

— Oi, Teddy — diz uma caloura, as amigas se derretendo em risadinhas atrás dela. — Ouvi as notícias. Parabéns.

Assim que ele olha para elas, o momento entre nós desaparece.

— Obrigado — agradece ele, sorrindo torto.

Sacudo a cabeça depois que elas vão embora.

— Acho que você tem um fã-clube.

— Sempre tive um fã-clube — brinca ele, e estreito os olhos em sua direção.

— É melhor não perder a cabeça por causa disso tudo, Teddy McAvoy — digo da maneira mais séria possível, mas, quando ele sorri, eu retribuo o gesto, e é difícil levar isso a sério demais, embora eu saiba perfeitamente bem que é só o começo.

Não vai demorar até que tudo fique gigante. As notícias chegarão ainda mais longe: elas estarão nos jornais e na TV, vão incendiar a internet e se tornar de conhecimento público, um fato, para sempre uma parte da identidade de Teddy. Em breve, haverá ainda menos dele para mim. E sei que vai ser demais para suportar.

— Acho que devíamos fazer um trato — sugere ele, oferecendo a mão, que automaticamente aceito, concordando sem nem saber o que ele está prestes a pedir. É exatamente o motivo pelo qual não posso confiar em mim mesma perto de Teddy.

— Que tipo de trato?

— Prometo não deixar essa história da loteria subir a minha cabeça — começa ele, apertando minha mão. — Desde que você me prometa que vai gritar comigo se acontecer.

Eu rio.

— Sabe que eu gritaria com você mesmo sem o aperto de mãos, não sabe?

— Sei — admite ele, olhando carinhosamente para mim. — Meio que estou contando com isso.

Eu o encaro de volta um segundo a mais que o normal.

— Ok, então. Temos um trato.

Quando finalmente chegamos à sala do Sr. Dill, espiamos pelo quadradinho de vidro na porta. Se fosse apenas eu, viraria a maçaneta cuidadosamente, esperando que a porta não fizesse barulho, e correria até minha mesa, desejando ser invisível. Mas

Teddy nunca foi muito discreto; ele abre a porta de uma só vez com tanta força que ela bate na parede e volta com força. Ele a espalma e sorri para os vinte e dois rostos voltados em sua direção.

— Olá — cumprimenta ele, e o Sr. Dill, em pé na frente do quadro, os óculos tortos e o cabelo grisalho desgrenhado, suspira demoradamente.

— Sr. McAvoy — diz ele, já soando cansado. — Obrigado por se juntar a nós.

— Desculpe — falo, entrando aos poucos na sala logo atrás de Teddy.

— E Srta. Chapman também. Que honra.

Teddy faz uma rápida reverência para o professor e fica em pé por alguns segundos, e, então, percebo que ele está esperando que o Sr. Dill diga alguma coisa sobre a loteria. Olho para nossos colegas de turma, que estão assistindo à interação entre os dois com atenção incomum, e me ocorre que todos esperam a mesma coisa.

Mas o Sr. Dill obviamente não sabe ou não liga, e naquele momento meio que o amo por isso.

— Quer se sentar — diz ele, olhando para Teddy por cima do óculos. — Ou planeja ficar nas arquibancadas?

Teddy sacode a cabeça.

— Não — responde ele, incomumente arrependido. — Vamos sentar.

Apenas depois que sentamos, o Sr. Dill volta ao quadro, onde escreve PROJETO DE FÍSICA DO ÚLTIMO ANO, sublinhando aquilo três vezes.

— É este, pessoal... Aquele pelo qual vocês todos têm esperado...

— Barcos — sussurra alguém atrás de mim.

— É a Décima Segunda Regata de Barcos de Papelão! — exclama o Sr. Dill, pegando uma pilha de papéis de sua mesa e distribuindo-os. — Vamos aplicar os princípios da física que aprendemos até agora. Impulsão, tensão superficial, densidade, et cetera. Seus únicos materiais serão cartolina e fita adesiva, e terão de ser o bastante para que dois de vocês atravessem a extensão da piscina. Então, espero que estejam preparados para o desafio.

Teddy vira e ergue as sobrancelhas.

— Dupla comigo? — pergunta ele, apesar de nem precisar, considerando que sempre formamos dupla nesse tipo de projeto.

— Claro — respondo, já ansiosa pelas horas que passaremos juntos, trabalhando em equipe, construindo algo do zero. Ele faz um sinal de positivo com o polegar e vira de costas novamente, e é só então que noto que Jacqueline — a deslumbrante intercambista francesa — está olhando para Teddy com evidente decepção.

Fico com medo de me virar e ver quantas outras garotas esperavam ser sua dupla.

Tenho uma forte impressão de que há mais hoje do que teria havido semana passada.

Quinze

Só mais tarde, depois das aulas, quando entro no sopão onde sou voluntária, é que o dia começa a parecer normal novamente. Fico parada na entrada por alguns instantes, observando os preparativos de sempre: cortar, fatiar e ferver, a correria, a pressa, o barulho. São só três e meia, mas o lugar inteiro já cheira a tomate e alho.

Quando estou aqui, sempre me lembro de meus pais. Havia um sopão não muito longe de onde morávamos, em São Francisco, e nós três costumávamos ir com frequência, levando sacos de mercado cheios de frutas, verduras e pães.

Muita gente passa a infância jogando futebol ou videogame. Eu não passei. Eu passava meus fins de semana acompanhando meus pais — cada um com a própria organização sem fins lucrativos — em todos os seus passatempos filantrópicos: atravessando riachos sujos com minhas galochas enquanto minha mãe recolhia lixo, entregando copos de água em uma maratona a fim de arrecadar fundos para a pesquisa sobre Alzheimer, doando meus doces de Halloween para um abrigo e cuidando dos pôneis no centro terapêutico onde meu pai trabalhava como voluntário.

Então sei que eles ficariam felizes por eu estar dando continuidade à tradição da família. O que não sei — o que nunca sei — é se isso é o bastante.

— Alice — diz Mary, a animada senhora de 62 anos de idade que cuida do lugar, deslizando uma caixa de latas pela bancada em minha direção. — Pode ajudar Sawyer com o molho? Ele sempre põe sal demais.

— Claro — respondo, olhando para o fogão industrial, onde um garoto alto de cabelo louro liso e avental verde mexe em uma panela gigante. — Sawyer? — pergunto, baixando a caixa ao lado das bocas do fogão.

Ele levanta a cabeça e sorri.

— Oi.

— Sou Alice.

— Eu sei.

— Ah — digo, me dando conta de que devemos ter trabalhado juntos antes. O problema é que sou voluntária aqui duas noites por semana desde os 12 anos, e, depois de tantos turnos e tantos rostos, tudo meio que virou um borrão. — Desculpe, a gente se...

— Estudamos na mesma escola.

Olho para ele com mais atenção. Ele é alto e esguio, com olhos azuis-claros e orelhas um pouco grandes demais.

— Você estuda em South Lake?

— Sim, mas estou no primeiro ano do Ensino Médio.

— Ah — digo. Isso faz mais sentido. A escola não é tão grande, mas é grande o bastante para eu não conhecer todos de minha série, muito menos os das séries abaixo.

— E estou em sua aula de artes.

Pisco algumas vezes para ele.

— Está?

— Sim — confirma ele, se debruçando para diminuir o fogo. — Fui eu que fiz aquela escultura fenomenal de castelo semana passada.

— Um castelo? — pergunto, olhando para ele sem expressão.

— Sim. Marrom? Com pináculos? E torres?

— Aquilo era um castelo? — pergunto, lembrando de repente. — Achei que era um porco-espinho. Você deve estar passando por uma fase abstrata.

— Algo do tipo — admite ele, sorrindo e mexendo no molho. — Não sou um artista dos melhores.

— Bem, eu não me preocuparia demais. Tenho certeza de que, em algum lugar do mundo, existe um castelo em formato de porco-espinho.

Ele ri.

— Sei muita coisa sobre castelos e ainda não achei um desses.

— Ah é? — pergunto, começando a esvaziar a caixa de latas. — Por que? Por acaso você é o príncipe de algum país minúsculo fingindo ser um aluno de colégio americano por motivos de segurança?

— Sim — responde ele, rindo. — Mas acho que não precisa me chamar de príncipe Sawyer nem nada do tipo. Sua Alteza Real já serve.

— Sério?

— Sério. Sou meio que nerd em História — confessa ele, parecendo meio envergonhado. — Rastreei minha árvore genealógica até um castelo na Escócia e estou juntando dinheiro para uma viagem assim que me formar.

— Se está tentando economizar, não devia arranjar um emprego que pague um salário?

Ele solta a colher e me olha, fingindo horror.

— Quer dizer que não recebo nada por trabalhar aqui? — Ele começa a desamarrar seu avental. — Bem, isso é um ultraje completo.

Eu rio e intercedo para pegar a colher, que está começando a afundar no molho borbulhante.

— Não se preocupe, este lugar tem alguns outros benefícios.

Sawyer amarra novamente seu avental.

— Tais como?

— Bem — começo, olhando por cima de seu ombro quando Mary se aproxima. — Você não poderia pedir por uma supervisora melhor.

— Ela seria bem melhor se confiasse em mim com o molho — diz ele, e, para minha surpresa, Mary se aproxima mais e lhe dá um soco de brincadeira no ombro.

— Desculpe — lamenta ela, piscando para mim. — Preciso manter meu neto na linha.

Sawyer revira os olhos para mim de brincadeira e passa a ela uma colher do molho.

— O que acha?

— Pela primeira vez, não está salgado demais. — Mary olha para mim com um meio sorriso. — Você deve tê-lo distraído.

— A gente só estava conversando — explica Sawyer rapidamente, mas seu rosto ficou de um vermelho intenso, e ele parece aliviado quando Mary sai de perto para conferir o cozimento do macarrão.

Enquanto foco em abrir mais latas de molho, posso sentir seu olhar em mim. Mais alguns minutos se passam antes de ele juntar coragem para dizer alguma coisa.

Finalmente, ele pigarreia.

— Pensei em outro.

— Outro o quê?

— Lado bom deste trabalho.

— Sim? — pergunto, olhando para ele, e alguma coisa na maneira com que ele está me observando faz meu estômago se agitar.

— Sim — confirma ele, com um sorriso. — Boa companhia.

Dezesseis

Mais tarde, depois que toda a comida já foi servida e a cozinha limpa, Sawyer sugere que tomemos um café, e, quando estou prestes a dizer não, percebo, para minha surpresa, que meio que quero dizer sim. Então, aceito.

Mantivemos uma conversa descontraída e constante a tarde toda, mas parados no vestíbulo nos fundos da igreja, recolocando nossos gorros e luvas, ambos ficamos subitamente mudos.

Sawyer abre um sorriso tímido.

— Tem uma coisa que eu provavelmente devia te contar.

— O quê? — pergunto, enrolando o cachecol no pescoço.

— Não gosto muito de café. Estou indo mais pelo chocolate quente.

Dou uma risada.

— Justo.

Depois de nos aprontarmos, ele abre a porta e nos encolhemos com a rajada de ar congelante. Já está escuro, os postes de luz fazem a neve cintilar, e os degraus de concreto estão cheios de gelo. Estou tão ocupada tentando não escorregar que demoro algum tempo para notar que alguém está parado a alguns metros, em meio às sombras. Só quando Sawyer para subitamente a meu lado que levanto a cabeça e vejo Teddy.

— Oi — cumprimento, minha voz surpresa. — O que você está fazendo aqui?

Ele parece ter esperado ali no frio por um tempo; suas mãos estão enterradas nos bolsos do casaco, o rosto está pálido, e noto que ele está tremendo. Ele olha de mim para Sawyer e de volta para mim.

— Queria ver se estava livre para jantar — diz ele, e meu primeiro instinto é olhar ao redor em busca de Leo. Mas, quando percebo que ele está falando só de nós dois, meu coração dá uma cambalhota.

Antes que eu possa responder, Sawyer desce do degrau, a mão estendida.

— Oi. Sou Sawyer.

Teddy retribui o cumprimento de uma maneira séria demais.

— Teddy. Você trabalha aqui também?

— Bem, descobri que é um trabalho não remunerado — brinca Sawyer. — Mas, sim, às vezes sou voluntário aqui.

Teddy ergue as sobrancelhas.

— Tipo, servindo a sopa?

— Claro — diz Sawyer, parecendo menos confiante agora. — Todo tipo de coisa, na verdade. Montamos merendas para o almoço das crianças e temos grupos de apoio, e coletamos doações para itens de higiene pessoal e...

— Ele sabe — interrompo, olhando incisivamente para Teddy. — Já contei a ele um milhão de vezes.

Teddy ignora.

— Então — continua ele, erguendo as sobrancelhas mais uma vez. — Jantar?

Eu hesito, olhando de um para o outro.

— Se vocês precisam... — começa Sawyer. — Isto é, podemos fazer isso outro dia.

— Fazer o quê? — pergunta Teddy, com um olhar tão sombrio que me dá vontade de rir.

Essa cena que ele está fazendo agora — no papel desse cara vagamente ameaçador, convencido, em um beco escuro — é tão distante do verdadeiro Teddy que é quase cômico.

Mas também percebo o que significa: que ele deve estar com ciúmes. E o choque diante disso, diante da mera ideia, é o suficiente para eu sentir uma onda de emoção.

— Só um café — responde Sawyer rapidamente. — Mas não precisamos...

— Tudo bem — digo a ele, voltando em seguida para Teddy. — Podemos jantar amanhã em vez de hoje?

Sua expressão muda, e Teddy me olha de um jeito suplicante.

— Qual é, Al. Eu tinha todo um lance planejado... Por favor?

— Tudo bem — diz Sawyer, se afastando. — De verdade. Fica para a próxima. Quando estivermos aqui de novo, a gente toma esse café, combinado?

— Chocolate quente — corrijo, e Sawyer sorri.

— Chocolate quente.

Ele acena uma última vez, e eu o assisto se afastar, uma silhueta magra sumindo na escuridão. Quando ele desaparece, me viro para Teddy.

— Não precisava ser babaca — digo, erguendo uma das sobrancelhas, e Teddy levanta as mãos em defesa, surpreso.

— Eu não fui. É só que... Eu tinha esse plano para esta noite, e não esperava...

— Que plano? — pergunto, e Teddy me oferece seu braço e um sorriso largo.

— Você vai ver.

Conforme caminhamos, sinto seu humor melhorando. Pressiono mais meu corpo contra o dele quando viramos na avenida Lincoln, o som de nossa respiração abafado pelos estalos dos calçados na neve e pela música que vem flutuando de um bar ali nas redondezas, um som rápido e cheio de ritmo, combinando com as batidas de meu coração.

Não tenho a mínima ideia de para onde vamos, mas essa é parte da diversão em estar com Teddy. Podemos deslizar nos montes de neve do parque mais próximo, ou jogar boliche naquele lugar suspeito subindo o quarteirão, ou simplesmente caminhar até o porto congelado. Simplesmente nunca se sabe no que a noite vai dar.

Então, quando ele para na frente de um restaurante francês chique, tudo o que consigo fazer é encará-lo.

— É aqui?

Ele faz que sim, apontando para a placa com orgulho, o nome do lugar escrito em uma caligrafia cursiva tão elaborada que é difícil entender.

— É aqui.

Dou uma espiada pela janela e vejo que o lugar está cheio de casais de meia-idade, usando pérolas e ternos e gravatas. A decoração é exagerada, e as mesas têm toalhas brancas e velas finas. Olho para o cardápio emoldurado do lado de fora, ao lado da porta.

— Os pratos nem têm preço — observo. — O que significa que é um lugar caro. Tão caro que seria estranho ter os preços exibidos por aí para o mundo todo ver.

Teddy parece inteiramente alheio a isso. Na verdade, ele sorri.

— Eu sei.

— Mas você ainda não tem o dinheiro em mãos.

— Talvez eu tenha aceitado fazer alguns cartões de crédito — revela ele, dando de ombros. — Imagino que, quando a fatura chegar, eu já esteja com o dinheiro para pagá-las.

— Teddy — digo, começando a compreender. — Você não precisa fazer isso.

Seus olhos parecem claros sob a luz do restaurante.

— É uma forma de agradecimento.

— Você não precisa me agradecer — insisto, colocando minhas mãos em seus ombros do jeito que sempre faço, um gesto que agora quase parece íntimo demais. — Principalmente desde jeito.

— De que jeito?

— Bem — respondo, usando as mãos agora para apontar para o cardápio. — Em um lugar que serve coisas como coelho e pato e borracho. Não sei nem o que é um borracho.

— Pombo. Eu pesquisei.

— Quer que a gente vá a um restaurante chique comer pombo?

— Bem, você pode pedir um filé ou lagosta ou outra coisa — argumenta ele, sorrindo. — Mas sim para a parte do restaurante chique. Acabamos de ganhar na loteria. Acho que o mínimo que podemos fazer é desfrutar de uma bela refeição, certo?

— Certo, mas...

— Ande — diz ele, pegando minha mão e me puxando na direção da porta. — Vamos discutir sobre isso enquanto comemos pombo.

Dezessete

Somos levados a uma mesinha para dois perto dos fundos, onde os guardanapos estão dobrados em formatos de cisne e os pratos têm bordas de ouro. A maioria dos clientes tem cabelos grisalhos e sorri indulgentemente ao passarmos em nossas calças jeans e tênis.

— É sempre tão difícil escolher entre o tutano e o caviar — comento, quando abrimos nossos cardápios, tentando manter uma expressão séria. — Nunca consigo decidir.

Teddy acaricia o queixo pensativamente.

— Bem, como você bem sabe, tenho tendência a optar pelas trufas.

— Naturalmente. Ouvi dizer que as daqui são *divinas*.

— Aaah, e escargot. Já contei a você a piada da lesma? — pergunta ele, nem se dando o trabalho de aguardar uma resposta. — A lesma é assaltada por uma tartaruga. Mas, quando a polícia pede que ela descreva o suspeito, ela responde: Eu não sei. Tudo aconteceu muito rápido.

Tenho vontade de gemer ou de revirar meus olhos para ele, mas estou me divertindo demais e me vejo rindo em vez disso.

— Arrasou.

— Sempre — diz ele, sorrindo.

Quando o garçom, de smoking, chega para anotar nossos pedidos, Teddy fecha seu cardápio e se recosta na cadeira.

— Vamos querer um de cada.

— Perdão, senhor? — pergunta o homem, o bigode contorcendo-se.

Teddy pisca para mim.

— Queremos experimentar tudo. Especialmente o borracho.

A caneta do garçom continua apenas pairando sobre o caderninho.

— Talvez o menu degustação, então?

— Parece ótimo — diz Teddy amigavelmente, e, quando o garçom se vai, ele olha de volta para mim. — Estou morrendo de fome.

— Teddy — digo em voz baixa, me debruçando e fazendo minha respiração oscilar a chama da vela entre nós dois. — Você viu quanto custa?

— O menu degustação?

— São duzentos dólares por pessoa. Mais a gorjeta.

Seu rosto fica ligeiramente pálido.

— Tudo bem. Estou bastante certo de que tenho o suficiente para... — Ele se debruça sobre a mesa e tira uma pilha de cartões de crédito do bolso de trás de sua calça, que ele abana na frente do rosto. O casal na mesa ao lado olha para ele de sobrancelhas erguidas. Mas Teddy nem percebe. — Acho que esse tem um limite de trezentos dólares, mas não lembro quanto ainda tenho livre — diz ele, segurando um cartão azul. — E esse aqui, pelo menos duzentos, mas acho que já gastei um pouco, então...

Ele para abruptamente quando o gerente — um homem baixo de careca brilhante e óculos de aros grossos — aparece ao nosso lado.

— Boa noite a vocês dois — diz ele em um sotaque britânico. Seu olhar recai sobre os cartões de crédito dispostos como peças de um jogo sobre a mesa. — Só quis parar aqui esta noite para me certificar de que...

— Podemos pagar — interrompe Teddy, recolhendo os cartões. — Se é isso que ia perguntar. Temos o bastante.

O gerente parece surpreso.

— É claro que não, senhor. Eu jamais presumiria...

— Acabei de ganhar na loteria, na verdade, mas o dinheiro ainda não chegou e queríamos comemorar. Isso explica todos os cartões — esclarece Teddy, falando rápido demais. — Mas está tudo certo.

Não consigo não me encolher um pouco com tudo aquilo: o tom defensivo e o jeito como ele começou a suar, a vergonha estampada no rosto do gerente e o silêncio que se instalou nas mesas vizinhas quando os outros clientes torceram seus pescoços para olhar em nossa direção.

De repente, vejo o que isso parece a todos ao redor: dois adolescentes lamentavelmente deslocados num restaurante sofisticado demais, com a petulância de pedir todos os pratos e se gabar de uma vitória na loteria.

Mas a pior parte é observar Teddy percebendo o mesmo. Ele fecha a boca de súbito, olhando para mim com uma expressão ligeiramente desanimada. Em seguida, ele consegue abrir um sorriso débil para o gerente.

— Desculpe, só não quis que pensasse... Queria que soubesse que está tudo bem.

O gerente faz que sim brevemente.

— Certamente, senhor. Se houver algo que possamos fazer para tornar seu jantar mais agradável, por favor deixe-me a par.

Assim que ele se afasta, levanto meu olhar para encontrar o de Teddy.

— Não se preocupe — digo rapidamente. — Deixe isso pra lá.

Ele olha para as mesas ao redor, e, exceto por algumas olhadelas, as pessoas voltaram às respectivas refeições.

— É, mas...

— Elas só estão com inveja.

Ele franze a testa.

— Do quê?

— De quantos cartões você tem — respondo, sorrindo, e, apesar de não querer, Teddy ri. Um segundo mais tarde, porém, ele hesita.

— Eu não devia ter dito aquilo tudo. Fiquei um pouco agitado.

— Você vai acabar se acostumando a esse tipo de coisa — comento, mas me ocorre que talvez eu não queira que ele se acostume a restaurantes chiques como este, uma vida como esta, cheia de refeições extravagantes, de indulgências constantes e privilégios extremos, tudo muitíssimo distante de qualquer coisa que já tenhamos conhecido.

— Acho que eu devia ter esperado até estar com o dinheiro. A coisa toda vai ser bem mais simples quando a notícia for pública e meu nome estiver por aí, quando eu sentir que não preciso provar nada. — Ele embaralha os cartões em sua mão. — Eu te contei que minha mãe queria que eu permanecesse anônimo?

— Achei que não dava para fazer isso.

— Em alguns estados dá. É isso que o vencedor de Oregon está fazendo.

— Mas aqui não?

— Aqui não. Mas ela estava tentando me convencer a deixar o cheque na frente do rosto na coletiva de imprensa para ninguém saber quem eu sou. Expliquei a ela que não daria certo. Que as pessoas descobririam assim mesmo. Além disso, que graça teria?

— Não é a pior das ideias — opino. — Você ainda teria todo o dinheiro e também não teria de lidar com...

— Eu sei, eu sei. Todos os urubus que vão aparecer por aí pedindo doações e investimentos e apoios. Já ouvi esse discurso de minha mãe. E de sua tia. Não importa. Não tem como eu me esconder atrás de um pedaço de cartolina gigante e perder isso tudo.

Nosso garçom se aproxima com um prato pequeno, que ele coloca na mesa sem exatamente olhar para nós dois.

— Brioche torrado com crème fraîche e caviar.

Quando ele se afasta, Teddy sorri, seu ânimo revitalizado pela comida.

— Agora sim.

O salão parece ficar mais escuro e as velas mais acesas enquanto mordiscamos o caviar. Música clássica toca ao fundo, e, na mesa ao lado, o maître abre uma garrafa de champanhe. Teddy sorri para mim, e há algo tão romântico em toda a cena que, quando ele se inclina para a frente e diz "Tenho uma proposta para você", meu coração vem à boca.

— O quê?

Ele ri de minha expressão.

— Não esse tipo de proposta.

— É claro que não — digo, minha voz meio trêmula. — Mas o que, então?

— Bem. Queria ver se reconsiderou quanto ao dinheiro.

— Certo — respondo, mas sinto um peso no peito ao compreender agora que ele não me trouxe aqui em sinal de agradecimento. Ele me trouxe aqui porque ainda sente que me deve. — Eu já disse que...

— Eu sei. E ouvi. Mas que tal pelo menos uma parte? Mesmo que seja apenas, tipo, um milhão de dólares? Isso seria o bastante para...

— Teddy.

— O quê? — pergunta ele, os olhos arregalados. — Não entendo. O que tem de tão errado em querer me certificar de que você ficará bem? Por que você não deveria ganhar alguma coisa com isso também?

Olho para baixo, mais uma vez pensando em tia Sofia e tio Jake, sabendo que eles também podem querer ganhar algo. É egoísmo não perguntar a eles. Entendo isso. Mas e se durante todo esse tempo em que eles tem cuidado de mim, só estivessem esperando que o universo desse um jeito de pagá-los de volta? Não sei se eu conseguiria suportar.

Respiro fundo, trêmula, e me forço a olhar para Teddy.

— É muita gentileza sua. E sei o quanto quer fazer isso. Mas eu estava falando sério no outro dia também. Simplesmente não quero.

Ele balança a cabeça.

— Não entendo. Como você pode não querer?

Porque, quero dizer a ele, esse dinheiro vai transformar nossas vidas em um globo de neve, virando o mundo todo de cabeça para baixo. Vai mudar tudo. E para mim não existe nada mais assustador.

Mas não posso dizer isso a ele. Não quando ele está andando nas nuvens desde que encontramos o bilhete. Não quero ser a pessoa que vai puxá-lo de volta à Terra.

— Simplesmente não quero — insisto, com mais firmeza dessa vez, e há um caráter definitivo em minha voz que o faz recostar-se em sua cadeira, com um suspiro.

— Certo — diz ele, pegando o último pedaço de brioche. — Mas aviso logo: se não mudar de ideia em breve, pode ser que eu gaste toda a sua metade em caviar.

— Não é minha metade — observo, sorrindo levemente. — E você pode investir melhor que em caviar.

Ele olha para mim, as sobrancelhas erguidas.

— Como sabe?

— Borracho. Obviamente.

— Obviamente — concorda ele, sorridente. — Talvez eu abra um restaurante só de borrachos. Ou melhor ainda: uma cadeia de restaurantes. Vou levar borracho para as massas.

— Exatamente o que elas querem, tenho certeza.

— Vamos chamá-lo de McBorracho's. Vai ser um sucesso. Então, serei esse enorme empresário de restaurantes e vou abrir um grande escritório em Nova York ou Los Angeles e vou viajar por aí em meu jatinho para lugares como Tóquio e Sidney e Pequim e... — Quando ele percebe a expressão em meu rosto, ele para. — O quê?

— Nada — digo, balançando a cabeça. Sei que ele está brincando. É claro que está. Mas ainda assim, parece que ele está se preparando para sair voando daqui.

— Ei — diz Teddy, pegando minha mão por cima da mesa. — Vai ficar tudo bem, você sabe.

Minha resposta é automática:

— Eu sei.

— Nada vai mudar. Mesmo.

E, como uma boba, acredito nele.

Parte Três

MARÇO

Dezoito

O dinheiro chega em um dia chuvoso, em meados de março.

Durante as últimas sete semanas, Teddy tem feito uma imitação bastante convincente de um daqueles game shows em que soltam você em uma loja com um balde cheio de dinheiro e um cronômetro. Com sua crescente variedade de cartões de crédito, ele já conseguiu acumular uma dívida tão grande que teria dado ao Teddy pré-bolada um ataque do coração.

Mas agora sua grande vitória está prestes a se tornar oficial, então Leo e eu pulamos o oitavo tempo e vamos até o centro da cidade para a coletiva de imprensa na sede da loteria. A mãe dele está lá, naturalmente, e ficamos no fundo da sala com ela, atrás dos repórteres com seus microfones e as equipes de reportagem com seus equipamentos enormes, vendo Teddy receber o cheque gigante com um sorriso quase tão grande quanto.

— Teddy — chama um repórter, quando chega a hora das perguntas. — O que está planejando fazer com o dinheiro?

— Ainda não sei bem — responde ele, com flashes pipocando ao redor, e Leo revira os olhos para mim por ambos sabermos que aquilo não é exatamente verdade. Ele já fez tudo o que podia para dar uma boa abocanhada no dinheiro. — Ainda estou só me acostumando à ideia.

— Você é o vencedor mais jovem da história — diz outra pessoa. — Ainda está na escola. Isso muda alguma coisa para você?

— Além de minha nota em matemática? — brinca Teddy, e todos riem.

Posso ver acontecer: o brilho em seus olhos, o evidente prazer que ele sente quando uma multidão começa a se afeiçoar a ele. Não importa se é um grupo de repórteres ou de alunos do segundo grau: Teddy sabe cativar as pessoas, e uma coletiva de imprensa não é nada mais que um palco e desafio maiores.

Quando tenta levantar o cheque mais alto, Teddy o deixa escorregar de uma das mãos e um funcionário da loteria se oferece para ajudar. Mas Teddy o olha de lado e dá um passo para longe, segurando o cheque com ainda mais força e fazendo uma expressão de preocupação exagerada para sua plateia.

— De jeito algum eu vou largar esta coisa — brinca ele. A plateia dá risadinhas, e eu também não consigo conter um sorriso. Ele está tão bonito lá em cima usando sua camisa xadrez, o cabelo bem penteado para domar aquele pedaço de trás que sempre teima em ficar arrepiado. Ele é puro entusiasmo juvenil e uma alegria nada disfarçada, e, mesmo se eu não estivesse tão estupidamente apaixonada por ele, tenho certeza de que ainda assim o acharia tão encantador quanto acho agora.

— Ficamos sabendo que uma amiga sua comprou o bilhete como presente de aniversário — comenta alguém. — Pode falar sobre isso?

Sinto meu rosto esquentar. Katherine pega minha mão e a aperta levemente. Do palanque, Teddy dá uma piscadela para mim, um gesto tão ligeiro que a pessoa não notaria a não ser que estivesse esperando. Mas eu estava.

— É verdade — revela ele. — O que só prova que sou o cara mais sortudo do mundo em mais de um sentido.

Sem querer, coloco uma das mãos sobre o coração.

Do palco, Teddy sorri para mim.

Quando termina, ele vai até nós.

— Como fui? — pergunta ele, sorrindo de um jeito que deixa claro que já sabe a resposta.

— Quando foi que você se tornou tão profissional nessas coisas? — pergunta Katherine, radiante.

Ele ri.

— Acho que nasci para isso.

— Cuidado — provoca Leo. — Sua cabeça vai ficar maior que esse cheque.

— Você foi ótimo — digo, ciente de que estou olhando fixamente para ele, mas não consigo evitar. Talvez tenham sido as luzes ou as câmeras, ou talvez vê-lo lidando com aquelas perguntas como se tivesse feito aquilo a vida toda, mas alguma coisa nele me parece diferente agora.

— Valeu, Al. E obrigado por estar aqui.

— É claro. Eu não mataria aula por qualquer um.

Ele sorri.

— Isso significa muito.

Um dos funcionários da loteria chama Teddy, gesticulando para que ele vá até lá. Teddy nos lança um olhar e dá de ombros antes de sair correndo. Há mais entrevistas para dar, mais pessoas com quem falar, mais mãos para apertar. Katherine vai aguardá-lo, então Leo e eu nos despedimos. Ao sair, descobrimos que tinha começado a chover. Debaixo do toldo do prédio, o ar à volta ainda tem cheiro de primavera, e ficamos ali esperando a chuva diminuir.

— Bem — começa Leo, olhando para mim de esguelha.

Eu rio.

— Bem.

— Isso foi... intenso.

Na rua, pessoas se atrapalham com seus guarda-chuvas. Olhamos para o céu, baixo e pesado, de um cinza grafite que combina com os prédios ao redor.

— Vai para casa agora? — pergunta Leo, subindo o capuz do casaco.

Balanço a cabeça negativamente.

— Asilo.

— Certo. Não vai querer perder seu jogo de cartas.

— Preciso manter viva essa maré de sorte — respondo, sorrindo. — E você?

— Preciso preencher um papel de candidatura.

— Michigan?

Ele sacode a cabeça, o olhar fixo na chuva.

— Não, Instituto de Arte. Michigan já encerrou o prazo há séculos.

Há algo a mais em seu tom de voz, mas deixo passar. Giro meu guarda-chuva, escutando o barulho constante dos pingos da chuva e dos carros correndo no asfalto molhado.

Leo olha para mim.

— Acha que Teddy vai querer ir agora?

— Para uma faculdade? É claro — respondo, mas ele parece cético. — Teddy sempre planejou ir em algum momento; era só questão de quando.

— Não — retruca Leo. — Era uma questão de quanto.

— O que não é mais uma questão.

— Certo, porque agora ele é milionário.

— E? Não é como se ele fosse passar seus dias nadando em uma piscina de dinheiro. Ele quer ser treinador, um treinador *universitário*, e você precisa estudar para isso. Já imprimi um monte de formulários para ele, e ele prometeu que vai olhar tudo. Muitas faculdades ainda estão com inscrições abertas, então ainda dá tempo. Ele vai. Sei que vai.

— Se você está dizendo — diz Leo, apesar de ainda não soar convencido. — E você? Já descobriu o que vai fazer se...

— Se eu não entrar em Stanford? — pergunto, tentando sorrir. — Na verdade, não.

— Mas o que acontece se...

— Não sei. Só preciso entrar.

Eu me candidatei para ingressar antecipadamente no outono passado, mas minha inscrição foi adiada. O que é melhor que recusada. Mas, ainda assim, foi uma grande decepção. Desde então, tentei um monte de outras faculdades — oito ao todo — porque tia Sofia quis ter certeza de que eu teria alternativas. Mas não há plano B para mim. Não de verdade. Desde que eu era pequena, Stanford sempre foi o objetivo.

Eu me lembro da noite em que minha mãe descobriu que tinha conseguido a vaga em um curso para líderes de organizações sem fins lucrativos. Meu pai e eu fizemos um bolo para comemorar, e ele até me ajudou a desenhar uma réplica trêmula do símbolo da Stanford no topo. Mamãe tinha rido ao cortá-lo e perceber que era red velvet, em homenagem ao vermelho da universidade.

— Orgulho acadêmico? — perguntou ela, e meu pai se debruçou sobre a mesa para beijá-la.

— Todo tipo de orgulho — respondeu ele, seus olhos brilhando.

Só que ela nunca chegou a frequentar. Alguns meses depois, minha mãe descobriu que estava doente, e minha vida começou a se desfazer, fio por fio.

Agora tenho a chance de fazer o que ela nunca conseguiu. Seguir seus passos. Ir para a costa Oeste. Reencontrar o caminho de casa.

— Preciso conseguir — repito, mais baixo desta vez.

Leo assente.

— Você vai. Só queria que não fosse tão longe.

— Não é *tão* longe. Além disso, você pode estar em Michigan.

— Que também é bem longe.

— Quase nada — argumento, e ele dá um grunhido.

— Quando seu namorado está lá, parece que são quilômetros de distância.

— Bem, a boa notícia é que você poderá vê-lo em menos de uma semana.

Leo sorri ao ser lembrado daquilo.

— Ainda não acredito que meus pais deixaram eu...

— Passar seu recesso de primavera inteiro sozinho com seu namorado universitário? — pergunto, sorrindo. — Eu acredito. Eles adoram Max. E confiam em você. Além disso, seja como for, logo, logo você estará por conta própria. Em Michigan, talvez.

A expressão de Leo desanima levemente.

— Talvez.

— Vai ser ótimo — garanto, me esforçando para manter meu tom de voz leve, apesar de ser difícil me animar com esse recesso sabendo que Leo e Teddy vão me deixar para trás.

Meses antes, Teddy me garantiu que íamos aproveitar o recesso ao máximo, considerando que ele também não sairia da cidade.

— Você e eu — prometera ele. — Vamos pintar nesta cidade.

— O sete.

— O quê?

— Acho que a expressão correta é *pintar o sete*.

— Por que sete? — perguntara ele na época. — Por que não oito? Ou nove?

— Podemos pintar o dez se quiser.

— Ok. Então está combinado. Vamos pintar o dez.

Mas aí ele ganhou na loteria. E os planos mudaram. Agora ele vai levar o time de basquete inteiro ao México, onde alugou um bangalô particular em um hotel chique. Tudo pago por ele, é claro. E eu vou ficar aqui, sem pintar nada na cidade.

— Não me faça sentir culpado por deixá-la aqui — diz Leo, sorrindo ao notar minha expressão. — Não quando você poderia ir ao México também.

Olho feio para ele.

— Ah é. Eu, Teddy e o time de basquete inteiro. Parecem as férias de meus sonhos.

Leo ri.

— Na verdade, estou com um pouco de ciúmes. Aparentemente o lugar tem uma banheira de hidromassagem e uma piscina particular. Com um escorrega.

— É claro que tem — concordo, nada surpresa.

Teddy pode só ter recebido o cheque essa tarde, mas aquela foi apenas a última de uma lista de compras extravagantes: celular e computador, tênis e um casaco com zíperes demais, um skate elétrico, que ele não sabe usar, e um relógio tão caro que ele demorou uma semana para ter coragem de usar. E tudo isso de um cara que costumava se segurar na hora de pagar uma porção extra de guacamole para o burrito.

Na escola, algumas semanas atrás, a televisão da sala da Srta. McGuire pifou bem no meio de um vídeo sobre a Segunda Guerra Mundial, e, para sua alegria, Teddy encomendou uma bem melhor bem ali na hora. E depois, semana passada, ele subiu em uma mesa no meio do refeitório e sacudiu um envelope de papel pardo cheio.

— Ingressos para a temporada — gritou ele. — Quem quer ver os Cubbies comigo?

Durante o restante do horário de almoço, formou-se uma espécie de fila improvisada enquanto Teddy doava ingressos com um sorriso magnânimo.

No dia seguinte, ele pagou pizza para todo mundo. E, no outro, havia um carrinho de café do lado de fora da escola, de graça para quem quisesse um copo.

— Teddy McAvoy para presidente — disse na ocasião uma garota, se afastando com seu macchiato escaldante. A ideia parecia ser o consenso geral esses dias.

— Ele acabou de ganhar na loteria — diz Leo agora, como se eu precisasse ser lembrada daquilo. — Você não pode culpá-lo por querer aproveitar.

— Não o estou culpando. Eu só...

— Acha que ele está perdendo a linha — completa ele, observando a garoa cinza.

— E você não acha?

— Honestamente? Acho que ele está só começando.

Concordo com a cabeça, olhando para meus sapatos ensopados.

— O que você precisa lembrar é o seguinte — continua Leo. — Se você dá um bolinho a um tigre, não pode ficar irritada com ele por comê-lo.

Apesar de não querer, dou uma gargalhada.

— Por que você daria um bolinho a um tigre?

— Por que não? — pergunta Leo, dando de ombros.

Mas o problema é que não estou irritada com Teddy por comer o bolinho.

Antes de tudo, estou irritada comigo mesma por tê-lo dado a ele.

Dezenove

Na manhã seguinte, estou a algumas quadras da escola quando escuto alguém buzinando. Quando viro para olhar, levo um susto ao ver um carro esporte vermelho — daquele tipo que a gente só vê em filmes bregas dos anos oitenta — me seguindo lentamente.

Quando percebo que é Teddy que está ao volante, caio na gargalhada.

Ele se debruça pela janela aberta com um sorriso largo.

— O que acha?

— Acho — respondo, sem conseguir evitar uma provocação — que você pode estar passando por uma crise de meia-idade.

— Estou sim, e você realmente devia se juntar a mim. É bem divertido.

— Não sei bem se minha crise envolveria um carro esportivo — comento, dando a volta até o lado do carona e entrando.

— Bem, acho que jamais saberemos, considerando que você não quis o dinheiro. Mas, se mudar de ideia, vi um desses em azul que achei sua cara.

Reviro os olhos.

— Tentador.

— Qual é. Deve haver alguma coisa que você queira.

— Que tal uma ajudinha com nosso trabalho de física? — sugiro. — Vale cinquenta por cento da nota, e a gente nem...

— Eu sei — corta ele impacientemente, tamborilando com os dedos no volante. — É só que estou com muita coisa pra fazer agora, e...

— Tipo o que, comprar carros?

Ele pelo menos tem o bom senso de parecer arrependido.

— A gente vai fazer. Prometo.

— Quando? — insisto, erguendo uma sobrancelha. — É para logo depois do recesso de primavera.

— Em breve — garante ele, que é sua resposta padrão em situações como esta. Teddy tende a se entusiasmar no começo das coisas, mas costuma desistir depois. Ele abre um de seus famosos sorrisos. — Que tal assim: eu te ajudo a fazer o barco se você deixar eu te dar um carro.

— Precisa ajudar com o barco independentemente de qualquer coisa. Mas agradeço a oferta.

— Valeu a tentativa — diz ele, colocando óculos escuros apesar de estar nublado. — Então, falando sério, o que achou?

Inspiro o cheiro de carro novo e passo uma das mãos pelo painel de couro macio. Sinceramente, é um clichê sobre rodas. Mas noto como o carro o deixou feliz, então aceno com a cabeça em aprovação.

— Definitivamente melhor que o ônibus — respondo, o que pelo menos é verdade.

Quando chegamos ao estacionamento atrás da escola, todo mundo para e fica assistindo Teddy estacionar, e, assim que sai do carro, ele é cercado por uma multidão de admiradores. A loteria pode não ser mais novidade por aqui, mas a coletiva de imprensa — além do carro novo — parecem ter desencadeado uma nova onda de euforia.

— Te vi no jornal ontem à noite, cara — diz Greg Byrne, dando um meio abraço em Teddy. — Você foi ótimo.

— Minha mãe leu sobre você no jornal hoje de manhã — diz Caitie Simpson. — Ela nem acreditou que te conheço.

Mais pessoas o cumprimentam ao passar, e uma caloura pede até para tirar uma selfie com ele. Teddy concorda alegremente, sorrindo e fazendo um V de vitória.

— Vou entrar — aviso, e ele acena distraidamente para mim, ocupado com os fãs.

Ao atravessar o estacionamento na direção das portas duplas nos fundos do prédio, passo por um grupo de garotos que não reconheço; estão em semicírculo, olhando na direção de Teddy.

— Ele está de sacanagem com aquela coisa? — pergunta um deles, as sobrancelhas erguidas. — O cara tem um lance de sorte e acha que virou astro de cinema.

— Viu ele usando óculos escuros no refeitório ontem? — comenta outro, com uma risada debochada. — Que babaca.

Mantenho o olhar fixo para a frente ao passar por eles, mas meu rosto fica quente e não consigo deixar de me sentir um pouco envergonhada por Teddy.

Tenho aula de artes no primeiro período, e entro correndo assim que começa. Depois de um tempo, Sawyer aparece a meu lado.

— Tem um pouco de tinta em sua testa — avisa ele, apontando para mim, e levo uma das mãos ao local que ele indicou.

— Acho que sou *eu* quem está no período abstrato agora — brinco, com um sorriso envergonhado e esfregando a tinta.

— Certo. Sei como é.

Não nos falamos muito desde aquela noite no sopão. Ele se senta com um grupo de alunos mais novos na aula, do outro lado da sala, enquanto faço meus projetos com algumas garotas de quem me aproximei ainda no sexto ano, quando a divisão entre meninos e meninas abalou brevemente meu trio.

Às vezes flagro Sawyer me observando, e sorrimos um para o outro, mas nada mais. Depois que nos conhecemos aquela noite na igreja enquanto ele preparava o molho do espaguete, tão simpático e aberto, é estranho vê-lo na escola, onde ele é um pouco mais reservado, um pouco mais introspectivo. Me pergunto se ele acha o mesmo de mim.

— Então, o que vai fazer no recesso de primavera? — pergunta ele, enquanto caminhamos juntos pelo corredor. — Algum plano muito louco?

— Muito louco — repito. — Bem meu tipo.

Sawyer ri.

— Eu também. Vou passar a maior parte da semana ajudando minha avó no sopão.

— Então provavelmente nos veremos lá — comento, e seu rosto se ilumina.

— Você ainda me deve aquele chocolate quente.

— Devo — admito, e, quando viramos o corredor, damos de cara com Teddy e Lila tão subitamente que todo mundo freia na hora, se encarando.

Meu estômago se revira quando percebo que o braço de Teddy está em volta dos ombros da garota, mas, quando ele nota a expressão em meu rosto, rapidamente o retira. Está usando um moletom novo, azul-claro e obviamente caro, e parece mais velho com essa roupa, parece dono de si de um modo que vai muito além de sua confiança de garoto habitual. Há um pequeno crocodilo no peito — bem acima do coração —, o que me lembra de seu velho apelido para mim. De algum modo, isso faz eu me sentir ainda pior.

— Oi — cumprimenta ele, evitando meu olhar.

— Oi — respondo.

Lila abre um sorriso cínico para Sawyer, e por um segundo posso ver o que ela deve estar vendo: um nerd com calça curta de veludo cotelê e um sorriso afoito demais.

— Quem é você?

— Este é Sawyer — responde Teddy, dando um tapinha amigável no ombro dele. — Legal te ver de novo, cara.

— Você também. — Sawyer pigarreia. — E parabéns. Ouvi falar sobre sua... boa sorte.

— Obrigado. Devo tudo a Al.

— Sério? — pergunta o garoto, olhando para mim.

Ele deve ser uma das únicas pessoas da escola que não sabe disso. Passei as últimas seis semanas fugindo de perguntas; gente querendo saber se eu ficaria com parte do dinheiro e semicerrando os dentes quando alguns tentavam me tocar para ter boa sorte.

— Foi um presente de aniversário — explico. — O bilhete.

— Difícil superar isso — diz Lila, erguendo uma sobrancelha. — Tipo, o que dar a ele ano que vem?

— Dois bilhetes da loteria? — sugiro, o que faz Teddy rir. Nossos olhares se cruzam por um segundo, antes de eu desviar o meu novamente.

— Então, vocês dois estão em alguma aula juntos ou algo assim? — pergunta Teddy, olhando de mim para Sawyer cuja cabeça se volta para mim.

— É, a gente teve artes agora — responde ele. Sawyer está falando com Teddy, mas olhando para mim, seus olhos azuis brilhantes, alegres. — Alice e eu somos grandes fãs de arte abstrata.

— Pode-se dizer que somos aficionados — completo, e, quando olho de volta para Teddy, ele está fechando a cara. Não há nada mau nem malicioso ali; ele parece mais confuso que qualquer outra coisa, intrigado e um pouco deslocado de um jeito que lhe é totalmente desconhecido.

— Na verdade — começa ele —, Al e eu temos um projeto de artes também.

Inclino a cabeça para ele.

— Qual?

— O barco — responde ele, com um toque de impaciência.

— Eu não o chamaria exatamente de um projeto de artes.

— Bem, quem disse que nós também não podemos fazer ele ficar bonito?

— Nós? — pergunto, erguendo as sobrancelhas.

— Sim, é claro, nós — repete Teddy. — Você e eu.

— O meu já está pronto — oferece Lila. — Stef e eu terminamos semana passada. — Quando ninguém diz nada, ela acrescenta: — É cor-de-rosa e verde.

— Ele boia? — pergunta Sawyer, educadamente.

Lila lhe lança um olhar contundente.

— É exatamente esse o objetivo.

Teddy ainda está me olhando fixamente.

— Então, talvez seja bom a gente se reunir hoje à noite.

Uma parte de mim fica com vontade de atirar nele, simplesmente por ele ter sido tão irritante sobre aquele mesmo assunto de manhã. Mas outra parte suspeita de suas motivações ao sugerir aquilo, e não consigo não me sentir lisonjeada.

A meu lado, Sawyer fica mudando o peso de um pé para outro desconfortavelmente. Lila encara o chão, emburrada. Teddy me olha com expectativa.

— Tudo bem — concedo, e ele sorri.

— É?

— É. Que horas? E onde?

Ele ri.

— Você decide, capitã.

Vinte

Quando apareço no prédio de Teddy naquela noite, há dois homens do lado de fora da porta. Está escuro demais para enxergar seus rostos, mas um deles está soprando as próprias palmas das mãos para se esquentar, e o outro está ocupado ajustando alguma coisa em sua câmera.

— Com licença — peço, pois os dois estão bem em frente à campainha do interfone. Eles descem do degrau de concreto, mas, quando aperto o botão do apartamento onze, eles se entreolham.

— Está aqui para ver Teddy McAvoy? — pergunta um deles, parecendo animado com a ideia.

O cara está usando um gorro puxado bem para baixo, e a gola de sua jaqueta está levantada e fechada até o nariz, de modo que só vejo os olhos. Sem responder, aperto o botão mais uma vez, meu coração batendo forte. Está frio e escuro, e não é um bairro dos mais seguros, e não gosto nada de como esses caras estão me olhando.

O segundo homem tira o boné dos Sox e coça a cabeça.

— Foi você que comprou o bilhete para ele?

Aperto os lábios e volto para o interfone, só que, dessa vez, deixo o dedo sobre o botão, tocando e tocando até a porta finalmente se abrir. Agarro a maçaneta, abrindo-a com força e entrando no prédio sem dizer uma palavra, ainda tremendo, mas grata por estar lá dentro.

Ao subir, vejo que a porta do apartamento está aberta, e entro sem bater. Katherine está em pé na cozinha, usando seu jaleco, e ela abre um sorriso ao me ver.

— Não sei se vocês sabem — começo —, mas têm dois homens lá fora...

— Eles voltaram? — pergunta ela, a expressão ficando mais séria. — Estavam aqui ontem. Acho que estão tentando tirar fotos de Teddy.

— É um jeito bem suspeito de tentar.

Katherine está reunindo seus pertences, preparando-se para ir ao trabalho, mas ela para e me olha demoradamente.

— Talvez você possa colocar algum juízo na cabeça de Teddy. Estou com medo de que ele possa estar um pouco envolvido demais por esse circo todo. Não parou um minuto de ontem para cá, inúmeras ligações de programas matinais de TV e pedidos de entrevistas, e eu não tenho certeza exatamente...

— Ela está surtando por causa dos repórteres de novo? — pergunta Teddy, entrando na sala.

Ele está usando um moletom com capuz da Michigan que Max deu a ele de Natal, uma calça velha, também de moletom, e uma meia de cada cor, uma delas com um furo no dedão. Para meu alívio, Teddy parece ele mesmo novamente.

Katherine olha para ele exaurida enquanto veste seu casaco.

— Não pode esperar que eu não me preocupe com o fato de haver adultos perseguindo meu filho adolescente.

— Isso é só porque seu filho adolescente é incrivelmente rico e bonito.

— E modesto — acrescenta ela, lançando a ele um olhar severo. — Só tenha cuidado, ok? E escute Alice. Ela sempre teve muito mais juízo que você.

— Cem por cento falso — nega Teddy alegremente.

— E não deixe de levá-la em casa quando terminarem.

— Vou chamar um táxi para ela — promete ele. — Melhor ainda: vou comprar um táxi para ela!

— Não precisa extrapolar — adverte Katherine, saindo e continuando do corredor: — Boa sorte com o projeto, vocês dois.

Quando ela se vai, me viro para Teddy.

— Você acha que ela vai continuar trabalhando à noite?

— Quer dizer, agora que o filho dela é um multimilionário? — pergunta ele, sorrindo. — Não sei. Eu disse que ela podia pedir demissão, mas ela insiste que os pacientes precisam dela. Mas prometeu diminuir um pouco o ritmo. E está entrando com um pedido para trabalhar só de dia.

— Acha que ela vai conseguir? — Sei que Katherine já tentou aquilo antes, sem muita sorte.

— Tenho a sensação de que será muito mais fácil negociar agora que o filho é multimilionário.

Balanço a cabeça.

— Vou começar a obrigá-lo a colocar uma moeda no cofrinho toda vez que disser a palavra *multimilionário*.

— Uma moeda? — Ele dispensa aquela ideia com uma das mãos. — Pfft. Melhor uma nota de cem dólares.

— Só essa tirada mereceu um pote inteiro também — devolvo, revirando meus olhos para ele. — Sua mãe tem razão quanto a esses repórteres, você sabe, né?

— Que nada, ela só está com medo de publicidade negativa — responde ele, com desdém. — Confie em mim. Ela vai ficar bem mais feliz com isso tudo assim que eu a tirar daqui.

Meu coração se aperta.

— Vocês vão se mudar?

— É, vou comprar uma casa para ela.

— Vai? — pergunto, piscando algumas vezes. Meu primeiro pensamento é "Esse é o Teddy que conheço". E o segundo é "Por favor faça com que não seja longe".

— Vou — afirma ele, orgulhosamente. — E não uma casa qualquer.

Meus olhos se arregalam.

— Não.

— Sim — diz ele, sorrindo com minha reação.

— Seu antigo apartamento?

— Melhor ainda. O prédio inteiro.

— Sério? Dá pra fazer isso?

Ele sorri.

— Graças a você.

Mal posso acreditar. Sei o quanto doeu desistir do apartamento que eles chamavam de lar quando o pai perdeu tudo. Mesmo seis anos depois, Katherine ainda inventa desculpas para passar por lá sempre que pode: o velho prédio de tijolinhos, alguns quilômetros à frente, onde eles um dia moraram em um espaçoso apartamento de dois quartos, como uma família de três.

— Está à venda?

— Tecnicamente não. Terei de comprar todos os apartamentos individualmente. Mas estou planejando fazer ofertas irrecusáveis.

Eu rio, contente com aquilo. Teddy poderia comprar praticamente qualquer coisa que quisesse agora. Ele poderia arranjar um lugar mil vezes mais chique, cem vezes maior. Mas aquele prédio tem um significado especial para eles, e meu coração transborda porque é este o Teddy que conheço.

Este é o Teddy que amo.

— Quero esperar e fazer uma surpresa para minha mãe assim que estiver tudo arranjado, mas já tenho um monte de ideias para decorá-lo. Quer ver?

Eu o sigo até o quarto, onde seu computador novo está aberto em cima da cama, mas, ao entrar, fico imóvel por um segundo, pensando na última vez que estive ali, naquele único momento de eletricidade entre nós dois.

A expressão de Teddy é séria, e ele começa a digitar, os olhos refletindo a luz da tela e o cabelo ainda ligeiramente despenteado. Olhando para ele agora, só tenho vontade de voltar as últimas seis semanas e engarrafar o olhar que ele me lançou naquela noite, capturar a leveza que senti na manhã seguinte, quando ele me girou no ar, memorizar o gosto de seus lábios. Queria poder fazer aquilo tudo de novo, mesmo que o resultado fosse o mesmo; mesmo que não exista chance de um futuro, ainda queria esse pedacinho do passado.

Embora a verdade seja, é claro, que desejo mais que isso também.

Ficamos sentados na cama — Teddy esparramado e eu ereta, bem na beiradinha —, e ele me mostra uma série de plantas e layouts.

— Esse aqui era o nosso, lembra? São oito apartamentos no total, e minha ideia é derrubar as paredes e transformar o prédio todo em dois apartamentos gigantes. Um para mim, e um para minha mãe. Vou ficar com o térreo, porque quero transformar o porão em uma sala de jogos.

— Naturalmente — observo, com um sorriso.

— E daí vou construir para minha mãe o apartamento dos sonhos no andar de cima. — Ele olha para mim, reluzindo. — Todos esses anos sem um quarto, e agora ela vai ter dois andares inteiros só para ela. Dá para acreditar?

Ele parece tão orgulhoso que inesperadamente meus olhos se enchem de lágrimas.

— Vai deixá-la tão, tão feliz.

— Espero que sim — diz ele. — Ela merece.

— E você também. Consegue esconder muito bem às vezes, mas você é um cara de bom coração, Teddy McAvoy.

Ele lança um sorriso torto para mim.

— Bem, tenho meus momentos.

Quando começamos a trabalhar no projeto, vamos para o chão. O quarto começou a parecer uma daquelas lojas que vendem engenhocas e eletrônicos, o tipo com poltronas de massagem e aquários e aquelas máquinas de som ambiente. Há brinquedos e caixas por todo canto: controles de videogames e tablets, um carrinho de controle remoto que parece o vermelho em tamanho real estacionado lá embaixo, uma coisa com asas que se parece com um drone, e até um robô, parado rigidamente ao lado de sua caixa, me encarando com um olhar vazio.

— O que são todas essas coisas? — pergunto, tirando um modelo de helicóptero do caminho para tentar abrir espaço no chão — Você saqueou o shopping ou coisa assim?

— Pode-se dizer que fiz uma maratona de compras semana passada — concorda Teddy, chutando uma bola de plástico bolha para o lado. — Pode ser que eu tenha me empolgado um pouco.

— Acha mesmo?

— Ei, já tive má sorte suficiente para um bom tempo. E você também, a propósito. O mundo nos deve. Acontece que sou o único esperto o bastante aqui para receber o que mereço.

Olho ao redor para as pilhas de parafusos e baterias, os emaranhados de fios e tomadas.

— Aposto um milhão de dólares que você vai acabar nunca montando essas coisas.

— Você não tem um milhão de dólares — lembra ele. — O que é sua culpa mesmo. E a única coisa que me preocupo em montar agora é nosso barco. Então, por onde devemos começar?

— Com isso — respondo, pegando as instruções do projeto. Ele o estuda por um instante.

— Ok, bem, não quero balançar sua canoa, mas...

— Fofo — digo, fazendo uma careta para ele.

— Se gostou dessa, tenho mais umas cem.

Após começarmos os cálculos, usando uma fórmula para impulsão que aprendemos na aula, a atenção de Teddy oscila.

— Não é melhor a gente fazer isso em outro cômodo? — pergunto, observando-o mexer no que parece ser um despertador ou um videogame de mão. — Acho que há distrações demais aqui.

Ele coloca o objeto de lado.

— Não, estou prestando atenção. Flutuar: bom. Afundar: ruim.

— Teddy — gemo. — Se para você dá no mesmo, eu prefiro não cair dentro de uma piscina na frente de todo mundo que a gente conhece. Além disso, esse trabalho conta como cinquenta por cento da nota, e ainda estou esperando notícias de Stanford.

— Você vai entrar — diz ele, parecendo distraído. Sigo a direção de seu olhar até a prateleira, onde a pilha de inscrições que imprimi para ele ainda está intocada. — Mas tenho pensado no seguinte: se o objetivo da faculdade é arranjar um emprego depois, e o objetivo de um emprego é ganhar dinheiro...

— Não — interrompo rapidamente, percebendo aonde ele quer chegar. — O objetivo de uma faculdade é conhecer pessoas diferentes e aprender coisas novas e descobrir quem você é.

— E arranjar um emprego.

— Certo — concedo a contragosto. — Arranjar um emprego que você ame.

— Mas, principalmente, um emprego com o qual possa ganhar dinheiro suficiente para sobreviver. E agora que tenho dinheiro o bastante para...

— Ei — interrompo novamente, entrando ligeiramente em pânico. — Qual é? Não seja idiota, Teddy. Você obviamente ainda vai para a faculdade. Na verdade... você pode ir até antes agora. Não precisa mais saber o tamanho dos tênis nem inflar bolas de basquete na loja. Pode pegar seu diploma e ser logo um treinador.

Teddy está me olhando com uma expressão de quem acha graça.

— Não preciso mais de um *diploma*.

— Sim, precisa, se quer ser um treinador...

— Sabe lá se isso ainda é o que quero fazer? — pergunta ele com desdém, apesar de ser tudo em que ele fala desde que o conheço. — Agora posso fazer qualquer coisa.

Eu o encaro.

— Mas você quer ser técnico de basquete.

— AI — começa ele, como se eu não estivesse compreendendo a situação. — As coisas são diferentes agora. Você deve estar ciente. Eu poderia comprar um time de basquete se quisesse. Poderia chamá-los de Teddy e os Incríveis, e ninguém me impediria de ser treinador, assistente do treinador e gandula ao mesmo tempo. Por que eu ia querer cursar uma faculdade inteira?

— Eu só achei que agora que não precisa mais de empréstimos...

— Não — interrompe ele, tão seca e diretamente que afasto um pouco a cabeça. Esfrego os olhos com as mãos, sentindo a situação sair do controle.

— Teddy, qual é? Você não pode simplesmente *não ir*. Por favor não seja esse cara.

Ele se endurece.

— Que cara?

— O cara que torra seus dias comprando coisas inúteis e que fica sentado o dia inteiro só porque pode se dar ao luxo de não fazer nada.

Quando ele olha para mim, seus olhos estão gélidos.

— Por que será que sinto que você só estava esperando o momento de me dizer isso?

— Eu não... — começo, mas então paro, percebendo que ele pode ter razão. — É só que... é meio difícil reconhecer você neste momento. — Olho pelo quarto. — Especialmente com todas essas coisas.

— Eu gosto dessas coisas.

— Claro, mas é... — Eu paro, tentando reorganizar meus pensamentos. — Bem, se lembra de quando seu pai te trazia todos aqueles presentes quando estava com sorte?

Ele me olha com raiva.

— Isso não é a mesma coisa.

— Eu sei. Só estou dizendo que, talvez, existam outras coisas que você poderia estar fazendo, outras maneiras de estar gastando o dinheiro. Isto é, e filantropia? Você nem mencionou doar um pouco...

— Dá um tempo, Al. Eu tenho dinheiro há, tipo, dois dias. Obviamente vou doar um pouco uma hora. Você só está irritada porque não perguntei nada a *você*. Porque você acha que qualquer coisa relacionada à caridade é seu território.

Eu pressiono os lábios.

— Uau!

— Uau o quê?

— Bem, eu faço trabalho voluntário desde criança. Era o que meus pais...

— Exatamente — interrompe ele, e fico tensa.

— O que você está querendo dizer com isso?

Ele suspira.

— Você só faz isso porque acha que precisa. Por eles.

— Isso não é verdade — refuto, o coração palpitando. — Eu faço porque...

— Você ainda está em busca da aprovação de ambos.

Ele diz isso como se fosse um fato inegável, como se fosse simplesmente atestar a verdade, algo que discutimos mil vezes antes. Sinto subir o calor de uma raiva súbita. Será que era isso que ele pensava todo esse tempo? Que só estou fazendo o que é preciso fazer, tentando seguir os passos de meus pais? É isso que todo mundo pensa?

— Isso não é verdade — repito, friamente. — Faço por mim também.

— Não importa — diz Teddy, balançando a cabeça, e eu semicerro os dentes, porque é claro que importa. Tudo isso importa. Mas ele continua, a voz fria e os olhos severos. — A questão é que não é justo você já estar decepcionada comigo.

— Não é que...

— Especialmente considerando que ofereci metade do dinheiro a você. — Ele praticamente cospe aquelas palavras em mim. — Então, se você tivesse tantas opiniões a respeito de como essa grana deveria ser usada, talvez não devesse ter sido tão teimosa. Poderia estar fazendo tudo o que acha que deve ser feito você mesma.

É verdade, mas, ao escutá-lo dizer isso nesse momento, apenas instantes depois de mencionar meus pais, sou tomada por um novo medo. Porque diante de todos os meus temores por aquela decisão tomada de surpresa — pelo que pode ter significado para tia Sofia e tio Jake e Leo também, pelo que pode ter mudado entre Teddy e eu —, eu não tinha pensado nenhuma vez em meus pais nem em como eles teriam agido.

Ou talvez eu tenha e, no fundo, queira acreditar que eles teriam tomado a mesma decisão. Mas agora me pergunto se estou errada. Talvez eles tivessem aceitado o dinheiro e feito alguma coisa boa com ele, alguma coisa grandiosa, algo importante.

Talvez eu devesse ter feito isso também.

Meus olhos se enchem de lágrimas ao pensar naquilo, e abaixo minha cabeça para Teddy não notar.

— Mas você disse não — continua ele. — E não vou ficar aqui sentado como todo mundo, fingindo que você fez isso porque estava sendo nobre. Você disse não porque é uma covarde.

Cada palavra é uma facada certeira. Abro a boca para responder, mas então a fecho de volta. Minha mente está embaralhada, cheia e trabalha em ritmo impossivelmente lento. Não tenho certeza de como chegamos aqui, e eu queria saber como voltar atrás.

— Você dispensou a oportunidade de uma vida porque teve medo. E porque não teve coragem de tentar fazer alguma coisa incrível com o dinheiro sozinha.

— Isso não é... — começo a dizer, voltando a olhar para ele, mas Teddy está impetuoso demais para se calar agora.

— Você não quer, tudo bem — diz ele, os olhos em chamas. — Mas você não tem direito de dizer o que devo fazer ou não com ele. Não tem direito de sentar aqui, achando que não o mereço. E não tem direito de me julgar.

Alguma coisa dentro de mim reage àquilo.

— Sim — digo baixinho. — Eu tenho.

Ele parece surpreso.

— O quê?

— Você pode estar certo quanto a todas essas outras coisas — continuo, tentando manter minha voz firme. — Mas estou certa quanto a isso. Ninguém mais está sendo honesto com você. Está todo mundo ocupado demais te bajulando ou esperando que você atire algumas notas no ar. — *Ou rindo de você*, quase digo, pensando naqueles garotos do estacionamento ou nas garotas que ouvi fazendo piada de suas roupas novas semana passada. — Todo mundo quer algo de você.

— E você não — declara ele, de um jeito que faz meu estômago se revirar, porque é claro que eu quero. Só não é o que ele está pensando.

— Quero que isso signifique alguma coisa. E quero que você seja feliz. E não quero ver pessoas tirando vantagem de você.

Teddy balança a cabeça.

— Elas não estão.

— Qual é? — digo, mais gentilmente agora. — Sei que foram os caras do basquete que te convenceram a alugar aquela casa no México. E você deve ter reparado nos professores puxando seu saco. Para não falar nas garotas piscando os olhinhos em sua direção. E Lila... De repente Lila está andando com você de novo?

— Não é...

— Teddy — corto, revirando os olhos. — Eu vi vocês na escola hoje. Ela estava grudada em você feito uma maldita craca no casco de um navio.

— Isso não...

— E, enquanto isso, você sequer se deu o trabalho de se lembrar de ter *me* beijado.

Imediatamente congelo. Eu não queria ter dito isso, e, agora que saiu, desejo imediatamente voltar atrás. O rosto de Teddy fica branco, e ele me encara com uma expressão ligeiramente sufocada. Mal posso suportar encará-lo, e, quanto mais os segundos passam, mais fico convencida de que esse silêncio entre nós nunca, jamais vai acabar.

— É claro que me lembro — revela ele, depois de um bom tempo, e eu solto o ar que nem tinha me dado conta de estar prendendo.

— Ok — digo, desejando ter pensado numa resposta melhor, mas as marteladas de meu coração me distraíram, retumbando muito alto em meus ouvidos.

— É — diz ele, e ficamos sentados sem dizer mais nada por mais um tempo, apenas cozinhando a terrível estranheza daquele momento.

— Então...

Ele coça a testa.

— É só que... — começa ele, parecendo estar sofrendo. — A coisa é que...

Faço que sim feito uma boba, meu peito já se enchendo de pavor.

— Tinha muita coisa acontecendo aquele dia, sabe? — explica ele, o olhar fixo no carpete. — E acho que talvez eu tenha me deixado levar pelo entusiasmo, e é por isso que eu não queria...

— Tudo bem — comento, levantando uma das mãos, mesmo com todo o ar deixando meu corpo.

Não há nada que eu queira mais agora que desaparecer.

Quero que se abra um buraco no chão.

Quero estar em qualquer outro lugar menos ali.

É preciso um esforço muito grande para dizer as próximas palavras, para fazê-las soar como uma frase normal em vez de uma tentativa patética de apagar três anos de sentimentos.

— Foi o que imaginei.

— Foi? — pergunta ele, uma pontada de esperança transparecendo em seu rosto quando atiro aquela boia salva-vidas para ele. — Que bom. Me desculpe se...

— Não — digo, sacudindo minha cabeça com força demais. — Está tudo bem.

— Eu devia ter dito alguma coisa antes.

— É... acho que sim.

Ele franze a testa.

— O que isso quer dizer?

— Bem — respondo, agarrando-me a minha dignidade, tentando desesperadamente recobrar meu chão. — Você obviamente tem estado meio que preocupado ultimamente.

— Ah — diz ele, assentindo, parecendo zangado mais uma vez. — Preocupado é uma maneira chique de dizer que só estou pensando em mim?

Dou de ombros.

— É você quem está dizendo, não eu.

— Nem precisou.

— Sinto muito. É só que... esse não é você. O modo com que tem agido desde que tudo isso aconteceu. Simplesmente não é.

Teddy enrijece a mandíbula.

— Meu Deus, Al, é claro que sou eu — diz ele, a voz repleta de frustração. — Este é exatamente quem sou. Eu *sou* esse cara. Olhe só, dá uma olhada nesse lugar onde eu moro. Você me dá um caminhão cheio de dinheiro, e *é claro* que vou comprar um robô e uma casa e um carro novo e tudo mais que eu sempre quis. E *é claro* que vou querer ir em talk shows. Está brincando? Eu seria ótimo na TV. E sabe o que mais? Não há nada de errado nisso. É basicamente o que quase todo mundo faria na mesma situação. Todo mundo, menos *você*. — Sem avisar, ele pega uma caixa de papelão vazia e a atira contra a parede. — Este *sou* eu, Al. Você só não quer acreditar. Você nunca quis. Você sempre quer que eu seja algo mais, alguém melhor. Mas talvez eu não seja.

Ele para, respirando forte, e ficamos ali calados, observando a bagunça de papéis entre nós, as instruções de como construir o mais frágil dos barcos.

— Sinto muito — lamento, depois de alguns minutos, tão baixinho que não tenho certeza se ele escuta. — É só que... você prometeu.

Teddy está sentado de cabeça baixa, mas noto seus ombros subirem com a inspiração, e, em seguida, ele arrasta o olhar até encontrar o meu.

— O quê?

Quase tenho medo de dizer as palavras.

— Você prometeu que nada ia mudar.

Teddy sacode a cabeça e se levanta, espalhando mais ainda os papéis entre nós dois.

— Sabe qual é o seu problema, Al? — pergunta ele, com uma expressão de decepção no rosto. — Você acha que mudar é uma coisa ruim.

E com isso ele sai do quarto.

Vinte e Um

Na manhã seguinte, Teddy voa até Los Angeles.

Só descubro na hora do almoço, quando Leo desliza para o banco ao lado do meu e começa a organizar sua refeição de sempre: duas fatias de pizza unidas, formando uma espécie meio nojenta de calzone.

— Dá pra acreditar?

— No quê? — pergunto, baixando meu sanduíche de peito de peru.

Ele franze a testa.

— Ele não te contou?

Não preciso nem perguntar quem seria ele; instintivamente sei que o assunto aqui é Teddy. Ultimamente todo assunto tem a ver com Teddy.

Estou com um nó na garganta desde que deixei seu apartamento na véspera. Não foi só a briga, apesar de ela ter sido horrível, a pior que já tivemos. Foi o modo como ele pareceu tão apavorado quando mencionei o beijo. O modo como ele dispensou o ocorrido, como se não tivesse significado absolutamente nada. O modo como ele fez um furo tão eficientemente em meu coração.

— Ele foi para Los Angeles — revela Leo, e agora é minha vez de franzir a testa.

— O quê?

— Acho que vai dar umas entrevistas por lá. — Ele sorri. — Parece que nosso Teddy vai se tornar um astro.

Eu o observo começando a comer, o molho de tomate escorrendo pelo queixo. Eu estava com Leo na primeira vez em que ele montou um desses sanduíches de pizza na frente de Max, e não tive como não rir da expressão no rosto de seu novo namorado. Mas, para seu crédito, Max imediatamente fez um igual para si, e, quando ele deu uma mordida grande, o olhar dos dois se cruzou, Leo abriu um sorriso.

— E quando ele volta? — pergunto, enquanto Leo limpa o queixo com um guardanapo.

— Acho que vai direto para Cabo de lá. Vidinha nada mal, né?

Faço que sim, subitamente me sentindo exausta.

— O que foi? — pergunta Leo.

— Nós brigamos ontem à noite.

— Você e Teddy? — Ele dá de ombros. — Vai passar.

— Não sei, não — confesso, me esforçando bastante para não chorar só de lembrar. — Foi das grandes.

— Qual foi o motivo?

Eu hesito.

— Tudo — admito, e Leo assente, como se entendesse perfeitamente o que aquilo significa. E talvez ele entenda mesmo.

— Vocês vão ficar bem. Sempre ficam.

Só que não tenho mais tanta certeza. Teddy mandou uma mensagem para se certificar de que cheguei bem em casa ontem à noite, o que suspeito que tenha sido mais por causa das instruções dadas por Katherine que por preocupação de sua parte. Escrevi de volta um sim seco, e ele não respondeu mais. Mesmo depois de entrar debaixo das cobertas, continuei olhando para o celular, imaginando se a tela se acenderia de novo. Mas ele permaneceu escuro e silencioso, e lá no fundo eu já sabia que não teria resposta.

Depois da aula, a caminho do abrigo animal — onde passo as tardes de quarta-feira levando para passear um grupo de cachorros tristes e desesperadamente ansiosos por um pouco de ar fresco —, tento mandar uma nova mensagem.

Boa sorte, escrevo. Espero um minuto para ver se ele responde.

Nenhuma resposta.

Quando desço do quarto na manhã seguinte, vejo que a pequena TV da cozinha está ligada e uma âncora de programa matinal animada demais discute os usos incomuns para latas de refrigerante vazias. Tia Sofia normalmente odeia esse tipo de programa; geralmente escutamos a National Public Radio durante os cafés da manhã, o tom comedido das notícias mundiais preenchendo a cozinha. Mas esta manhã é diferente.

— Perdi? — pergunto, pegando uma torrada e me sentando à frente de Leo, que balança a cabeça negativamente.

— Sempre soube que aquele garoto ia a algum lugar — comenta tio Jake, abrindo a geladeira. A seu lado, tia Sofia está fazendo café. Geralmente os dois já teriam ido para o trabalho, mas nenhum deles quis perder o segmento com Teddy.

— É só um talk show — argumento. — Provavelmente vão mostrar uma matéria com gatinhos fazendo truques logo depois do bloco de Teddy.

— Não sei, não — diz tia Sofia. — Acho que isso pode ser grande para ele. Ele é tão charmoso, sabe? Um garoto tão bonito.

Leo faz uma careta boba para mim do outro lado da mesa, e eu sorrio, grata.

— Além disso, ele está incrivelmente rico — acrescenta tio Jake, se aproximando da mesa com seu prato. — É uma receita perfeita para a fama, se existir mesmo uma.

— É só o Teddy — comento, porém menos segura desta vez.

Um comercial chega ao fim, a música tema animada do programa volta a tocar, e de repente Teddy está na tela. Ele está sentado com a postura bem ereta no sofá verde, suas mãos sobre o colo, e vê-lo ali — aqueles ombros tão familiares e o tique nervoso que ele faz com a boca às vezes — é o suficiente para fazer meu coração disparar.

— E estamos de volta agora com Teddy McAvoy — anuncia a alegre âncora. — Ele é o mais jovem vencedor da loteria da história dos Estados Unidos. Teddy ainda está no último ano do ensino médio e já é um milionário.

Teddy dá um sorriso meio tímido. Ele está usando uma camisa azul-clara e calça cáqui. Em outra pessoa, aquilo pareceria normal, mas em Teddy — que geralmente vive de calça jeans e camisa xadrez — só dá uma aparência mais velha e muito, muito distante.

— Então, Teddy. Conte para a gente. Como é a sensação? — pergunta ela, cruzando as pernas e se debruçando para mais perto dele. — Você ganhou cento e quarenta e um *milhões* de dólares. É bem mais que um trocado.

— É — concorda Teddy. — É meio louco, na verdade. Ainda estou tentando me adaptar.

— Agora, isso aconteceu no dia seguinte a seu aniversário de 18 anos, certo?

— Isso. O bilhete foi, na verdade, um presente de aniversário. De uma amiga.

Fico tonta de repente. Do outro lado da cozinha, tio Jake levanta o polegar em sinal de aprovação para mim.

— Uau! Um presente de cento e quarenta e um milhões de dólares. É uma ótima amiga que você tem. Você vai dividir o prêmio com ela?

Teddy se ajeita no sofá. Meu coração aperta enquanto espero sua resposta.

— Ainda estamos resolvendo isso — responde ele, depois de uma pausa. — Mas espero que sim. Foi um presente incrível. Um presente que já mudou minha vida. Gostaria de poder lhe agradecer de alguma maneira.

Abaixo a cabeça, com medo de saber se minha tia e meu tio estão me olhando.

— Bem, os diamantes estão aí para isso, certo? — sugere a âncora, sorrindo e exibindo todos os dentes.

Teddy solta uma risada alta. É o primeiro momento genuíno de sua parte desde que a entrevista começou, e suspeito de que ele esteja imaginando a mim com diamantes. É o bastante para me dar vontade de rir também, apesar de eu saber bem que aquilo não conserta nada entre nós.

— Talvez — concorda ele, ainda rindo um pouco. — Vamos ver.

— Bem, de qualquer modo, você tem uma boa amiga.

Então alguma coisa muda no sorriso de Teddy, e um vazio transparece em seu olhar. Fico gelada da cabeça aos pés.

— A melhor — concorda ele finalmente, com uma nota de falsa alegria no tom de voz.

— Então, quais são seus planos agora? É uma quantia de dinheiro realmente transformadora. O suficiente para realizar todos os seus sonhos, certo? Quais são eles?

— Bem, primeiro vou à Disney, obviamente — brinca Teddy, o que faz a apresentadora rir de um jeito desproporcional à graça da piada. — Não, ainda estou pensando no que fazer. É uma grande responsabilidade. Vou me divertir um pouco, é claro...

— É claro — interrompe ela, com um sorriso de quem entende bem.

— Mas também quero fazer algo de bom com ele, se possível. E quero fazer algumas coisas por minha mãe também.

— Que fofo — diz a apresentadora, colocando uma das mãos sobre o lado esquerdo do peito. — Como o quê?

— Bem, se eu revelasse em um programa de TV não seria mais surpresa, então...

Ela está radiante agora.

— Tem toda razão. Mas vou te dizer uma coisa: ela tem sorte de ter um filho como você.

— Bem, eu tenho sorte de ter uma mãe como ela.

— E você tem namorada? — pergunta ela, subitamente. — Porque eu tenho duas filhas...

Teddy dá uma risada descontraída e fica tão lindo quando faz isso que meu coração dá pulinhos.

— Sem namorada. Talvez um dia.

— Bem, posso imaginar que já exista um bom número de candidatas à posição — diz ela, esticando o braço para apertar a mão dele. — Teddy McAvoy, muitíssimo obrigada por estar aqui com a gente esta manhã. Desejo toda a sorte do mundo a você, apesar de aparentemente já ter de sobra.

Teddy ainda está sorrindo para a câmera quando tia Sofia aponta o controle remoto e desliga a TV. Nenhum de nós diz nada por alguns segundos. Em cima da mesa, o café está ficando frio, e os raios de sol entrando pela janela da cozinha tornam-se cada vez mais longos. Já passou da hora de sair para o colégio, mas ninguém se mexe.

Depois de um minuto, Leo começa a rir, e eu o encaro.

— O quê?

— É só que... — responde ele, sacudindo a cabeça. — Se lembra daquela vez na terceira série em que ele fez xixi nas calças na frente da escola inteira?

Permanecemos calados por um instante e então — ao mesmo tempo — começamos a gargalhar também, e, quando começamos, é difícil parar, nossos olhos cheios de lágrimas ao lembrar da situação, tão diferente da versão de Teddy que acabamos de ver em rede nacional.

— Tenho a sensação de que vocês vão precisar lembrá-lo disso em algum momento — diz finalmente tio Jake, ainda tentando recuperar o fôlego.

Vinte e Dois

Naquela noite, Leo me arrasta para uma palestra sobre animação digital no Instituto de Arte. Durante duas horas, ele fica completamente fascinado, inclinado para a frente em sua cadeira, como se tentasse se aproximar do palco. Mas para mim é mais difícil prestar atenção; minha cabeça está longe dali.

Esta manhã descobri que fui aceita em duas faculdades: Northwestern e Colgate. Quando escrevi para minha tia e dei as boas novas, ela respondeu com uma corrente de exclamações tão comprida que preencheu a tela do celular. Ela estudou na Northwestern, e, mesmo sabendo que meu sonho é ir para Stanford, suspeito de que uma parte dela deseja que eu acabe ficando mais perto de Chicago.

Mas a pessoa para quem eu mais queria contar — a pessoa a quem sempre quero contar tudo — ainda é a única a quem não contei. Em vez disso, esta tarde o vi sentado em meio a um grupo de mulheres em mais um talk show, fazendo piada com as péssimas habilidades de estimativa.

— Se você me der um pote de balas e pedir para eu adivinhar quantas tem dentro — dissera ele —, eu provavelmente chutaria, tipo, dois milhões. Nunca fui muito bom com números.

— E agora olhe só para você — comentou uma das apresentadoras, sorrindo. — Eu diria que os números definitivamente trabalharam a seu favor.

Naquela hora, desliguei a TV. Mas fiquei parada na frente do aparelho desligado por um bom tempo, encarando meu reflexo na tela preta.

Quando a palestra chega ao fim, eu e Leo descemos os degraus da entrada do museu. Do outro lado da rua, há um prédio de granito que faz parte da faculdade, e ficamos olhando para ele, a brisa fria do lago soprando em nossas costas.

— Você vai entrar — digo, e ele me olha distraidamente.

— O quê?

— No Instituto de Arte. — Indico o prédio com um aceno de cabeça. — Você vai entrar.

Ele não responde. Em vez disso, desce o restante dos degraus e para na frente dos enormes leões de pedra — que guardam a entrada — e os saúda, como fazia quando era criança. O gesto é mais sutil agora, e ele parece quase envergonhado por estar fazendo aquilo, mas já virou mais superstição que tradição a esta altura. O leão o encara estoicamente de volta e então seguimos para a avenida Michigan, nosso caminho iluminado por uma interminável constelação de faróis vermelhos.

— Quando vai ter notícias de Michigan? — pergunto.

Digo isso como uma oferta de paz. A julgar por seu silêncio de pedra, presumo que ele tenha ficado irritado por eu ter mencionado o Instituto de Arte, então a pergunta é minha tentativa de equilibrar as coisas, de mostrar a ele que vou apoiá-lo não importa o quê, e que, caso ele vá para a Michigan ano que vem, ainda estarei a seu lado. Mas a estratégia só me rende mais uma olhadela irritada.

— Você está bem? — pergunto ao virarmos uma esquina, nos afastando das ruas cheias do Magnificent Mile.

— Estou ótimo.

— Você parece meio...

— O quê?

— Não sei. Ranzinza.

Aquilo o faz sorrir.

— Acho que estou nervoso porque vou ver Max amanhã.

— Sério? — pergunto, surpresa.

— Foi o máximo de tempo que já ficamos separados. E ultimamente tem sido meio difícil. Acho que a distância está nos afetando.

— Vocês vão ficar bem — asseguro, mas Leo me olha com seriedade, e posso notar que ele não quer ser reassegurado no momento. Então, em vez disso, passo meu braço pelo dele, e atravessamos juntos uma das pontes que se espalham ao longo do rio Chicago, nossos pés fazendo sons ocos sobre as grades de metal.

Chegando na nossa hamburgueria favorita, descemos as escadas da entrada. Lá dentro, o cheiro é de gordura, e a jukebox está tocando alto demais. Sentamos numa cabine no canto e dispensamos os cardápios, que já não olhamos há anos.

Depois que a garçonete anota nossos pedidos, Leo continua, como se não tivéssemos parado de falar.

— Ele tem me pressionado bastante a respeito de Michigan, o que me estressa, porque não tenho certeza se é o que eu quero. — Ele hesita. — Mas eu amo Max. Ele é... Ele é...

— Ele é o Max — completo, e Leo sorri.

Max é seu primeiro namorado. Seu primeiro amor. Ele é tão extrovertido quanto Leo é sério, um guitarrista incrivelmente talentoso que toca em duas bandas diferentes e, oficialmente, a única pessoa da história a conseguir convencer Leo a dançar. Ele tem uma risada alta e um cabelo cacheado irresistível, e ama Leo o bastante para ter assistido cada um dos filmes da Pixar com ele, mais de uma vez.

— Ele é o Max — concorda Leo. — Mas não sei se conseguimos suportar mais quatro anos de distância. É a pior coisa do mundo.

Faço que sim sem dizer nada, mas estou pensando que estar perto demais também pode ser horrível. Estar tão próximo de alguém que você ama sem que a pessoa saiba. Sem que ela jamais retribua. É terrível também.

— Você tem sorte por saber onde quer estar ano que vem — continua ele. — Odeio parecer que preciso escolher entre Max e... — Ele gesticula para a janela, o que presumo que signifique: Chicago, o Instituto de Arte, seus sonhos. — Isso simplesmente me mata.

— Precisa fazer o que é certo para você.

Ele faz uma carranca.

— O que isso significa? Como supostamente vou saber se estou fazendo a coisa certa? Passo o tempo todo me preocupando com a ideia de que vou estragar tudo. E, então, começo a ter medo de que essa preocupação de alguma maneira traga má sorte para nós, sabe?

— Não é assim que o mundo funciona. Não é assim que o amor funciona.

— Como sabe? Você nunca se apaixonou.

Ele diz aquilo sem pensar, mas, mesmo assim, as palavras me magoam, e uma vez que elas pairam ali, meio que parecem altas também: por alguns segundos elas nos sobrevoam, barulhentas como uma sirene, tão altas que parece que o restaurante inteiro começou a me encarar.

— Desculpe — pede Leo. — Isso foi cruel.

— Não, foi a verdade — respondo, sacudindo a cabeça. — Bem, meio verdade.

— Como assim?

Baixo a cabeça e a apoio entre minhas mãos.

— Meu Deus, Leo. Não me faça dizer isso.

— Isso o quê? — pergunta ele, parecendo genuinamente confuso.

— Você já deve ter percebido. Estamos sempre juntos e...

— Teddy? — pergunta ele gentilmente, e tomo coragem para encará-lo. Quando Leo vê a expressão em meu rosto, ele faz que sim. — A-ha.

Endireito a postura.

— Você não parece tão surpreso assim.

— Eu não tinha total certeza, mas tinha uma sensação.

— Por que você nunca disse nada?

— Por que *você* nunca disse nada?

— Porque é humilhante — respondo, miseravelmente. — Amar alguém que não te ama de volta.

— Você não sabe disso.

— Na verdade, sei. O assunto veio à tona durante nossa briga na outra noite.

Leo arregala os olhos por trás das lentes dos óculos.

— Veio?

— É, porque a gente se beijou...

— *Vocês se beijaram?*

Eu rio, porque aquilo sai meio amargo.

— Na manhã em que descobrimos que ele havia ganhado. Mas não significou nada. Para ele, pelo menos. Ele deixou isso bastante claro.

Leo estende o braço pela extensão da mesa e dá um tapinha em minha mão.

— Sinto muito. Faria você se sentir melhor se eu listasse algumas das piores coisas em Teddy? Posso fazê-lo em ordem cronológica ou alfabética. Você escolhe.

— Obrigada — agradeço, sorrindo desanimada para ele. — Significa muito. Mas não acho que vá ajudar.

Ele faz que sim em tom muito solene.

— Então é incurável?

— Creio que sim.

— Posso fazer uma pergunta? — diz ele, ao que confirmo com a cabeça. — Sei que não podemos escolher quem amamos, mas...

— O quê?

— Bem, como você consegue ter tanta fé em alguém, especialmente alguém que decepciona tanto você quanto Teddy, quando tem tão pouca fé no mundo?

Fecho a cara para ele e, então, sem pensar, respondo:

— Como você pode ser tão supersticioso com tudo quando nada de ruim jamais aconteceu com você?

Ficamos nos encarando, ambos um pouco assustados. A jukebox toca outra música, e a garçonete coloca nossos pratos na mesa com barulho, saindo de perto sem nem perguntar se ainda precisávamos de mais alguma coisa, o que é algo que eu não teria ideia de como responder no momento. O que ainda precisamos no momento poderia preencher este lugar. Poderia preencher a cidade.

Nenhum de nós dois toca na comida.

— Vou te dizer como — confessa Leo finalmente, sua voz engasgada. — Eis o motivo pelo qual sou tão supersticioso: porque nada de ruim jamais aconteceu comigo.

— Leo...

— Sei que você pode achar difícil de acreditar, mas é totalmente enervante tudo em sua vida estar bem. Especialmente quando você sabe que não é para ser assim. Minha vida foi tão mais fácil que a sua ou a de Teddy... — Ele para, jogando a cabeça para trás, e consigo reparar em sua garganta, em seu pomo de Adão subindo e descendo. — Não parece certo.

— Ei — começo, mas, quando ele abaixa o queixo para olhar para mim, há algo tão deprimente em seu olhar que paro.

— Talvez fosse diferente se vocês dois não fizessem parte de minha vida. Talvez fosse mais fácil ignorar todas as coisas ruins que podem acontecer. Mas não posso. Porque nenhuma dessas coisas aconteceu comigo, e isso significa que já passou da hora. Significa que a casa vai cair em algum momento. É simplesmente fato.

— Isso não é necessariamente verdade.

— Pense só — continua ele. — Minha vida tem sido bastante calma. A parte mais difícil provavelmente teria sido assumir que sou gay, mas nem isso foi tão dramático quanto eu esperava.

Concordo, relembrando de quando ele me contou. Foi no verão antes do primeiro ano, apesar de na época eu já suspeitar. Estávamos tomando sorvete no Lincoln Park, e eu estava falando de minha quedinha por Travis Reed, e ele me olhou com tanta surpresa que baixei minha colher.

— O que foi?

— Eu também gosto dele — admitiu Leo, e ficamos nos encarando por um segundo, os dois caindo na gargalhada logo em seguida.

No final, descobrimos que Leo era mais o tipo de Travis; não muito tempo depois daquilo, os dois deram o primeiro beijo no estacionamento da escola, depois do baile de outono. E, alguns meses mais tarde, Leo decidiu que estava pronto para se assumir para os pais.

— Vai ficar tudo bem — garanti na época, enquanto ele andava de um lado para o outro naquela manhã, ensaiando o que planejara dizer. — Seus pais amam você. E são as melhores pessoas que já conheci. Além disso, eles são democratas, o que significa que é praticamente certo que te deem apoio, certo?

— Certo — dissera Leo, embora não soasse muito convencido. Mesmo com pais como os dele, não havia garantias. Mas ele voltou uma hora mais tarde, com uma expressão de choque. E, antes que eu sequer pudesse perguntar alguma coisa, ele revelou, com uma expressão de enorme alívio no rosto: — Foi... estranhamente tranquilo.

Agora, no entanto, ele parece quase desapontado pela facilidade de tudo aquilo.

— Aquele foi meu grande obstáculo, e deu tudo certo. Tipo, é claro que demorei um pouco para me sentir bem como sou, e que o primeiro ano foi meio difícil, mas vamos ser sinceros: poderia ter sido muito pior.

— Bem, a vez que seus pais penduraram aquele pôster da seleção masculina de futebol dos Estados Unidos em cima de sua cama. Isso aconteceu.

Apesar de tudo, Leo ri.

— Isso nunca vai deixar de ser vergonhoso.

— Eles estavam só tentando apoiá-lo.

— Exatamente. É isso que estou querendo dizer.

— O quê?

— Eu tive muita sorte. Sorte demais. Não posso continuar assim para sempre. Alguma coisa ruim, uma hora, vai ter de acontecer.

— Isso não...

— Você e Teddy são meus melhores amigos — continua ele, seus olhos castanhos me olhando fixamente. — E já passaram por tanta coisa. Coisa demais. Não parece justo. Especialmente você, que lidou com a pior coisa do mundo e que merece mais sorte que qualquer pessoa. Isso só me faz sentir ainda mais culpado, por eu...

— Leo. Não acho que exista um placar enorme em algum lugar por aí. Não acho que tenha a ver com uma pontuação. — Faço uma pausa. — Não acho que o mundo seja necessariamente justo.

— Mas e se você estiver errada? — insiste ele, se debruçando em minha direção. — Olhe, Teddy se ferrou no quesito pai, certo? Aí ele vai e ganha na loteria. Talvez tenha sido o universo o recompensando.

— Acho que você está dando crédito demais ao universo.

— E se não for o caso?

Olho duramente para ele.

— E quanto a mim, então?

— Bem, obviamente significaria que você está destinada a algo bom — responde ele, corrigindo-se em seguida: — A algo incrível.

— Mas essa é a questão — rebato, tentando manter meu tom de voz equilibrado. — Eu meio que espero que isso seja verdade, mesmo que não tivesse acontecido algo tão horrível comigo.

Odeio acreditar que a gente tenha de pagar pelas coisas boas com alguma coisa ruim.

— Então você acha que não funciona assim?

— Não acho nem um pouco — afirmo, exausta. — Se fosse possível acumular bom carma o suficiente para evitar que qualquer coisa ruim acontecesse, não seria tão difícil encontrar voluntários no asilo de idosos em uma noite de sábado.

— Bem, se houvesse pontos extras por isso — diz Leo, permitindo-se um sorrisinho —, você teria um estoque para uma vida inteira de boa sorte.

Reviro os olhos.

— Agora você sabe da verdade. Só estou nessa pelo crédito cármico.

— Não — discorda ele, pegando seu copo d'água. — Você está nessa por causa de seus pais.

— E por minha causa — respondo imediatamente, pensando em como Teddy dissera exatamente a mesma coisa. Talvez tenha sido como começou, comigo tentando fazer o que meus pais não podiam mais. Mas não é mais o motivo.

Pelo menos, eu acho que não.

Pelo menos, não totalmente.

Não é.

Repito o último pensamento em voz alta:

— Não é.

— Não é o quê? — pergunta Leo, franzindo a testa, e apenas pisco de volta para ele.

— Não é só por causa de meus pais. É para ajudar as pessoas, fazer algo de bom e fazer a diferença.

Leo faz que sim, mesmo que não pareça muito convencido. Ele fica deslizando o garfo em cima da mesa, contorcendo a boca.

— Enfim, me desculpe pelo que falei antes.

— O quê?

— Que você não tem fé no mundo.

Reflito sobre aquilo por alguns instantes.

— Não é isso, exatamente. É só que... o mundo não tem feito muita coisa por mim ultimamente. Acho que ainda estou esperando que ele me surpreenda.

Leo me olha de um jeito estranho.

— Devia ter sido você.

— O quê?

— O bilhete. O dinheiro. Devia ter sido você.

— Não, não era esse meu sonho. Era o dele. Mesmo que ele ainda não saiba.

— Então qual é o seu?

Penso naquela noite tanto tempo atrás, parada na porta do quarto de Leo com minha escova de dentes na mão enquanto ele perguntava para tia Sofia se eu era órfã. Ela respondeu que sim, mas que eu seria outras coisas também.

Como quais?, perguntara ele.

Como o quê?, pergunta ele agora.

Passaram-se nove anos, e ainda não sei a resposta.

Pergunto-me se jamais saberei.

— Não sei ainda — respondo finalmente, pegando em seguida o hambúrguer morno e dando uma mordida antes que ele possa me fazer outra pergunta.

Mais tarde, passamos por uma banca do lado de fora do restaurante, e Leo para subitamente. Quando ele tira uma revista da prateleira, vejo no canto superior direito da capa uma foto de Teddy sorrindo. Embaixo da foto, em negrito, está escrito: O GRANDE GANHADOR.

Leo encara perplexo a capa da revista, mas eu apenas balanço a cabeça.

— O universo realmente se superou desta vez — comento.

Vinte e Três

É o segundo dia do recesso de primavera e estou com louça para lavar até os cotovelos.

A meu lado, Sawyer está enxugando copos com uma toalha xadrez, mas, a não ser por nós dois, a cozinha está vazia. Pegaram leve com os voluntários deste fim de semana, então nos oferecemos para assumir a limpeza, o que não foi uma opção muito disputada hoje, considerando que a máquina de lavar louça está quebrada. Mas não me importei. Não era como se eu tivesse mais muita coisa a fazer.

Esfrego com força um pedaço de queijo grudado em um dos pratos, apertando os dentes enquanto tento arrancá-lo, e Sawyer olha para mim de canto de olho.

— O que esse pobre prato te fez?

Largo a louça na piscina de água com sabão, dando um passo para trás a fim de evitar os respingos. Ele se aproxima e me entrega uma esponja de aço.

— Aqui. Tente com isso.

— Obrigada — agradeço, soprando para o alto uma mecha de cabelos que tinha caído sobre meus olhos.

— Se vai insistir na batalha contra esta coisa, é melhor ter uma boa arma.

Aquilo me faz sorrir.

— Sinto muito. Acho que não estou sendo muito boa companhia esta noite.

— Você sempre é boa companhia. Apesar da louça poder não concordar inteiramente.

— Vou buscar o resto — aviso, enxugando minhas mãos no avental e voltando para o salão, onde algumas pessoas ainda estão a uma mesa no canto.

— Ei, Alice! — chama Trevor, um dos mais assíduos desde que comecei a me voluntariar.

Ele está usando o gorro de lã verde que dei a ele no Natal passado, puxado para baixo até quase cobrir seus olhos, de modo que praticamente só vejo sua barba. Às vezes o encontro no abrigo para moradores de rua, especialmente quando o tempo está ruim. Quando não o vejo lá, fico preocupada, mas ele sempre responde minhas perguntas com um "Eu me viro".

No momento, ele folheia um jornal enquanto dois outros homens terminam suas tigelas de pudim de baunilha. Quando vou até eles, percebo que estão olhando um artigo sobre Teddy.

— Grande ganhador — observa Trevor, analisando a foto.
— Só um garoto, também.

— Eu devia ter comprado um bilhete — lamenta Frank, um dos outros à mesa, e o terceiro, Desmond, balança a cabeça.

— Eu comprei.

Frank levanta o olhar.

— E ganhou?

— Acho que ele não estaria comendo esta gororoba se tivesse ganhado — pondera Trevor, lançando uma piscadela em minha direção em seguida. — Desculpe, Alice.

— Tudo bem, estou só lavando os pratos esta noite — revelo.
— Mas vou ver se consigo providenciar aquele bolo de chocolate para este fim de semana.

Trevor abre um sorriso largo para mim.

— Eu viria aqui para comer aquele bolo mesmo se eu fosse milionário.

— Bom saber — digo, mas, ao levar mais uma pilha de pratos de volta à cozinha, penso em Teddy e naquele dinheiro, em como sua mãe passou seis anos dormindo em um sofá-cama, em um apartamento mínimo, em um prédio caindo aos pedaços, em um quarteirão horrível, e como ninguém pode dizer que eles não precisavam do dinheiro. Mas, quando escuto Trevor, Desmond e Frank brincarem sobre ganhar o dinheiro, aquilo só me lembra de como outras pessoas precisam ainda mais.

Assim que deixo os pratos sujos na pia, meu celular vibra no bolso. Vejo que Leo me mandou uma foto de Teddy tirada de um site fofocas. A manchete diz GATO DA LOTERIA ENCONTRA PAPARAZZI.

Com um suspiro, coloco o celular de volta na bancada e volto para a tarefa que me aguarda na pia. Posso sentir Sawyer olhando para mim, mas ele não diz nada enquanto volto a esfregar os pratos, arranhando pedaços de macarrão seco e molho endurecido até meu cotovelo começar a arder.

— Então — começa ele finalmente —, quer conversar?

Passo um copo a ele.

— Sobre o quê?

— Sobre seja lá o que está irritando tanto você. — Ele enxuga o copo e o coloca na bancada junto aos demais. — Existe um limite de brutalidade contra uma simples louça que me permito testemunhar antes de intervir.

Paro o que estou fazendo e me viro para ele. A esponja em minha mão está pingando dentro da pia, formando círculos sobre a superfície de água cheia de sabão. Sawyer está me observando com seus olhos azuis, parecendo achar engraçado, mas, ao mesmo tempo, nervoso, e me surpreendo pensando em como ele é diferente de Teddy.

Estou prestes a dispensar a pergunta e responder que não há nada de errado, fingir que está tudo bem. Mas subitamente me sinto desesperada para conversar com alguém. Ontem Leo foi para Michigan, e Teddy provavelmente está a caminho do México neste momento. Não que isso importe, porque como ele poderia ser a solução quando já é o problema?

Inclino a cabeça e olho para Sawyer, que ainda está me observando atentamente.

— Aquele meu amigo idiota — começo —, viralizou.

Ele ergue as sobrancelhas.

— Teddy?

— Sim — respondo, assentindo, aliviada por finalmente dizer aquilo em voz alta, e surpresa ao descobrir que estou perigosamente perto de chorar. Mordo o lábio inferior.

Sawyer parece confuso.

— E isso é um problema porque...?

— Não é um problema. É só que... o cara faz duas entrevistas e, de repente, é uma sensação da internet?

— Ele ganhou na loteria — argumenta Sawyer. — As pessoas estão curiosas.

Balanço a cabeça.

— Ele está por toda parte. Há vídeos dele em todo lugar. Ele virou até GIF! E já estão aparecendo todos os tipos de páginas de fãs. E, tipo, só faz alguns dias. Como essas pessoas podem ser tão rápidas?

— Na verdade não demora tanto para criar uma...

— Não entendo — interrompo. — Como alguém pode ter fãs se não fez nada? Essas pessoas são fãs do quê?

— É só aquele lance. Sabe como é. As pessoas se empolgam com coisas aleatórias na internet.

— Mas ele não é um gato comendo um cheeseburger nem um macaco fazendo amizade com uma cabra. Ele é só um cara que teve sorte.

— História de interesse humano, acho. Um cara novo, bonito e de um bairro não muito legal ganha na loteria. É tipo um conto de fadas.

Apoio minhas mãos na bancada, me debruçando e observando os redemoinhos de sabão e gordura na água.

Sawyer joga a toalha em cima do ombro.

— Você e Teddy...?

Olho para ele com ar de desafio.

— O que tem?

— Vocês estão juntos?

— Não — respondo, sem hesitação. A palavra sai forçada, ecoando pela cozinha vazia. Balanço a cabeça e repito: — Não.

Sawyer faz que sim lentamente, como se não tivesse muita certeza de poder acreditar em mim.

— Ok.

— Não estamos — repito, corando. — De verdade.

— Ok — repete ele.

— Somos só amigos. Ou ao menos éramos.

Ele cruza os braços, esperando eu continuar.

— Essa coisa de loteria deixou tudo meio estranho — admito. — Sempre fomos muito... próximos. E, então, aconteceu essa coisa monumental, e agora está tudo diferente.

— E parece que você o está perdendo.

Fico imóvel.

— Não foi isso que eu disse.

— Meio que foi o que você disse, sim.

Quando me viro para encará-lo, Sawyer mantém os olhos fixos nos meus, e este momento entre nós deveria ser estranho, mas por algum motivo não é.

— Quer sair um dia desses? — pergunta ele.

— Tipo para um chocolate quente?

— Tipo para jantar.

— Tipo um encontro?

Ele sorri.

— Exatamente tipo um encontro.

— Que tal amanhã? — sugiro, e me dou conta de que estou sorrindo também.

Vinte e Quatro

Quando entro em casa na tarde seguinte, tio Jake — que está de home office hoje, com o notebook apoiado em seu colo e seus pés sobre a mesinha de centro — olha em minha direção.

— O que em nome de Deus...? — pergunta ele

Estou atravessando a sala de estar na direção das escadas para o porão, arrastando um enorme pedaço de papelão. Respiro com dificuldade e estou suando. Já foi um tremendo aborrecimento levar isso da loja para o ônibus e agora até em casa, e estou tão zangada por ter de fazer tudo sozinha que estou cega de raiva.

Tio Jake pula do sofá e corre para mim, deslizando pelas tábuas de madeira com sua meia.

— O que está fazendo? — pergunta ele, pegando o papelão de mim e apoiando-o na parede. — Eu teria ajudado você com isso.

Nem me passou pela cabeça pedir ajuda a ele. Não é como se ele não ajudasse quando se trata desse tipo de coisa. Ao longo dos anos, tio Jake já nos ajudou a fazer inúmeros cordões de macarrão seco, continuou pintando ovos de páscoa com a gente até mesmo depois do grande incidente da mancha roxa e aprendeu a trançar cordas para eu fazer pulseiras quando era a última moda entre as garotas do sexto ano e ninguém mais queria fazer aquilo comigo.

Mas eu estava tão focada no fato de ter de construir aquele barco sem Teddy — tão amarga em relação a isso — que nem pensei em tocar no assunto. E agora a palavra me vem à mente mais uma vez, completamente espontânea: *ilha*.

— É para a aula de física — explico, apoiando-me na parede junto aos pedaços de papelão. Tiro meu tênis, ainda ofegando. — Precisamos construir um barco.

Tio Jake ergue uma das sobrancelhas.

— Precisamos tipo... você e eu?

— Tipo Teddy e eu.

— Ah — diz ele, coçando o queixo. — Então... precisamos tipo você e eu.

Começo a recusar, fazendo que não com a cabeça, a dizer que ficarei bem sozinha, porque é isso que sempre faço. Mas, então, eu me impeço, pensando: *península*. Pensando: *pelo menos isso*.

Ele olha para o papelão e para dentro da sacola de plástico que deixei ao lado, cheia de rolos de fita adesiva.

— É só isso? Só isso que podem usar? Não parece o ideal.

— Bem, eu não gostaria de ter de atravessar o oceano dentro dele — confesso. — Mas espero que seja o suficiente para atravessarmos pelo menos a piscina.

— Você e Teddy juntos? Em um barco de papelão? — Ele ri. — Eu pagaria para ver isso.

— Para sua sorte, a entrada vai ser de graça.

— Então é melhor a gente colocar a mão na massa — responde meu tio, batendo palmas, e, quando ele pega o papelão, me sinto imediatamente mais leve, me dando conta de como estou feliz pela ajuda.

A casa é toda nossa — tia Sofia está no trabalho, e Leo, em Michigan —, mas, mesmo assim, chegamos à conclusão de que o porão é o melhor lugar para fazer aquilo, então mandamos o papelão rolando escada abaixo, onde ele se acomoda em uma pilha sobre o chão de concreto.

— Então — começa tio Jake, enquanto cortamos o barbante. — O que você tem até agora?

Encaro os grandes retângulos, desanimada.

— Está olhando para eles.

— Certo. Então você não...?

Balanço a cabeça.

— E Teddy não...?

— Não. Nem um pedacinho.

Ele vai pegar um caderno de uma escrivaninha empoeirada no canto. O porão é basicamente apenas canos, concreto e espaço para armazenamento. As paredes estão cobertas de caixas, muitas delas cheias de coisas que pertenceram a meus pais, coisas de minha vida anterior. O que explica o motivo pelo qual não venho muito aqui embaixo.

— Teddy tem um caminho difícil a trilhar — comenta tio Jake, assim que nos sentamos no chão duro e frio. — O garoto acaba de ser catapultado para a lua. E não se pode viajar para tão longe tão rápido sem enjoar um pouco, sabe?

Abaixo a cabeça.

— Acho que sim.

— Mas — continua ele, sua voz mais firme agora — isso também não é desculpa para desaparecer e te deixar na mão.

— Ele não desapareceu exatamente. Ele está no México. Para o recesso de primavera.

— É, mas imagino que ele poderia ter feito o trabalho com você antes de ir.

— Teddy sempre teve uma abordagem meio de última hora em relação às coisas — explico. — Apesar de isso ter piorado um pouquinho nos últimos tempos.

Com os olhos azuis brilhantes e incisivos, tio Jake me observa com algo que parece solidariedade, e sou obrigada a desviar, porque os olhos de meu pai eram iguais e a familiaridade em seu rosto me dá um aperto no peito.

— Deve ser difícil.

— O quê?

— Tudo isso.

Balanço a cabeça, sem saber bem o que dizer.

— Está tudo bem — garanto depois de alguns instantes, pegando uma caneta e voltando-me para a pilha de papelão. — Vamos arranjar um jeito de dar certo.

Sei que não foi isso que ele quis dizer. Ele não estava falando sobre o barco. Mas não consigo mais pensar em Teddy agora, e tio Jake parece entender. Então, em vez disso, vamos ao trabalho. Ele pega sua caixa de ferramentas, e eu rabisco alguns diagramas. Discutimos os princípios da flutuação e coisas como densidade, equilíbrio e impulsão.

E durante um tempo me sinto bem. Durante um tempo é fácil me esquecer de Teddy e do fato de que ele está passando o recesso de primavera em uma praia no México enquanto estou em nosso porão mal iluminado, trabalhando no projeto que devíamos estar fazendo juntos.

— Você é bom nisso — comento para tio Jake, que está fazendo cortes precisos no papelão, seguindo o contorno da base do barco que desenhei.

Ele olha para mim, sorrindo.

— Já construí alguns carrinhos em minha época.

— Carrinhos?

— Não muito diferentes de um barco como este. Costumávamos apostar corrida com eles.

— Você e quem? — pergunto, ainda debruçada sobre meu diagrama, sem prestar muita atenção, mas, quando o silêncio começa a se estender, levanto a cabeça. Meu tio está me observando com uma expressão indecifrável, a boca meio retorcida.

— Eu e seu pai — responde ele, e apesar das palavras soarem casuais, posso ver em seu rosto o quanto lhe custou dizê-las. Ele nunca fala em meu pai. Pelo menos não comigo.

Por alguns segundos, ficamos nos olhando. Atrás dele, milhares de pedacinhos de poeira flutuam em meio à luz que entra pela janela, tornando tudo meio onírico e indistinto. Quase sinto medo de respirar, como se isso pudesse estragar o momento, como se pudesse sinalizar o fim de uma coisa da qual eu nem tinha certeza — até agora — que queria começar.

— Ele sempre ganhava de mim — recomeça tio Jake, a voz mais rouca agora. Ele abaixa a cabeça e esfrega a nuca. — Eu ficava louco ao ver meu irmão mais novo passar voando por mim, ano após ano. Mas juro que aquele garoto era capaz de construir um foguete com dois palitos e um clipe de metal.

— Ele estava sempre construindo coisas — comento, sorrindo com a lembrança. — Quando a gente ia a algum restaurante, ele passava o tempo todo empilhando as caixinhas de fósforos. Era mais forte que ele.

Os olhos de tio Jake ficam cheios de lágrimas.

— Ele era uma coisa, seu pai.

Minha mente está zumbindo, funcionando tão rápido que meus pensamentos parecem estar se atropelando. Eu hesito, querendo ter certeza, e então continuo antes de poder pensar muito:

— Eu adoraria ouvir mais.

Tio Jake parece surpreso.

— Mais?

— Sobre meu pai — esclareço, nervosa de repente. — Não só de quando eram crianças, mas de depois também.

Há séculos não peço isso a ele. Durante muito tempo simplesmente presumi que esta porta em particular estava trancada. Mas talvez o tempo não torne mais difícil passar por ela: talvez torne mais fácil. Porque agora me vejo saboreando aquela nova informação, como se fosse um pedaço de chocolate: era uma vez, meu pai construindo carrinhos de papelão. Não é muito, mas até mesmo um pedacinho de informação tão bobo parece uma descoberta rara e preciosa. E descubro que ainda não estou pronta para que isso acabe.

— Alice — diz tio Jake baixinho, parecendo querer pedir desculpas, e meu coração murcha.

— Sei que é difícil para você falar disso — comento, antes que ele possa continuar. — Para mim também é. Mas... tem ficado mais difícil me lembrar dele. E isso é tão pior.

Meu tio parece abalado quando digo isso, e por um bom tempo ele apenas me observa, como se pesando algo invisível ao resto do mundo. Então, finalmente, ele balança a cabeça.

— Talvez — recomeça ele, mas não parece um talvez. Parece um não. Parece uma porta se fechando.

Quero dizer mais alguma coisa. Quero fazer mil perguntas. Quero me deitar naquele porão e escutar todas as suas histórias.

Mas, em vez disso, apenas sorrio debilmente de volta, tentando esconder minha decepção enquanto ele volta sua atenção aos pedaços espalhados de nosso desafortunado barco.

Vinte e Cinco

Naquela noite, Sawyer insiste em me buscar em casa, o que dá a meu tio e minha tia uma desculpa para ficar nas janelas do segundo andar, tentando — e fracassando — parecer indiferentes enquanto aguardam. Quando ele finalmente aparece — alto, magro, esguio, sua cabeça loira abaixada, o olhar fixo no chão —, os dois gritam.

— Vocês dois já ouviram falar na expressão *segura a onda*? — pergunto, incapaz de prender o riso ao vê-los com os narizes grudados no vidro.

— Ele nunca segurou a onda na vida — comenta tia Sofia.

Tio Jake faz uma careta.

— Nem ela.

— Não tem nada demais, ok? — repito, pelo que parece ser a centésima vez. — Eu nem sei se gosto dele.

— Mas ele é tão fofo — diz tia Sofia, ainda espiando pela janela.

— E pontual — observa tio Jake, com um tom de aprovação.

— Diferente de certas pessoas — acrescenta ela em um sussurro, e aquilo faz eu ter vontade de me enterrar debaixo das tábuas do piso, porque ela só pode estar falando de Teddy. O que significa que obviamente fiz um trabalho bem pior que achava em manter meus sentimentos em segredo.

— Ele é do primeiro ano do Ensino Médio — explico, enquanto Sawyer caminha na direção da porta. — E eu estou prestes a me formar. Então qual o sentido?

— Qual o sentido de qualquer coisa desse tipo? — pergunta tia Sofia. — Você sai com alguém. Aproveitam a companhia um do outro. Se divertem. Talvez deem uns amassos.

— Sofe! — exclama tio Jake, se afastando da janela e olhando feio para ela.

— Ora — diz ela, com um sorriso, mas então sua expressão volta a ficar séria. — Só estou dizendo que não precisa ser complicado. Esta é para ser a fase divertida, sabe? Então, vá se divertir.

Como se seguindo a deixa, a campainha toca.

— Não vou convidá-lo para entrar — informo a meus tios, enquanto desço as escadas. Ainda estou com o mesmo jeans surrado e camisa xadrez que usei o dia todo. Estou determinada a não considerar este encontro nada demais. Porque, por mais que eu goste de Sawyer e por mais claro que esteja que não vai acontecer mais nada com Teddy, ainda parece desonesto de certa forma. Meu coração é como um balão preso a uma cordinha, e ainda não estou pronta para deixá-lo voar inteiramente.

— Por quê? — escuto tio Jake gritar, enquanto desço correndo. — Está com vergonha da gente?

— Sim — respondo enfaticamente.

Mas a verdade é que nenhum cara jamais veio me buscar aqui antes, pelo menos não assim, não de um jeito tão estranhamente formal. Não moramos nos subúrbios, onde é fácil encostar o carro e simplesmente buzinar algumas vezes. Na cidade, ir a algum lugar geralmente significa pegar transporte público, e é mais conveniente combinar de encontrar a pessoa já no local. Teddy passa aqui o tempo todo, mas, se tivéssemos planos de sair para algum bairro diferente, é quase impossível imaginá-lo aparecendo em minha varanda antes só para me acompanhar oficialmente até nosso destino.

Isso não me incomoda exatamente. Mas me deixa um pouquinho triste. Porque Sawyer é diferente.

Sawyer veio até aqui.

E, quando abro a porta e o vejo piscando para mim sem conseguir dizer nada, como se eu estivesse vestida para a formatura, e não usando meu jeans mais detonado, percebo que não interessa se considero esse encontro grande coisa. Porque ele considera.

— Você está linda — elogia ele, apesar de só dar para ver minha jaqueta de matelassê de sempre, meu jeans — que tem um buraco em um dos joelhos — e meus velhos tênis Vans pretos. Até meu cabelo só está preso em um coque bagunçado. Se Teddy estivesse aqui, ele provavelmente ergueria uma sobrancelha e perguntaria se eu tinha acabado de acordar. Mas é Sawyer parado na minha frente, parecendo afobado.

— Obrigada — respondo, e ele abre um sorriso enorme. — Então o que vamos fazer?

— Bem, é tipo aqueles livros de escolha sua própria aventura, na verdade.

— Isso vai acabar com um de nós tendo que caminhar sobre o trampolim de algum navio pirata? — pergunto, rindo. — Não sei por que, mas eu sempre acabava sendo comida por um crocodilo naquelas histórias.

— Prometo que esta não será uma das opções — diz ele, esfregando as palmas das mãos. — Então eis a primeira escolha: ônibus, táxi ou a pé.

Percebo que ele acha que vou optar por um táxi, mas está incomumente quente esta noite, o primeiro indício de primavera no ar, depois de tantos meses de frio e neve.

— A pé — respondo, e ele faz que sim, nos encaminhando para longe da casa, de onde praticamente sinto tia Sofia e tio Jake ainda nos espiando pela janela.

— Então, como está indo seu recesso até agora? — pergunto, enquanto caminhamos, e Sawyer ri.

— Supernerd. Fiquei basicamente o tempo todo na biblioteca, fazendo um trabalho de história.

— Essa sua coisa toda com história...

— Sei lá — diz ele. — Simplesmente adoro. Existem tantas versões diferentes do passado. É como se você nunca pudesse descobrir o bastante. Sei que é meio...

— Charmoso — completo, e ele sorri. — Então qual é a daquela história da árvore genealógica?

Ele dá de ombros.

— Bem, nos mudamos para cá ano passado, quando meu avô adoeceu, e isso me fez perceber que eu provavelmente devia saber mais a respeito de minha própria história também. E que devia estar fazendo mais perguntas a ele enquanto ainda está por aqui.

Penso em minha própria árvore genealógica, em como restam poucos galhos e poucas pessoas para me contar sobre eles. Tia Sofia tenta; ela pendura enfeites que foram de meus pais na árvore de Natal e faz cupcakes nos aniversários deles. Mas tio Jake é como um cofre sem chave. E como eu poderia culpá-lo, quando entendo melhor que ninguém como pode ser difícil falar sobre eles?

Ainda assim, isso não torna as coisas mais fáceis.

— Enfim, era o lado da família de meu avô que tinha um castelo perto de Aberdeen, que é onde eu quero... — Sawyer para abruptamente e olha para mim. — Sabe o quê? Eu provavelmente não devia nem começar a falar de castelos, porque senão nunca mais vou parar.

— Não, é interessante — afirmo. — Não sei quase nada sobre a história de minha família. E o mais perto que já cheguei de um castelo foi um daqueles infláveis de festinhas de aniversário.

Ele ri.

— Ligeiramente menos históricos, mas muito mais legais.

Passamos debaixo do andaime do trem da linha L, onde um homem está tocando violão, uma melodia lenta, doce e comovente.

— Então — continua Sawyer. — Próxima escolha: bistrô chique, mexicano escondidinho ou fatia de pizza no parque?

— Pizza no parque — respondo, sem hesitar.

— Estou sentindo uma temática em você — comenta ele, parecendo contente.

Depois de pegarmos nossas fatias, encontramos um banco de madeira debaixo de um carvalho alto. Há uma partida de kickball terminando um pouco adiante, e as pistas do parque estão movimentadas com pessoas correndo e casais de mãos dadas.

— Isso não é uma reclamação — esclarece Sawyer, abrindo a caixa de pizza e oferecendo uma fatia para mim primeiro —, só uma observação. Mas... você não tem gostos muito caros.

— É verdade — respondo alegremente, dando uma mordida na pizza.

— Foi por isso que não quis aceitar nem uma parte do dinheiro?

Aquela pergunta me pega de surpresa. Baixo minha pizza, sem saber bem o que responder, me perguntando como ele poderia saber daquilo.

—Desculpe — diz ele. — Não é ok falar disso?

—Não, é só que... por que você acha que...?

— Bem, você disse que o bilhete foi um presente de aniversário — explica Sawyer. — E Teddy parece um cara de atitude, então só imaginei que ele deve ter te oferecido parte do prêmio. E, se você tivesse aceitado, eu provavelmente teria ouvido falar nos noticiários.

— Certo — respondo, mordiscando a borda. — Faz sentido.

— Então, acho que só estava curioso. O que faz alguém recusar milhões e milhões de dólares?

Fico olhando para o nada, me perguntando como começar a responder aquela pergunta.

— Não sei — confesso finalmente. — Acho que me assustou um pouco.

— É muito dinheiro — concorda ele.

— A vida de Teddy mudou completamente.

— Alguns diriam que para melhor.

— E alguns, para pior. Eu não tinha certeza se queria que acontecesse o mesmo comigo.

Preciso me esforçar muito para não soltar a palavra *novamente* no final da frase. Mas estou bem certa de que Sawyer não sabe nada sobre meu passado. Tudo ainda é uma tela em branco entre nós, e há algo de revigorante naquilo.

Sawyer faz que sim, apesar de ainda parecer intrigado.

— O quê? — pergunto, olhando-o de soslaio.

— É só que... Bem, já tinha visto você no sopão. Minha avó diz que você é a melhor voluntária. E sei que faz um monte de outros serviços desse tipo também. Então, não teve uma parte sua que ficou com vontade de aceitar e, sei lá, fazer algo de bom?

Mais uma vez sinto uma onda de tristeza diante dessa ideia, porque sei que é o que meus pais teriam feito e não há nada pior que sentir que os estou decepcionando, mesmo que estejam mortos. Jogo minha cabeça para trás, tentando clarear meus pensamentos embaralhados.

— Honestamente? Recusar foi puro instinto. Pareceu a coisa certa a fazer, então, simplesmente fiz. E na maior parte do tempo fico grata. Mas é claro que existe uma parte de mim que fica pensando... Tipo, eu mal consigo entrar no sopão sem pensar no que aquele dinheiro poderia fazer, sabe? Ou o que poderia ter feito por minha família. Me sinto culpada o *tempo todo*. Mas também me sinto loucamente aliviada por não ter aceitado, o que só me faz sentir ainda *mais* culpada. E, então, começo a desejar que nunca tivesse comprado aquele bilhete idiota em primeiro lugar, o que também é horrível, porque significou muito para Teddy e para sua mãe. É isso. Pode-se dizer que estou tendo dúvidas quanto a minha decisão. A esta altura, estou tendo dúvidas em relação as minhas dúvidas.

Sawyer balança a cabeça.

— Sinto muito. Eu não fazia ideia.

— Tudo bem — digo, dando de ombros. — **De verdade. É** só meio que um momento estranho.

— Ei, talvez Teddy acabe fazendo algo bem legal com o dinheiro, e isso resolva tudo.

— É — respondo, ciente da dúvida em meu tom de voz. — Talvez.

— Está com frio? — pergunta ele, e é só então que percebo que estou tremendo. Balanço a cabeça negativamente e subo o zíper do casaco.

— Estou bem. É bom estar ao ar livre.

— Eu sei — concorda ele, olhando para o parque. — Eu sou da Califórnia, então ainda não me acostumei propriamente aos invernos de Chicago.

Califórnia, penso, fechando os olhos. Mesmo depois de todo esse tempo, quando escuto aquela palavra a primeira coisa que me vem à mente ainda é: *lar*.

— Eu também — digo baixinho, e ele me olha surpreso.

— Você é da Califórnia?

— Sim — respondo, tentando soar indiferente. — Morei em São Francisco até os 9 anos.

Ele ri.

— Isso é muito louco. Sou de San Jose.

— É perto de Stanford, não é? Quero muito ir para lá ano que vem.

Seu rosto se acende.

— Isso é incrível. É uma faculdade tão boa. Definitivamente está em minha lista também. Eles têm um departamento de história excelente.

— É mesmo? — pergunto, pensando em como é legal conversar com ele sobre isso, quando é tão difícil ter a mesma conversa com Leo e Teddy.

— Na verdade eu trabalhei lá verão passado, o que, sei, não é exatamente a mesma coisa que estudar, mas eu gostei muito. Já esteve lá?

— Só uma vez — confesso, lembrando daquele dia há tanto tempo em que meus pais e eu exploramos juntos o campus, minha mãe impressionada como uma caloura. — Minha mãe entrou em um programa de pós-graduação lá quando eu era pequena, então fomos conhecer o campus.

— Ela gostou?

— Do campus? Sim. É lindo.

— Não, do curso.

Eu hesito. Esta é a parte na qual eu deveria contar a ele minha triste história. Na qual a expressão em seus olhos vai mudar e se tornar uma de mais empatia, algo mais próximo de pena. E não quero que isso aconteça. Porque gosto de como ele está me olhando agora. Pelo menos uma vez, não me sinto carregando minha trágica história para o meio da conversa. Então, não conto.

— Ela acabou não indo — esclareço simplesmente.

— Bem, tomara que você vá — diz ele, sorrindo. — Quando vai saber?

— Amanhã, na verdade.

— Está nervosa?

— Sim. Eu quero isso há tanto tempo... Voltar para lá. Ir para casa. Não que eu não ame aqui, porque eu amo. Mas sinto falta de como as coisas eram. Quando vim para cá, foi uma mudança meio... abrupta. Então, às vezes parece que deixei um pedacinho meu lá na Costa Oeste. E se eu fosse mudar de volta para lá...

— Você se sentiria inteira novamente — completa ele.

Sawyer não me pressiona para saber o que mais acho de tudo aquilo, como Leo faria. E ele não tenta fazer uma piada para me fazer sorrir, como Teddy sempre faz. Ele fica apenas sentado ali, pensando no assunto e assentindo em seguida.

— Acho que entendo isso. Quando a gente se muda é como se a vida fosse dividida em duas partes. Então, a gente nunca se sente realmente em casa, em nenhum dos dois lugares.

Sorrio.

— Exatamente.

— Além disso, sinto a maior falta dos tacos de lá.

— Totalmente — respondo, rindo. — São tão melhores.

Ficamos sentados trocando histórias até chegar a hora da próxima escolha: boliche, cinema ou fliperama. Escolho o fliperama, e passamos a hora seguinte jogando Skee-Ball e tentando pegar bichinhos de pelúcia com aquela garra inútil de metal.

Em determinado momento, Sawyer quase consegue; ele agarra um pinguim de pelúcia pela pontinha da asa. Enquanto ele tenta puxá-lo para cima, dou pulinhos, batendo algumas vezes de leve em seu braço, excessivamente animada pelo prêmio, e, em uma onda de entusiasmo, as palavras jorram de minha boca antes que eu possa impedi-las:

— Ande, Teddy!

É automático, nada mais que um hábito, como chamar a professora de mãe sem querer. Mas congelo mesmo assim, e Sawyer também, sua mão vacila na máquina, e o pinguim cai das garras de volta para a pilha fofa de seus amigos de pelúcia.

Nosso olhar se cruza brevemente, e em seguida ambos desviamos os olhos.

— Desculpe — lamento. — Eu não quis...

Ele balança a cabeça, apesar de eu ainda assim poder notar que seus olhos azuis estão cheios de mágoa.

— Eu sei.

— É só que estou tão acostumada a gritar com ele — revelo com um sorriso, mas Sawyer ainda está sério. — Vamos tentar de novo?

— Talvez outra coisa — diz ele, olhando distraidamente em volta do lugar.

Eu o sigo até um paredão de máquinas de fliperama, nós dois mudos, e passamos os vinte minutos seguintes guiando Pac Man e sua esposa por seus labirintos de pixels. E como é mais fácil que falar e melhor que tentar entender o que tudo aquilo significou, me surpreendo flertando exageradamente com ele, como se aquilo fosse o bastante para apagar o som do nome de Teddy. Parece meio desesperado, até mesmo para mim, mas aparentemente funciona, porque, depois de um tempo, aquela estranheza começa a derreter, e, quando deixamos o lugar na noite gelada de março, as coisas entre nós dois parecem normais novamente.

Quando finalmente viramos em minha rua, Sawyer para antes de minha casa, que fica a alguns passos à frente.

— Eu moro ali — digo, apontando para a casa de pedras.

— Eu lembro — diz ele, sorrindo. — Mas imaginei que seus pais ainda podiam estar espiando pela janela, então...

Fazia tanto tempo que ninguém cometia esse erro... Mas o modo como soa vindo de Sawyer é tão normal, tão óbvio — porque é claro que o par de adultos com quem vivo devem ser meus pais — que não consigo corrigi-lo.

— Então você viu, né?

— Difícil não ver.

— E agora o quê?

— Bem. Agora você tem mais três escolhas.

— Ah, é?

Ele coloca uma das mãos em minha cintura. Fico surpresa ao perceber que aquilo faz um arrepio me atravessar.

— Opção um: acompanho você até a porta e damos boa noite — enumera ele.

Me aproximo um pouco.

— Qual é a segunda opção?

— Bem — responde ele, parecendo tímido. — A segunda opção é... eu beijar você agora.

— Interessante — respondo, colocando uma das mãos em seu peito. — E a terceira?

— Você me beijar agora — começa Sawyer, mas, antes que ele tenha chance de terminar, fico na ponta dos pés e pressiono meus lábios contra os dele, e imediatamente ele já está me beijando de volta. Quando nos afastamos, ele sorri com tanta ternura para mim que me sinto meio vacilante. — Boa escolha — observa ele.

Só depois, quando caminho na direção de casa, que a sensação de borboletas voando em meu estômago dá lugar a algo mais vazio. Quando tenho certeza de que Sawyer não está mais por perto, paro por um segundo, inspirando longamente o ar frio, sentindo-me estranhamente assustada. Sei que não tem a ver com o beijo não ter sido ótimo (porque foi), e não é porque Sawyer não é maravilhoso (ele é).

É só que — pura e simplesmente — ele não é Teddy.

E subitamente fico furiosa comigo mesma. O que em nome de Deus estou fazendo? O que é que estou esperando? É como tia Sofia disse: isso deveria ser divertido. Então, por que me sinto tão mal?

Naquele momento, odeio Teddy por causa disso também. Porque Sawyer está aqui, e ele não. Porque Sawyer me olha de um jeito que sei que Teddy jamais vai olhar. Porque Sawyer me quer, e Teddy não. Porque ele planejou uma noite inteira com múltiplas versões a partir de escolhas triplas e me buscou na porta de casa, e Teddy — que me deixou para trás para ir ao México com os amigos, que provavelmente está curtindo a vida em alguma praia de areias branquíssimas, bronzeado e feliz e totalmente satisfeito consigo mesmo — jamais faria nenhuma dessas coisas.

Minha cabeça está rodando e subo a trilha na direção da porta da frente, subitamente morrendo de frio e ansiosíssima para entrar. Estou com os olhos tão fixos nas pedras soltas do calçamento que estou quase em cima dele antes de perceber que há alguém sentado nos degraus da varanda.

Paro abruptamente, meu coração saindo pela boca, e por um momento me pergunto se não estou vendo coisas.

Porque, bem ali no degrau da entrada — impossivelmente, milagrosamente —, está Teddy.

Parte Quatro

ABRIL

Vinte e Seis

Já passou da meia noite, e a primeira coisa que penso — por mais ilógica que seja — é que deve ser algum tipo de piada de primeiro de abril. Estou quase dizendo isso, mas então Teddy levanta a cabeça, e seu rosto está tão inesperadamente sério que me sento nos degraus ao lado dele sem dizer nada.

É a primeira vez que nos vemos desde a briga, e quase chega a causar dor física estar tão perto. O silêncio entre nós — geralmente tão à vontade — agora é espinhoso e tímido, e basicamente parte meu coração em pedaços.

Estou sentada a apenas alguns centímetros. Mas parecem quilômetros.

— Então o que houve com o México? — pergunto, depois que ele continua sem dizer nada.

Ele dá de ombros.

— Ainda está lá.

— Bem, que alívio — digo, tentando sorrir, mas ele continua impassível. Há uma imobilidade em Teddy neste momento que é desconcertante. Ele normalmente se mexe o tempo todo, sempre cheio de energia; há essa faísca que nunca parece estar muito bem contida. Como se a qualquer momento pudesse resultar em fogos de artifício. — E o resto do pessoal?

— Também ainda lá.

Espero que ele revele mais, e, quando não o faz, pergunto:

— Então por que você não está?

— Porque — diz ele, finalmente olhando para mim — meu pai voltou.

Fecho meus olhos por um segundo, tentando não deixar transparecer minha preocupação com aquela notícia. Mas só pode haver um motivo para Charlie McAvoy estar de volta, e conheço Teddy bem o bastante para saber que ele não vai querer acreditar.

— Minha mãe me ligou ontem à noite para avisar.

— Ela está bem?

— Acho que sim. Isto é, não é como se eles não se falassem nunca. Mas não consigo imaginar como deve ser para ela abrir a porta e vê-lo ali, simplesmente do nada. — Ele suspira. — Ele vai passar lá em casa de novo amanhã de manhã.

— Para ver você?

Ele confirma com a cabeça.

— É estranho eu estar meio nervoso?

— De maneira alguma — garanto, desejando que não houvesse tanto espaço entre nós dois. — Ele falou por que veio?

— Está na cidade a trabalho. Para algumas reuniões, eu acho.

— Então, não acha que ele veio...

— Não — interrompe Teddy, antes que eu consiga terminar. No entanto, nós dois sabemos o que eu estava prestes a dizer: *por causa do dinheiro*. — Ele disse a minha mãe que nem estava sabendo da loteria.

— Teddy — digo suavemente, mas ele sacode a cabeça.

— Ele disse que está com um emprego de verdade agora. Um bom emprego. Ele não joga há quase um ano, e tem ido a reuniões toda semana.

Ele já soa tão na defensiva que não há nada a fazer a não ser deixar para lá.

— Ok — digo, querendo acreditar. Mas parece coincidência demais, me parece querer acreditar demais. — Que bom que voltou para casa.

Teddy faz que sim, apesar de eu notar que ele está guardando alguma coisa; então noto sua mochila apoiada em um vaso de flores, meio escondida nas sombras.

— Mas você não passou em casa ainda.

— Não sei o que há de errado comigo — comenta ele, esfregando os olhos. — Peguei um táxi no aeroporto e, quando ele perguntou para onde eu ia, dei seu endereço. Foi automático. Sei lá. Talvez seja porque tenho pensado muito em você.

Meu coração para, e reúno todas as forças para reprimir uma pontada de esperança. Eu costumava achar que a coisa mais difícil era ele não saber que eu o amava. Mas agora, depois de ter dispensado aquele beijo, entendo que há algo bem pior: ele não se importar. Então, faço o meu melhor para guardar isso de novo, essa sensação de possibilidade que tenho carregado comigo há tanto tempo. A dobro uma vez, depois duas, depois novamente, tentando deixá-la tão pequena a ponto de conseguir esquecê-la completamente.

— Me sinto péssimo por tudo que falei aquele dia — continua Teddy, se virando para me encarar. — Foi horrível. Tudo. Eu sinto muito mesmo. Realmente odeio brigar com você.

Faço que sim, mas o que estou pensando é que desejava ter me apaixonado por outra pessoa. Qualquer pessoa. Parece incrivelmente injusto ter tido que acontecer com meu melhor amigo, porque eu ainda preciso dele, e seria tão mais fácil se meus outros sentimentos não estivessem tão embaralhados com os de amizade.

— Eu também — concordo depois de um tempo, e ele parece aliviado.

— Foi das feias.

— A pior.

— Nunca mais vamos fazer isso.

— Combinado — digo.

Teddy se apoia em mim, descansando seu ombro no meu, de modo que ficamos inclinados um para o outro, como os dois lados de um triângulo. Abaixo de nós, os degraus de pedra estão gelados e o pedacinho de grama na frente da casa balança com a brisa. Ao longe, escuto um ônibus freando e uma sirene não muito distante também. Mas aqui, nesta quadra, tudo está azul escuro e estranhamente quieto.

— Há quanto tempo você está aqui fora? — pergunto, e ele dá de ombros.

— Não sei. Algumas horas, talvez. Bati mais cedo, e Sofia me disse que você tinha saído.

Fico olhando fixamente para ele.

— Por que não esperou lá dentro?

— Eu não planejava ficar. Mas não consigo ir embora.

Sem pensar muito, pego sua mão. É só quando ele entrelaça seus dedos nos meus que percebo o que fiz. Mas a essa altura estamos grudados novamente, do jeito que costumávamos ficar, e a pontada que isso traz — de querê-lo, de sentir sua falta — é substituída por uma poderosa sensação de alívio.

Ainda existe um nós. Pode não ser como eu esperava que fosse, mas há algo de familiar ali, algo reconfortante.

Não é tudo que eu queria, mas talvez seja o bastante.

Talvez tenha de ser.

— Sei que é uma coisa meio infantil de se dizer, mas não quero muito estar em casa sem minha mãe lá — confessa ele. — Porque... e se ele voltar e ficar uma situação estranha? E se ele não voltar? E se ele simplesmente for embora de novo? Faz tanto tempo que tenho medo de vê-lo, mas também tenho medo de não o ver. Isso faz sentido?

Faço que sim, largando sua mão e pegando a outra, esfregando os nós de seus dedos gelados. Ele se aproxima mais de mim, e ficamos sentados ali daquele jeito por mais um bom tempo, sem dizer nada. Queria que Leo estivesse aqui, porque ele saberia exatamente o que falar. É isso que está me passando pela cabeça quando ele aparece, quase como se eu o tivesse conjurado com a força do pensamento, como se tivesse adquirido um novo superpoder, como se o mundo subitamente tivesse se tornado um lugar no qual você só precisa desejar para que as coisas aconteçam.

Sou a primeira a notá-lo, chegando com uma bolsa de viagem pendurada no ombro, e, pela segunda vez na noite, fico completamente estupefata. Seu semblante é sério, talvez até mesmo um pouco chateado, e meu coração se acelera de preocupação — porque era para ele estar em Michigan; era para ele estar com Max — mas então ele também nos vê, sua expressão se neutraliza, e ele solta uma risada estranha.

— O que você está fazendo aqui? — pergunto, ficando de pé quando ele larga a bolsa no chão. Mas seu olhar se volta para Teddy, que retribui franzindo a testa.

— O que aconteceu com Michigan? — pergunta Teddy, e Leo dá de ombros.

— Ainda está lá. O que aconteceu com o México?

— Ainda está lá também — repete Teddy, sorrindo.

Fico ali olhando de um para o outro e, então, sacudo a cabeça.

— Vocês dois — digo, e estou prestes a continuar, a dizer mais alguma coisa, mas estou tão feliz em vê-los, em estarmos nós três juntos de novo, que apesar do que possa ter causado essas circunstâncias, simplesmente deixo como está.

Vinte e Sete

Pela manhã recebo um e-mail do departamento de admissões de Stanford.

Ainda estou com os olhos ardendo por ter dormido pouco — ficamos conversando até quase quatro da manhã — e pisco algumas vezes para o celular, deixando meu polegar pairar sobre a mensagem. Mas não clico. Em vez disso, levanto da cama e cambaleio pelo corredor, e é só quando paro na porta do quarto de Leo que percebo que minha ideia pode não ser tão boa assim.

Se as notícias forem boas, podem fazê-lo se sentir ainda pior a respeito de tudo. Mas, se forem ruins, nós dois vamos ter uma desculpa para ficarmos jogados de pijama no sofá o dia todo, comendo sorvete.

Ontem à noite, depois de entrarmos e fazermos uma panela de pipoca, que Teddy queimou, e uma segunda leva logo depois, que Leo derrubou no chão, e finalmente uma terceira, que conseguimos levar até a sala sem maiores incidentes, Leo contou as novidades.

— Terminamos — disse ele, mas eu já sabia antes mesmo de ele dizer, desde o instante que ele surgiu do meio da escuridão feito um fantasma melancólico.

Agora, no entanto, era fato, e o modo como ele falou — a palavra colocada sobre a mesa como se fosse algo pesado, como uma mala que ele andava carregando há tempo demais — partiu meu coração.

Teddy, que claramente estava distraído demais para ter adivinhado, congelou imediatamente, sua mão ainda enfiada na tigela de metal de pipoca. Ele a retirou lenta e cuidadosamente, então, se virou para encarar Leo.

— Você e Max? — perguntou ele, espantado.

Leo fez que sim.

— Mas... por quê?

— Eu não... — começa ele, parando imediatamente depois, seus olhos indo de um lado para o outro. — Acho que não quero falar sobre isso agora.

Teddy e eu nos entreolhamos.

— Tudo bem — respondo rapidamente. — Talvez amanhã.

E assim deixamos o assunto morrer. Durante as horas seguintes, assistimos filmes e comemos pipoca e fazemos Teddy nos contar sobre sua grande estreia na TV e sobre as centenas de mensagens que ele recebeu desde que foi ao ar, incluindo três pedidos de casamento.

— Só considerei um deles — brincou ele, desviando quando atirei uma almofada em sua direção. Contei a ele como tio Jake e eu havíamos começado a construir o barco, e ele jurou que o terminaríamos juntos agora que estava de volta. Leo prometeu comprar boias para nós caso as coisas saíssem terrivelmente mal.

Não falamos sobre Max. Nem sobre o pai de Teddy. Tampouco sobre Sawyer.

Durante algumas horas, simplesmente ignoramos todo o resto.

Mas agora amanheceu; agora estamos no amanhã. Teddy provavelmente ainda está dormindo no andar debaixo, e Leo está a uma batida na porta de distância. O que parecia tão fácil evitar na noite passada não parece mais fazer sentido à luz do dia.

Olho para o celular em minha mão mais uma vez, e, então, bato. Do outro lado da porta, escuto um grunhido.

— Leo?

— Vá embora.

Finjo que não escuto.

— Posso entrar?

— Não.

— Ótimo — digo, abrindo a porta.

A primeira coisa que vejo é sua bolsa de viagem verde, aberta no meio do chão do quarto, e sinto uma pontada de tristeza quando me lembro do momento que ele arrumou tudo ali com tanto cuidado, apenas alguns dias atrás.

— O que é? — pergunta ele, tirando a cabeça de baixo das cobertas, e é difícil não rir dos cabelos emaranhados e da expressão rabugenta. Sento na beirada da cama.

— Queria ver se você estava acordado.

— Claramente não estou — declara ele, atirando a colcha de volta por cima da cabeça.

— Bem, agora está, vamos conversar.

Ele grunhe mais uma vez e deita de costas, procurando os óculos de grau na mesinha de cabeceira.

— Não sei se já podemos conversar.

— Você disse amanhã.

— *Você* disse amanhã.

— O que houve? — insisto, sem conseguir me segurar mais. — O que ele fez?

Leo apoia seu travesseiro na parede atrás de si e se senta, uma expressão irritada passando pelo rosto.

— Por que você acha que foi ele?

— Porque você é você — explico, esperando arrancar um sorriso, mas, em vez disso, ele fica ainda mais sério.

— É, bem, não sei mais se Max concordaria com isso.

Fico com medo de escutar o que virá em seguida, mas pergunto mesmo assim.

— Por que não?

— Porque — responde Leo baixinho — fui eu que terminei com ele.

— Ah — digo suavemente, a palavra parecendo pesada entre nós dois.

— Foi inevitável — continua ele, dando de ombros, quase estranhamente calmo, como se estivesse falando de outra pessoa. — Tudo o que a gente andava fazendo era brigar por causa do ano que vem. Então, vou até lá e o vejo com seus amigos novos e sua banda nova e sua vida nova, e percebo que estamos atrasando um ao outro.

— Mas você ama Max.

— Mas eu quero ir para a faculdade de arte — continua ele, como se nem tivesse me ouvido. — Simplesmente quero.

— Ok. Então vá para a faculdade de arte.

— Sempre que pensava em Michigan, começava a me sentir claustrofóbico, como se estivesse sendo forçado a ir. E isso é porque eu meio que estava. Eu simplesmente não queria.

— Então você contou isso a ele?

Ele baixa o olhar.

— Não, contei a ele que nunca cheguei a mandar o formulário para tentar entrar.

— O quê? — Fico o encarando. — Mas eu achei...

— Não mandei — responde ele, secamente. — Eu não consegui.

— Leo...

— Eu sei — admite ele, a voz contida. Ele fala lentamente, como se tentando evitar que as palavras saiam todas de uma só vez. — Preenchi o formulário. Mas nunca enviei. E, tipo, assim que decidi não enviar, tirei um peso enorme das costas. Mas eu não queria perdê-lo...

— Porque você o ama.

Ele ignora isso.

— Então eu ia esperar para contar. Queria ter mais uma semana com ele sem precisar pensar nisso tudo, mas, quando cheguei lá, ele pareceu tão animado em me mostrar o campus, que depois de um tempo simplesmente não consegui continuar mentindo para ele.

— Porque você o ama.

— E, daí, tivemos uma briga enorme por causa disso, e percebi que havia muita coisa acumulada e que pareciam coisas demais. — Ele olha para as mãos, piscando algumas vezes. — Então, terminei.

— Mas ainda o ama.

— Não é tão fácil assim. — Ele balança a cabeça. — Eu estraguei tudo.

— É, mas você...

— Sim — devolve Leo, e alguma coisa nele parece se quebrar, seus olhos enchendo-se de lágrimas. — Eu amo Max, ok?

— Isso não é pouca coisa — digo suavemente, sem conseguir não pensar em Teddy. — Amar alguém, e esse alguém amá-lo de volta.

— Não acho que seja o bastante. — Ele tira os óculos e esfrega os olhos com a lateral da mão, e, de repente, eu me dou conta de como é triste, como um relacionamento pode ser tão inesperadamente frágil. Se duas pessoas que se amam tanto quanto Leo e Max podem se separar tão facilmente, que esperança existe para as outras?

— Eu estava lendo sobre a maldição da loteria no ônibus no caminho de volta — diz Leo, recolocando os óculos. — Acha que se estende a amigos e família também?

— Tipo um plano de telefonia? — brinco, mas, quando ele não sorri de volta, balanço a cabeça negativamente. — Acho que não. Não acredito em maldições.

Ele me olha de um jeito estranho, e logo sei o que está pensando: que com um passado como o meu, escolher não acreditar em maldições é uma maneira de pensar bastante impressionante.

Mas não é isso.

Existe má sorte; eu seria louca em achar o contrário. Mas eu acredito — porque preciso acreditar — em aleatoriedade. Porque imaginar que meus pais morreram como resultado de maldições ou destino, ou de planos maiores do universo, é imaginar que de alguma forma era para ser dessa forma; e nem eu acho que o mundo é tão cruel assim.

— Tem tantos artigos sobre ganhadores cujas vidas foram completamente arruinadas — continua Leo. — Suicídios, overdoses, brigas em família. E muitos deles foram à falência também. Não importa o quanto tenham ganhado. De alguma maneira, tudo acabou desaparecendo.

— São só histórias — argumento, mas penso em Teddy e em tudo que já aconteceu, e como fui eu que desencadeei tudo aquilo, para o bem ou para o mal.

Leo se recosta em seu travesseiro e dá um suspiro.

— Acho que preciso de sorvete.

— Tem certeza de que não quer...

— Sorvete — repete ele, com determinação, e faço que sim.

Ao sair da cama, ele me flagra olhando meu celular mais uma vez e ergue as sobrancelhas. Olho para ele timidamente.

— Recebi um e-mail de Stanford.

— O e-mail?

— Ainda não abri. Não consegui abrir sozinha. Mas não sabia se você estava no clima.

— Só porque terminei com meu namorado, que me odeia, e só tentei entrar em uma faculdade, que provavelmente não vai me aceitar, e provavelmente tenha de viver neste quarto durante os próximos quatro anos, encalhado e precisando deixar Teddy pagar toda vez que sairmos, e...

— Pode parar — digo, levantando uma das mãos. — Você vai ficar bem. Mesmo.

— Você não tem como saber isso.

— Sim, tenho sim. Você é uma pessoa incrível. E das pessoas que conheço, tem o maior coração. Seja lá o que vai acontecer, você vai ficar bem.

— Quando foi que você se tornou tão otimista?

— Acho que é culpa sua.

— Acho que é de Teddy.

Eu rio.

— Normalmente é um ou outro.

— Então — diz ele, olhando para meu celular, e entrego o aparelho para ele.

Leo olha minha caixa de e-mails e levanta a cabeça para checar comigo mais uma vez, e, quando confirmo com a cabeça, ele toca na tela. Durante alguns longos segundos é impossível decifrar a expressão em seu rosto, mas, então, um sorriso largo levanta os cantinhos de seus olhos, e eu expiro.

— Sério?

Ele sorri mais ainda.

— Sério.

— Uau! — exclamo, me sentindo quase fraca de tanto alívio.

Pisco rapidamente para conter as lágrimas ao pensar em minha mãe. Sei que ela estaria muito orgulhosa de mim. Sei que os dois estariam. Mas este é um daqueles momentos em que eu realmente queria que eles estivessem aqui para me dizer isso pessoalmente.

— Califórnia, então — comenta Leo, devolvendo meu celular.

— Acho que sim — respondo, e ficamos parados ali por um instante, imaginando como vai ser ficar tão longe um do outro, a meio país de distância, exatamente como era antes, como se todos aqueles anos em Chicago jamais tivessem acontecido.

— Talvez a gente devesse descer e contar aos outros — sugere ele, e tenho a sensação de que ele não está falando só sobre Stanford; e sim das outras notícias também.

— Posso te perguntar uma coisa? — peço, e ele faz que sim.

— Você ia mesmo tentar entrar na Michigan?

Ele hesita, parecendo indeciso.

— Sim. — Mas então ele muda de ideia. — Não. Eu não sei. Talvez.

Faço que sim; eu já esperava.

— Não é nenhum crime, você sabe né?

— O quê?

— Sua cabeça e seu coração estarem em lugares diferentes. Isto é, você estava tentando se animar para passar os quatro próximos anos no lugar menos Leo do mundo só para estar com Max. Isso é muito amor.

— Você está me fazendo parecer muito mais altruísta do que sou — observa ele, apontando para a parte de trás da porta, que está coberta de impressões de suas próprias animações digitais. — Meu coração está dividido em relação a isso também. Esse é o problema. É provavelmente por isso que está parecendo tão partido.

— Ele vai se recuperar — garanto. — Um dia.

— O seu se recuperou? — pergunta ele, e não sei se ele está falando de Teddy ou do que aconteceu com meus pais. Mas, seja como for, a resposta é a mesma.

— Ainda não — admito.

Vinte e Oito

No andar debaixo, tio Jake e tia Sofia estão na sala de estar com suas xícaras de café e já vestidos para trabalhar, lendo diferentes cadernos do Chicago Tribune. Os dois levantam a cabeça quando Leo e eu aparecemos na porta.

— O que está fazendo aqui?

— Eu moro aqui — diz Leo, afundando no outro sofá, suas mãos cruzadas sobre o peito, como uma múmia.

Tia Sofia franze a testa.

— Não estávamos esperando que você voltasse até o final de semana. Aconteceu alguma coisa?

— Sim — responde Leo, mas depois que ele não diz mais nada, meus tios se voltam para mim cheios de perguntas estampadas no rosto. Balanço minha cabeça, e tio Jake só fica me encarando mais intensamente, mas tia Sofia percebe alguma coisa e, então, cobre a boca com uma das mãos, arregalando os olhos.

— Cadê Teddy? — pergunto, porque está claro que Leo não quer falar sobre Max. Pelo menos não ainda.

Tio Jake parece confuso.

— México?

— Não, ele também voltou antes. Estava dormindo no sofá quando subimos para o quarto ontem à noite.

— Então isso explica a pipoca por toda a parte — comenta ele, varrendo com a mão alguns caroços da almofada onde Teddy estava sentado apenas algumas horas atrás.

— Leo — diz tia Sofia, colocando sua xícara na mesinha de centro e se inclinando para a frente. — Está tudo bem?

— Devia perguntar a Alice sobre Stanford — responde Leo sem olhar para mim, e mais uma vez os olhares de meus tios se voltam em minha direção, e depois novamente para Leo, suas cabeças indo de mim para ele, como se estivessem assistindo a uma partida de tênis em câmera lenta.

— Eu fui aceita — conto, e antes que consiga dizer mais alguma coisa, os dois já se levantaram do sofá, derramando o café de tio Jake e derrubando os óculos de tia Sofia no chão, e os dois me dão um abraço barulhento, cheio de ruídos de comemoração. De onde fico, esmagada entre os dois, não consigo segurar o sorriso.

— Isso é incrível! — exclama tio Jake, e tia Sofia faz que sim veementemente, seus olhos cheios de lágrimas. Por trás deles posso ver Leo se levantando do sofá e indo na direção da cozinha, presumivelmente para buscar sorvete. Ele dá uma piscadela em minha direção ao passar.

— Estou tão orgulhosa de você — confessa tia Sofia. — E sabe que seus pais também estariam.

Engulo em seco.

— Obrigada.

— Precisamos comemorar hoje à noite — sugere tio Jake. — Vou fazer um jantar.

Ficamos o encarando em um silêncio desconfortável que preenche a sala ao lembrarmos de seus terríveis dotes culinários.

— Tudo bem — diz ele, levantando as mãos. — Vamos sair para comer.

— Boa ideia — elogia tia Sofia, voltando-se para mim em seguida. — Então o que tem em mente?

— Não sei. Talvez massa?

— Não, sobre Stanford — corrige tio Jake, rindo. — Apesar de, só para constar, eu estar em total acordo com sua sugestão para o jantar.

— Ah — respondo, surpresa pela pergunta. — Bem, eu vou. Obviamente.

Tia Sofia faz que sim, mas há alguma coisa forçada em seu sorriso.

— Quando precisa avisar a eles?

— Até primeiro de maio. Mas eu obviamente...

— Devíamos pelo menos conversar sobre algumas das outras opções antes de você aceitar. Só para saber o que mais há por aí. Sei que sempre quis isso, mas...

Franzo a testa para ela. No último outono, quando minha tentativa de entrar em Stanford foi adiada, tia Sofia me encorajou a tentar uma gama de outras universidades. Mas sempre achei que havia sido para o caso de, no final das contas, eu não conseguir acesso à que eu queria. Agora que fui aceita em Stanford, como ela poderia achar que eu dispensaria a chance de ir? Depois de todos esses anos esperando e planejando, como ela poderia imaginar que eu escolheria qualquer outro lugar?

— Tudo bem — concordo impacientemente, subitamente ansiosa para escapar da sala de estar, que agora está me parecendo pequena e abafada demais. — Mas não vai fazer diferença.

— Tudo bem — ecoa ela. — Só quero ter certeza de que vai considerar todas as opções. Talvez ajudasse passar algumas horas na Northwestern este final de semana.

— Eu vou para Stanford — repito, sem me dar o trabalho de esconder meu cansaço.

— Sei disso. Mas faça isso por mim, ok? Não vai fazer nenhum mal ir até lá antes de se comprometer. Pelo menos pense no assunto.

Dou um suspiro.

— Tudo bem. Mas podemos terminar essa conversa mais tarde? Preciso sair para não me atrasar para a aula particular.

— Com Caleb? — pergunta minha tia, olhando para o relógio. — Não são nem nove da manhã.

— Recesso de primavera — digo, e tio Jake ri.

— Sua festeira.

Tento ligar para Teddy do ônibus duas vezes. Estou ansiosa para contar sobre Stanford, mas ainda mais ansiosa para saber como foi o encontro com seu pai pela manhã. Ele não atende, então mando uma mensagem, pedindo que ele me ligue de volta.

Quando chego à biblioteca, vou direto até a ala infantil, onde Caleb está me esperando como sempre, debruçado sobre uma mesa em formato de nuvem, sob a vigilância da cuidadosa bibliotecária da seção de crianças. Ele está na segunda série, mas é pequeno para a idade e parece bem mais novo, seus pés ainda balançando da cadeirinha azul sem tocar o chão.

— Oi, amigão — cumprimento, sentando-me no banco em miniatura a seu lado, meus joelhos se dobrando até quase tocarem meu queixo. — Como você está?

Seus olhos redondos parecem sérios enquanto ele pensa na pergunta.

— Ok.

— Só ok?

Aquilo faz com que ele me dê um breve sorriso. Ele mexe no cadarço do capuz e dá de ombros.

— Bem.

— Qual é! — insisto. — Pode se sair melhor que isso.

Ele coça a testa.

— Animado para ler?

— Bingo — respondo, sorrindo. — Eu também estou.

Quando resolvi me voluntariar nesse programa, que junta crianças de lares adotivos com parceiros de leitura, Caleb foi o primeiro candidato que considerei. Mas, assim que soube que seus pais haviam morrido recentemente em um acidente de carro, resolvi passar para o perfil seguinte. A palavra órfão ainda me deixa mais nervosa do que provavelmente deveria, e a ideia de trabalhar com uma criança em uma situação semelhante à minha parecia terrivelmente como enfiar um dedo em uma ferida aberta.

Mas, enquanto lia o perfil seguinte, não conseguia parar de pensar em como meu pai costumava ler os livros de Harry Potter para mim antes da hora de dormir, e em como minha mãe se apoiava no batente da porta, rindo das vozes que ele inventava para os personagens.

Agora faz uns dois meses que leio história após história com Caleb. Mas ainda não contei a minha a ele, nem como me identifico com tudo pelo que passou. Essa hora que temos juntos é uma válvula de escape. É uma hora para magos e camundongos, espiões e mágicos. Uma hora durante a qual os únicos órfãos estão nas páginas, e na qual eles normalmente terminam se revelando também heróis.

Caleb tira uma cópia de *A menina e o porquinho* da mochila.

— Um de meus preferidos — revelo. — Já conhece a história?

Caleb nega com a cabeça.

— Vai gostar — prometo, mas, enquanto digo aquilo, me ocorre que é um livro tão sobre a morte quanto sobre porquinhos e aranhas. Apesar de quase tudo ser, eu acho, uma vez que alguém já passou pelo que Caleb passou.

Abrimos na primeira página, e ele posiciona o dedo abaixo da primeira linha.

— Onde Papai está indo com o machado? — Ele lê, olhando para mim em seguida por baixo de seus longos cílios escuros.

— Foi ótimo — elogio, assentindo encorajadoramente para ele.

— Por que ele tem um machado? — sussurra Caleb, alarmado.

— Está tudo bem — asseguro a ele, porque em algumas páginas estará. Pelo menos por um tempo.

Prosseguimos, ambos soltando o fôlego quando Fern consegue convencer seu pai a resgatar o porquinho. Caleb até esboça um sorriso quando o Sr. Arable anuncia que só dá porcos a quem acorda cedo.

— ... e Fern acordou com o raiar do sol — ele lê lentamente, seu dedo deslizando pela página — tentando livrar o mundo da...

Ele para, e me aproximo para ler a palavra.

— Injustiça — falo baixinho, me preparando por já saber qual vai ser sua próxima pergunta.

— O que isso quer dizer?

— Significa algo que não é justo.

Sua cabeça está abaixada, mas o vejo se inquietar enquanto pensa naquilo, e quero explicar a ele que entendo; que mesmo que o que lhe aconteceu nunca vá parar de doer, um dia vai melhorar. Com o decorrer do tempo e a combinação certa de pessoas ainda vai arder loucamente, é claro, mas essa ardência vai ir e vir, como uma onda de rádio, e ele vai aprender a viver entre os espaços.

Mas não digo. Porque não vai significar nada para ele — ainda não. Sei disso porque as pessoas tentavam me dizer isso também. Em vez disso, eu o observo pensar naquilo por um instante. Então, quando Caleb está pronto, ele vira a página.

Mais tarde, nos sentamos nos degraus da biblioteca, esperando sua mãe adotiva vir buscá-lo. Quando ele vê o carro, acena para mim, trotando pelo restante das escadas, o livro enfiado debaixo do braço.

— Até semana que vem — me despeço, enquanto ele se afasta.

Mesmo depois de o carro partir, continuo sem me mover. Fico apenas sentada ali até começar a chover. Há uma suavidade no ar, um chuvisco que se mexe com a brisa, movendo-se para lá e para cá, como uma grande cortina. O ar está pesado com um cheiro parecido com lama, com a primavera, e eu respiro fundo, escutando os insistentes pingos caindo na calçada.

Quando tiro meu celular da bolsa, descubro que recebi uma mensagem de voz de Sawyer, perguntando se quero fazer alguma coisa hoje à noite. Mas não há notícias de Teddy, o que significa que, ou o encontro com o pai está indo muito bem ou foi péssimo.

Eu me levanto e desço o restante dos degraus escorregadios de chuva. No final, viro para a esquerda, partindo na direção de casa. Mas, quando o faço, um ônibus para bem na frente da biblioteca, os limpadores do para-brisa guinchando.

O ônibus está indo na direção do apartamento de Teddy.

Antes que eu possa mudar de ideia, entro.

Vinte e Nove

Há três fotógrafos do lado de fora do prédio de Teddy; seus olhares me acompanham conforme me apresso em meio à chuva até a entrada. Estou sem guarda-chuva, então fico aliviada ao ver alguém abrindo a porta de vidro bem na hora que a alcanço. Entro no vestíbulo e faço o que posso para enxugar o casaco. Meus sapatos guincham contra o piso de linóleo enquanto subo correndo as escadas até o apartamento onze. Mas, quando a porta se abre, não é Teddy que vejo parado no batente. É seu pai.

Pisco algumas vezes para ele, pega de surpresa. Faz seis anos desde que vi Charlie McAvoy pela última vez, mas ele parece vinte anos mais velho, sua mandíbula suavizada por uma barba grisalha, seu rosto marcado por rugas profundas. Para minha surpresa, ele está usando um terno e gravata de aparência cara em vez da calça jeans e camisa de flanela velha que costumava ser uma espécie de uniforme.

Ele sorri para mim.

— Alex, né?

— Alice.

— Desculpe — diz ele, abrindo a porta para mim. — Já faz um tempo.

Lá dentro, Teddy está no sofá e sorri ao me ver. Ele está segurando um robô em formato de cachorro, que evidentemente estava mostrando ao pai, e aquilo o faz parecer um garotinho na manhã de Natal.

— Oi — cumprimenta ele. — Não sabia que estava vindo.

— Bem, você não atendeu minhas ligações.

— Desculpe — pede Charlie. — Estávamos ocupados colocando a conversa em dia.

Tiro meus sapatos molhados, olhando pela sala e em seguida para Teddy.

— Cadê sua mãe?

— Mercearia — responde ele, ainda mexendo no painel de controle do robô.

— Então, como tem passado, Alice? — pergunta Charlie, indo pegar um copo de água. Ele parece totalmente à vontade, apesar de aquele nunca ter sido seu lar, e sim, na verdade, um lugar para o qual sua família foi forçada a ir por causa de tudo o que ele fez. — É bom saber que continuam amigos. E quem era o outro? O garoto magrelo de óculos?

— Leo — responde Teddy, olhando em minha direção em seguida. — Ele está bem?

— Sim — respondo, o que não era bem verdade, mas não quero realmente falar sobre aquilo na frente de Charlie. Essa história toda é tão surreal, todos nós agindo como se não houvesse passado tempo algum, como se ele não tivesse arruinado a vida da mulher e do filho. Viro para ele. — Então, está morando em Utah agora?

— Salt Lake City — afirma ele, assentindo. — Fiquei indo de um lugar para o outro por um tempo, depois de... Bem, você sabe. Estive em Tulsa, depois Minneapolis e agora Salt Lake. É uma boa cidadezinha. — Ele olha para Teddy e dá uma piscadela. — E nada de jogo lá.

— E está aqui a negócios? Com o que você trabalha agora?

— Bem, não mais como eletricista. A verdade é que horários flexíveis não eram para mim. Uma coisa que aprendi em minhas reuniões. — Mais uma vez ele olha para Teddy, que sorri de volta para ele animadoramente. — Então, agora sou vendedor em uma empresa de tecnologia.

— Que tipo de empresa?

Ele ri.

— Você é o quê, tipo, uma repórter enxerida?

— Não — respondo, sem sorrir. — Só estou me inteirando.

— Ela acha — diz Teddy do sofá — que você veio só por causa do dinheiro.

Eu me viro e olho feio em sua direção. Teddy tem toda a razão, é claro, mas fico estupefata por ele me expor desta forma.

— Não é isso...

— Não — interrompe Charlie, levantando as mãos. — Entendo. De verdade. Com minha história e o timing, não fico surpreso. Mas, honestamente, eu nem sabia de nada até chegar aqui. Eu só tinha algumas reuniões na cidade, e já parecia ter passado tempo suficiente para Katherine estar aberta a me deixar ver meu filho.

Teddy está me olhando com uma expressão de "eu te disse", e Charlie está me olhando com tamanha sinceridade que me sinto meio desconfortável.

— De qualquer modo, ouvi dizer que foi você quem comprou o bilhete — continua ele. — E queria dizer: que presente incrível. Queria que tivesse sido eu a fazer algo assim por eles, mas significa muito para mim saber que Teddy e a mãe estão com a vida garantida agora. Então, obrigado. — Ele põe uma das mãos no peito. — Do fundo de meu coração.

— De nada — consigo responder, e ele abre um sorriso reluzente, o que só me deixa mais desconcertada. É difícil resistir a seus encantos.

— E Teddy estava me contando que eles vão voltar para o antigo bairro agora... — prossegue ele, como se nem se lembrasse do motivo que os fez deixar o lugar.

— Ah — respondo, franzindo a testa para Teddy. — Então conseguiu?

Não sei por que aquela notícia me abala tanto. Mas a ideia de Teddy ter conseguido comprar um prédio — um prédio inteiro! — sem me contar é chocante.

— Bem, eu fiz a oferta. Mas pode levar um tempo até eu ter uma resposta.

— Acho que temos um titã do ramo imobiliário aqui — comenta Charlie, com evidente orgulho, olhando para seu relógio em seguida. — Ei, sabe de uma coisa, T? Preciso ir nessa. Não posso deixar meus clientes esperando. Mas te vejo amanhã, né?

— Pode apostar — responde Teddy, levantando-se de um pulo para abraçá-lo, e meu coração amolece de novo por saber que ele esperou tanto por isso.

— Espero vê-la novamente também, Alice — diz Charlie, parando na frente da porta. — Onde é o melhor lugar para eu arranjar um táxi por aqui?

— Bem na esquina — responde Teddy, pegando sua carteira e tirando dela um maço grosso de notas de vinte dólares. — Tome. Isso deve dar.

Charlie acena com as mãos.

— Não precisa. Mesmo.

— Tome logo — insiste Teddy, estendendo o dinheiro, mas Charlie mais uma vez recusa, com um sorriso jovial.

— Meu filho — diz ele, piscando para mim. — O milionário.

Depois que ele sai e fecha a porta, Teddy e eu permanecemos em silêncio. Estou de costas para ele, tentando decidir como dizer o que preciso. Mas, antes que eu possa fazê-lo, ele afunda de volta no sofá e diz:

— Sei o que está pensando. Mas você está enganada. Ele está diferente. Passamos a manhã toda conversando, e meu pai deu um jeito na própria vida.

Eu me viro para ele, sem saber bem por onde começar.

— Teddy — digo gentilmente —, não tem como o timing ter sido coincidência.

— Você ouviu o que ele disse. Ele veio a trabalho. Quero dizer, ele está hospedado no Four Seasons.

— Isso não quer dizer nada.

— Claro que quer. Olhe, quando tudo aquilo aconteceu, quando eu era criança, ele não tinha dinheiro nem para comprar uma passagem de volta para casa. Precisamos pegar emprestado com seus tios para ele poder voltar de Vegas. Ele estava um caco. Foi horrível. Tudo.

— Eu me lembro.

— Então, faz sentido ele ter demorado um pouco para se reerguer. Não é como se ele estivesse aqui alegando ter sido um passe de mágica. Ele teve muitas dificuldades no caminho. Mas as pessoas podem mudar. Ele tem ido a reuniões regularmente e não joga há um ano. Não foi instantâneo, sabe? E ele tem batalhado. E agora só quer me ver por alguns dias enquanto está na cidade, e você já presume...

— O que sua mãe acha?

— Bem, ela pelo menos não está tão paranoica quanto você.

— Mas?

Teddy faz uma careta.

— Ela sabe que são apenas alguns dias e disse que tudo bem se eu quiser encontrá-lo. Que a decisão é minha. — Ele diz a última frase com um tom desafiador, seu queixo erguido, e tenho a sensação de que não foi só isso que ela disse. — E é isso que eu quero.

— Ok — concedo. — Só quero ter certeza de que você...

— Pare. Já chega, ok? Ele é meu pai, não seu — diz ele, e há uma raiva nas palavras. — Você não sabe como é.

Sei que não foi por querer, mas aquilo sai como um soco em meu estômago, e olho para o chão, sem conseguir mais encará-lo. Ainda assim, sinto Teddy recuar, igualmente surpreso pelo que falou.

— Sinto muito — lamenta ele, rapidamente. — Não foi isso que eu quis dizer.

— Tudo bem.

Teddy suspira.

— É só que... é muito legal vê-lo de novo, sabe?

— Eu sei — admito, indo até ele e me sentando a seu lado. Me recosto nas almofadas, cansada de repente.

— Ele quer ver a corrida de barco na segunda.

— Ainda vai estar na cidade? — pergunto, e, quando Teddy afirma que sim, sinto minha mandíbula ficar mais tensa. — Só tenha cuidado, ok? Você sempre confiou demais nas pessoas... é uma de suas melhores qualidades. Mas agora que você ganhou todo esse dinheiro...

— Honestamente, Al. Juro que não é por isso que ele está aqui.

Ainda não sei bem se consigo acreditar naquilo, não sei se consigo forçar tanto minha imaginação, nem ser tão generosa a ponto de aceitar a ideia de que Charlie simplesmente passou por acaso pela cidade, tão pouco tempo depois do filho que ele não vê há seis anos ter ganhado cento e quarenta milhões de dólares. Mas insistir naquilo obviamente não está me levando a lugar algum. Então apenas faço que sim.

— Só tome cuidado — repito. — Você tem algo que as pessoas querem agora, e muitas vão ficar felizes em tirar vantagem de você.

— Sei disso — concorda ele, mas posso perceber como Teddy quer acreditar que não, como está determinado em se recusar a achar aquilo.

— Bem, se ele quer ir à corrida de barco, significa que provavelmente devíamos concluir o barco.

— Pode ajudar.

— Tio Jake só desenhou o projeto e cortou os moldes. Então é aí que você entra.

— Armado com fita adesiva.

— Exatamente.

— Que tal fazermos isso esta noite?

— Não posso — digo, balançando a cabeça. — Tenho um jantar.

Teddy levanta as sobrancelhas.

— Com aquele cara?

— Que cara? — pergunto, apesar de ambos sabermos exatamente de quem ele está falando.

— O que você estava beijando ontem à noite — responde ele, e, apesar de seu tom ser de provocação, há algo sério em seu olhar.

Meu rosto fica quente. Não sabia que ele havia visto.

— Não estávamos nos beijando. Ele só me deu um beijo de boa-noite.

— Aquilo foi mais do que um beijo de boa-noite.

Fico sentada ali por alguns segundos, pensando no beijo de Teddy, me lembrando de como não tinha significado nada, de que ele mesmo havia afirmado aquilo. Pigarreio, louca para mudar de assunto.

— Não, na verdade meus tios vão nos levar para jantar, se quiser vir também.

— Por quê?

— Porque — respondo, com um sorrisinho — fui aceita em Stanford.

Teddy vira o rosto para mim

— Entrou? E não me contou?

— Acabei de descobrir. Por isso vim até aqui.

Ele passa um braço em volta de meus ombros, como sempre costumava fazer quando as coisas se complicavam entre nós dois. Eu me aninho ali, descansando a cabeça em seu peito, e ficamos daquele jeito — nossas respirações em sincronia, nossos corações batendo juntos. A sensação é de voltar para casa.

— Isso é incrível, Al — diz ele, sua respiração quente em minha bochecha.

— Obrigada.

Há uma pausa, mas então ele continua:

— Então, acho que isso significa que você vai voltar para a Califórnia?

— Provavelmente — admito, feliz em não poder olhá-lo no rosto, porque seria muito mais difícil se o fizesse. — Mas nunca se sabe. Tia Sofia vai me arrastar até a Northwestern este final de semana. Ela quer ter certeza de que vou considerar todas as opções.

— É, mas isso não vai acontecer. Todos nós sabíamos que um dia você ia acabar voltando para lá. A Califórnia sempre foi seu lar, né?

Faço que sim, mas sentada ali, naquele momento, enfiada debaixo de seu braço nesse apartamentozinho no meio de Chicago, a chuva batendo na janela e fazendo o céu ficar roxo, me parece estranho. Estou há nove anos longe da Califórnia, a mesma quantidade de tempo que vivi aqui. Não há nada me esperando lá. Tudo o que conheço, todos que amo, estão aqui agora.

Então, por que aquele lugar ainda me prende tanto?

Afasto aquela ideia da cabeça, me apertando mais contra Teddy, e ficamos sentados juntos por um bom tempo, até a chuva diminuir e, depois, finalmente, parar. Até, finalmente, a claridade voltar.

Trinta

É domingo de manhã, e o campus da Northwestern está tranquilo. Choveu de novo ontem à noite, então os caminhos entre os prédios estão escorregadios com as folhas molhadas. Paramos debaixo de um arco de metal perto da entrada, e tia Sofia solta um suspiro de felicidade.

— Este lugar — começa ela, sacudindo a cabeça. — Melhores quatro anos de minha vida. Só não conte isso a Jake. Só o conheci depois de me formar.

Dou um sorriso, mas não quero ser influenciada por histórias nostálgicas de sua época na faculdade nem pelos montes de prédios parecidos com castelos com seus telhados altos e pináculos que se estendem até o céu cinzento e carregado. Não quando já me decidi por Stanford.

— Não acredito que nunca trouxe você aqui — continua ela, olhando ao redor. — Eu mesma devia vir mais vezes. Sempre me esqueço de como fica perto.

— Já viemos em jogos de futebol — relembro-a. — Só que já faz um tempo.

Ela ri.

— Não desde aquela vez que você e Leo brigaram e derramaram sua bebida no cara sentado na nossa frente.

— Não estávamos brigando — rebato, franzindo a testa. — Estávamos?

Eu me lembro da bebida caindo de minhas mãos direto para o colo de alguém: um cara enorme que se levantou para olhar feio para nós, o refrigerante escorrendo por seu moletom roxo. Mas é difícil pensar que Leo e eu pudéssemos estar brigando. Costumávamos discutir o tempo todo, como qualquer irmão e irmã. Mas nunca brigamos de verdade.

— Ah, sim — afirma tia Sofia, enquanto caminhamos na direção do enorme gramado verde. — Ele estava irado porque você ia visitar sua avó no dia seguinte sem ele. Estava com a gente há apenas um ano, e acho que ele tinha se apegado um pouquinho demais.

Uma luz fraca se acende em algum canto de minha memória, e consigo me lembrar de Leo — seu rosto vermelho e olhos cheios de lágrimas — tentando explicar para tia Sofia que eu era deles agora, o que significava que eu devia passar o Dia de Ações de Graças em casa, em vez de ir para Boston. Aquilo foi antes de minha avó materna morrer, minha última parente fora da pequena família à qual eu havia me unido recentemente.

— E você não conseguia parar de falar na viagem — relembra tia Sofia. — Então Leo foi ficando cada vez mais chateado, e vocês dois começaram a discutir, e ele derrubou a bebida de sua mão. Foi um desastre completo. A gente teve de ir embora no meio do segundo tempo. Última vez que levamos os dois encrenqueiros a um jogo.

— Uau! — respondo, piscando. — Não me lembrava disso.

Tia Sofia me olha de esguelha.

— Bem, a memória pode ser meio traiçoeira. — Parece que ela quer dizer mais alguma coisa, mas então vê um enorme prédio à frente, e seu rosto se ilumina com um sorriso. — Minha casa longe de casa.

— A biblioteca?

— Como sabia?

— Chutei — digo, observando-a atentamente. — Você realmente gostava daqui, hein?

— Muito. Apesar de ter levado um tempo. Quase saí depois do primeiro semestre. O frio realmente me afetou. Eu só tinha trazido um casaco leve, e naquele ano tivemos uma grande tempestade de neve no começo de outubro. Foi brutal.

— Não consigo imaginar vir da Flórida para cá — comento.

— Já foi uma transição difícil vir de São Francisco. Por que quis se inscrever aqui?

— O plano era voltar para Buenos Aires e estudar lá. Era de onde eu vinha, ainda tínhamos parentes morando lá, e, sempre que visitávamos, eu me apaixonava mais um pouquinho pela cidade. Não era exatamente minha casa, mas... Bem, sabe como é.

— O quê?

— Passar a vida inteira se perguntando a respeito de um lugar desse jeito. Sempre sentir que está com um pé em cada lugar.

Sinto meu rosto se esquentando sob seu olhar.

— Então aconteceu o quê?

— Acabei ganhando uma bolsa — responde ela, estendendo um dos braços. — E meu pai achou que era uma oportunidade boa demais para deixar passar. Eles tinham sacrificado muita coisa para virmos para este país. Ele realmente queria que eu estudasse aqui.

— Já se arrependeu?

Ela sacode a cabeça.

Comecei a realmente amar esse campus depois de um tempo. E, então, me apaixonei por Chicago também. E por Jake.

— Mas e quanto a...

— A Argentina sempre será minha casa de um jeito ou de outro. A Flórida também. — Ela sorri. — É possível ter mais que uma, sabe?

Caminhamos em silêncio por mais alguns minutos. O céu está manchado onde a luz do sol atravessa as nuvens prateadas.

Entre os prédios, vejo partes do lago Michigan, a água cinza-azulada e pontilhada de branco.

— Sei o que você está tentando fazer — digo, interrompendo o silêncio, e tia Sofia olha para mim, seu rosto inabalado.

— E o que seria?

— Quer que eu escolha a Northwestern em vez de Stanford. Quer que eu fique mais perto.

Ela para de andar.

— Alice.

— Só não entendo o motivo — prossigo, acelerando a fala agora. — Sempre achei que vocês concordavam a respeito de Stanford, mas, assim que finalmente entro, você me traz aqui? Sei que você adora o lugar, mas Northwestern nunca fez parte do plano, e...

— Alice — repete ela, sua voz paciente, mas não consigo parar. Ainda não.

— E Stanford é... é o que minha mãe queria.

As palavras saem com mais intensidade do que eu pretendia, e, quando tia Sofia não responde, quando ela apenas continua olhando para mim com uma mistura de preocupação e compreensão, alguma coisa pesada toma conta de mim.

Queria sim, tenho vontade de dizer, subitamente afoita para ser compreendida. *Ela queria.*

E se ela não tinha conseguido entrar, então eu também não deveria?

O sol passa atrás das nuvens novamente, e o mundo fica mais escuro. Respiro fundo, tremendo um pouco. Pegando meu braço, tia Sofia me leva gentilmente até um banco. A madeira está úmida e fria, mas nos sentamos assim mesmo, e fico olhando a grama da quadra, verde demais, me perguntando porque sinto como se estivesse sendo partida ao meio.

— Ei — diz ela, suavemente. — Tudo bem.

— Não é que eu não queira estar perto de vocês todos —
explico, minha voz trêmula. — É só que...

— É o que sua mãe queria — completa ela. — Entendo isso.
De verdade. E mal posso imaginar como deve estar sendo difícil.

— O quê?

Ela parece surpresa.

— Bem, não ter ela por perto neste momento. É uma decisão
tão importante.

— Ela gostaria que eu estudasse em Stanford — declaro firmemente.

—Certo. É claro — assente ela. — É só que... quero ter certeza de que é o que você quer também.

— É o que eu quero — respondo automaticamente. — Eu
quero...

Eu paro. E então tento novamente.

— Eu quero...

Mas não termino a frase, porque a verdade é que não estou
totalmente certa do que quero. E, se é para ser completamente
honesta, não sei o que ela iria querer também.

Da última vez que vi minha mãe — pequena e pálida na
cama de hospital —, a faculdade ainda parecia estar a uma vida
de distância para mim. As preocupações dela deviam ser tão
mais urgentes que aquilo: quem iria deixar bilhetinhos em minha merendeira quando ela partisse, e quem um dia conversaria
comigo sobre garotos, quem faria rostinhos de mirtilo em meus
waffles e quem me daria sopa quando eu estivesse doente.

Tenho certeza de que ela sabia que meu pai faria seu melhor.
Mas ela não tinha como saber que ele partiria atrás dela tão
cedo, pouco depois de um ano, e que tio Jake e tia Sofia teriam
de ser os dois a intervir, a preencher aqueles vazios da melhor
maneira possível.

E eles tentaram, todos eles tentaram. Durante o primeiro
ano depois da morte de minha mãe, meu pai deixava os próprios

bilhetinhos em minha merendeira com desenhos de pinguins na parte debaixo, a única coisa que ele sabia desenhar. E depois Leo se revelou bem talentoso com carinhas sorridentes nas comidas do café da manhã. Tia Sofia foi quem me contou o que eu precisava saber a respeito de garotos, e, sempre que eu ficava doente, tio Jake ficava em casa e me trazia prato após prato de canja de galinha.

Esse tipo de gentileza, esse círculo sólido a meu redor, é mais que simplesmente amor. É uma espécie de sorte também, ter essas pessoas em minha vida.

Mas não é a mesma coisa que minha mãe estar aqui. Como poderia ser?

E agora; agora preciso fazer mais isso sem ela.

Engulo em seco, apertando minhas mãos sobre o colo. Tia Sofia ainda está me observando, seus olhos calmos e calorosos, mas pareço não conseguir completar aquela frase.

Eu quero...

Eu quero...

Eu quero...

É como se algo dentro de mim tivesse se quebrado, é como se, para meu horror, as palavras que apenas borbulhavam em minha garganta, desesperadas e indesejadas, fossem: *Eu quero minha mãe.*

Mas não as digo.

— Eu quero Stanford — sussurro em vez disso, e tia Sofia faz que sim.

Do outro lado do gramado, um grupo em excursão caminha lentamente em nossa direção. O guia anda de costas, gesticulando, rodeado de pares de pais parecendo ansiosos e filhos parecendo entediados. Observamos seu progresso lento por um tempo antes de minha tia se voltar para mim.

— Não é segredo que adoraríamos que você ficasse mais perto — admite ela, seus olhos brilhantes. — Só tenho dois pintinhos. E, mesmo eles não sendo mais tão pequenos, sempre vou querer ficar de olho em ambos. Preciso que você saiba disso.

Só consigo balançar a cabeça, concordando. Para minha surpresa, sinto uma pontada de tristeza ao ouvi-la. Em todos os meus sonhos com Stanford, eu só pensava em voltar para casa. De alguma maneira, eu não havia entendido completamente que estaria deixando outra casa também.

— Mas se é Stanford que você quer, então vamos apoiá-la — continua ela, colocando uma das mãos sobre as minhas. — Sempre.

— Obrigada — agradeço, me sentindo tonta.

— E quero que saiba que eu não trouxe você aqui para convencê-la a vir para a Northwestern, apesar de achar que você adoraria. Eles têm programas de filosofia e literatura incríveis e... — Ela para abruptamente. — Bem, não é essa a questão. Só queria me certificar de que você saberia que existem outros lugares por aí. Outras opções. Outras maneiras de ser feliz. Porque é só isso que queremos. Que você seja feliz.

Eu me lembro dos dias seguintes ao enterro de meu pai, quando tia Sofia ficou por trás de tudo, empacotando tudo da casa e amarrando as pontas soltas, considerando que tio Jake não tinha condições de fazer aquilo. Naquelas primeiras noites, ela ficava esperando do outro lado da porta enquanto eu chorava, a voz abafada conversando comigo. Ela nunca dizia "Vai ficar tudo bem", como tantos outros adultos diziam. Em vez disso, ela dizia simplesmente "Você está bem", como se aquele fosse um fato irrefutável, como se ela soubesse de alguma coisa que eu não sabia.

E me surpreendo repetindo aquilo agora, apesar de não fazer ideia de ser verdade ou não. Mesmo assim, tento dizer como ela costumava dizer, como se fosse uma certeza, um fato:

— Eu estou bem.

Ela sorri, e percebo então por que foi tão difícil perguntar a ela sobre o dinheiro. É porque sei que ela vai me dizer a verdade.

— Tia Sofe — começo, olhando para minhas mãos. — Posso fazer uma pergunta?

Ela assente.

— É claro.

— Vocês ficaram chateados quando eu não quis aceitar o dinheiro?

Primeiro ela parece confusa. Então sua expressão muda para uma mais assustada, antes de finalmente parecer estar achando engraçado.

— O dinheiro da loteria?

Confirmo, sem conseguir encará-la.

— Recusei sem nem perguntar a você e tio Jake, e vocês dois fizeram tanto por mim, e pagaram tudo todos esses anos.

— Alice — diz ela, deslizando para mais perto, de modo que possa colocar um braço em volta de meus ombros —, espero que saiba que não só não esperamos nem queremos nada em troca de você, como também ficaríamos felizes em pagar para ficar com você. Foi um privilégio tê-la conosco.

Rio de alívio, mas o riso sai meio molhado, como um soluço.

— E sabe — continua ela — que você é tão minha filha quanto Leo é meu filho. Talvez eu não diga isso o bastante.

— Não. Você diz.

— Sempre quisemos ter mais filhos — continua ela, e quando a olho fico surpresa ao notar seus olhos marejados. — Sempre. Mas depois de Leo, simplesmente não aconteceu mais, e, então, depois de tantos anos de esperanças e tentativas, você chegou.

— Uma menina de 9 anos totalmente problemática — comento, com um sorriso. — Exatamente o que vocês queriam.

Tia Sofia balança a cabeça.

— É justamente isso. Você era *exatamente* o que queríamos. É verdade, Alice. Perder seus pais também foi insuportável para nós, também havia esse buraco em nossa família, e foi você quem o preencheu. Isso sempre pesou para mim, porque... — Ela hesita. — Bem, não é fácil, sabe? Conseguir a coisa que você mais quer na vida da pior maneira possível.

Suas palavras ficam zumbindo, enchendo minha cabeça como se fossem estática. Não tenho certeza do que pensar; fico metade segura e metade devastada por tudo aquilo, metade reconfortada e metade arrasada.

— Então — prossegue ela, respirando fundo —, sempre tentei me certificar de que você não sentiria que estávamos tentando substituí-los. Mas, mesmo que não nos chame de mamãe e papai, deve saber que é assim que eu e seu tio nos vemos. Você é filha deles, e sempre será. Mas esperamos que se sinta nossa filha também. — Ela aperta os olhos com um dos dedos. — E jamais foi um fardo, nem financeiramente nem de nenhuma outra maneira. Na verdade, foi uma honra.

Faço que sim, minha garganta apertada demais para palavras. Porque, naquele instante, bem ali, não me sinto mais uma ilha, nem sequer uma península.

Sinto-me completamente em terra, da melhor maneira possível.

— De qualquer forma — diz ela, secando os olhos —, minha preocupação com o dinheiro não tem nada a ver comigo nem com Jake. Tem a ver com você. Eu só queria ter certeza de que você pensou bem no assunto, e de que não vai ser uma coisa da qual se arrependa no futuro. Porque é bastante dinheiro.

— Eu sei — admito. — Leo acha que sou louca.

— Isso é porque ele aceitaria num estalar de dedos. — Ela ergue as sobrancelhas. — Honestamente? Jake também. E a maioria das pessoas.

— E você?

— É difícil dizer. Acho que nunca se sabe realmente até estar na situação.

— Mas? — insisto, inclinando a cabeça.

— Mas acho que meu instinto teria sido o mesmo que o seu. Simplesmente me parece demais, não? E deve vir com uma quantidade horrível de condições.

— Sim — concordo.

Sinto uma onda de gratidão, porque foi exatamente o que eu tinha dito a Leo, exatamente o que eu tinha pensado desde que Teddy e eu conseguimos achar o bilhete no lixo naquele dia de neve. Não sabia que alívio seria conversar com alguém que não achasse minha decisão monumentalmente estúpida.

— Quando meus pais vieram da Argentina, eles construíram uma vida do zero. E Jake e eu batalhamos muito para dar uma vida a você e Leo. Tenho orgulho do que conquistamos. E de fato, acho uma vida muito boa. Mesmo sem milhões e milhões de dólares.

— Eu também — digo, do fundo do coração. Sinto sorte por meus pais terem me deixado dinheiro suficiente para uma faculdade, e talvez para alguns anos mais se eu for esperta. Mas agora percebo que não quero uma rede de segurança. Pelo menos não financeira. Quero conseguir sozinha também.

— Sei que você teve seus próprios motivos para recusar. E a apoio cem por cento no que quiser fazer, desde que tenha certeza.

— Eu tenho — insisto, hesitando em seguida. — Acho que tenho.

Ela me olha cautelosamente.

— Acha?

— Eu mesma não quero — explico. — Realmente, não.

— Mas?

— Acho que queria que Teddy estivesse fazendo mais com o dinheiro — confesso, as palavras saindo apressadas. — Algo melhor. É tanto dinheiro. Um pouquinho só já poderia ajudar tanta gente, então, é difícil não...

— Ah, querida — interrompe tia Sofia, balançando a cabeça. — Não faça isso.

— O quê?

— Teddy vem de uma família que passou por problemas financeiros bem críticos, e acabou de ganhar uma quantia absurda em dinheiro. Você não pode esperar que ele faça tudo do jeito certo. Nem que ele faça o que você faria. Porque não é você. É ele.

— Eu sei. Só que é difícil.

— Não é sua responsabilidade se preocupar com isso — diz ela, me puxando para mais perto novamente. — Sua única responsabilidade é ser amiga dele, o que já sei que você consegue.

Não digo nada. Apenas concordo, esperando que ela tenha razão.

Trinta e Um

A corrida só começa no oitavo período, mas todos os alunos de física do Sr. Dill são dispensados das aulas da tarde para que possamos dar os toques finais em nossos barcos. O restante dos veteranos sempre reclama disso, pois só conseguem ser liberados por um período para assistir, mas, parada na beira da piscina, no ar quente e abafado e cheio de cloro, começo a achar que eles é que estão na vantagem.

Ao redor, as bordas de concreto da piscina estão repletas de barcos, que vão dos impossivelmente profissionais aos simplesmente mais parecidos com jangadas. Alguns parecem ter capacidade de chegar até o Triângulo das Bermudas, outros parecem poder se desfazer sob a mais leve garoa. Alguns estão pintados de vermelhos e amarelos e verdes vibrantes, com velas de papelão elaboradas e lemes, enquanto outros poderiam ser facilmente confundidos com caixas gigantes de pizza.

O nosso está mais ou menos no meio. É achatado e quadrado e coberto de fita, mas parece resistente o bastante. Não tivemos tempo de pintá-lo, mas ontem à noite, terminando de escorar as laterais, Teddy decidiu que precisávamos dar um nome a ele.

— Dá azar não batizar — insistiu ele. — Que tal *Teddy*?

Dei um grunhido.

— Acho que podemos fazer melhor que isso.

— Nada pode ser melhor que Teddy — brincou ele, mas, quando revirei os olhos, ele deu de ombros. — Ok, que tal *Sink or Swim*?

— Meio íntimo demais.

— Ou *Sea You Later*?

— Fofo demais.

— *Row, Row, Row Your Boat*?

— Comprido demais.

— Já sei — disse ele finalmente, seus olhos se acendendo. — *Lucky Duck*.

— Não acha que é um pouco como jogar com a sorte usar a palavra *Lucky*?

— Achei que você não acreditava nessas coisas. E eu acabei de ganhar na loteria. Se não posso usar essa palavra depois disso, para que ela serve?

Mas agora, vendo as letras pintadas em nosso barco, meu estômago se revira. Porque se tem uma coisa que sei, é que a sorte pode mudar num instante.

Teddy pega mais um pedaço de fita adesiva para reforçar um dos cantos, e o assisto colocar a língua para fora enquanto se concentra e a dobra cuidadosamente na beira.

— Então, ele sobrevive no mar? — pergunto, sentando-me na arquibancada a seu lado.

— Me diga você. — Ele bate na lateral do barco, fazendo a coisa estremecer. — Foi você quem o desenhou.

— E depois você redesenhou — relembro, porque, apesar de Teddy ter cumprido sua parte do acordo (passamos a maior parte do fim de semana trabalhando juntos no barco), ele também fez mil sugestões para melhorias sutis em minhas ideias, insistindo que essas mudanças aumentariam nossa velocidade.

— O objetivo não é vencer — dissera eu. — Só precisamos fazer ele chegar até o outro lado.

Ele franziu a testa para mim.

— Vencer é sempre o objetivo.

Duas garotas de nossa turma passam por trás de nós, e as escuto cochichando alguma coisa sobre um iate, começando a rir. Posso mais ou menos adivinhar o restante do que elas disseram, e suspeito de que Teddy também, porque ele se enrijece e não diz nada.

O ar em volta da piscina é pesado e úmido, e as vozes de nossos colegas de turma ecoam pelas paredes de azulejo, fazendo tudo parecer alto demais e estranhamente distorcido. Os outros alunos já estão passando pelas portas duplas azuis do outro lado das arquibancadas. Teddy rasga a fita com os dentes, cuspindo um pedacinho.

— Acho que está quase na hora — aviso, e ele faz que sim, mas posso notar que está distraído com alguma coisa atrás de mim.

Quando me viro, vejo dois amigos de seu time de basquete, J.B. e Chris, se aproximando. Um deles queimado de sol, o outro usando uma camisa florida. Eles ainda parecem ter acabado de sair da praia. Teddy os observa com uma expressão atordoada; deve ser a primeira vez que os vê desde o México.

— Cara — diz J.B., estendendo o punho para ele, que Teddy encontra com o seu. — Não acredito que você perdeu o resto da semana. Foi demais. Eu podia viver naquela praia para sempre. Quase não voltei.

— Bem, a gente meio que teve de voltar — completa Chris —, considerando que ficamos sem dinheiro depois de você dar o fora.

Teddy franze a testa.

— Deixei um cartão de crédito com vocês.

— É, bem, sabe como é, cara — diz J.B. — A conta ficou crescendo e crescendo...

— E crescendo — admite Chris, que pelo menos tem a decência de parecer envergonhado. — As coisas meio que saíram do controle.

— Acabamos estourando o cartão — diz J.B. — O que foi uma droga. Nos dois últimos dias tivemos de abrir mão do bom e do melhor, e ficamos comendo tamales daquele carrinho ao lado da piscina. Foi brutal.

— Parece mesmo — comento, e os dois olham para mim como se nem tivessem percebido que eu estava ali.

Teddy parece totalmente pálido.

— Vocês gastaram tudo?

— Bem, Mikey bateu o jet-ski, o que não ajudou, e fomos a algumas boates, e teve toda a questão com o jipe que alugamos...

— Foi mal, cara — diz J.B., dando um tapinha nas costas de Teddy. — Mas é só uma gota no oceano para você hoje em dia, né?

— É — balbucia Teddy, seu olhar fixo na superfície azul--turquesa da piscina.

— Enfim, boa sorte com... — J.B. gesticula para nosso barco — isso.

— Não é nenhum jet-ski, mas tenho certeza de que vai servir — comenta Chris, e os dois riem e saem de perto para se juntar a seus amigos nas arquibancadas, que estão ficando cheias rapidamente.

— Eles são uns babacas — digo, voltando-me para Teddy quando eles estão longe.

Ele desvia o olhar.

— Tá tudo bem.

— Não está tudo bem, não — discordo, subitamente indignada por ele. — Eles estão tirando vantagem de você e...

Ele levanta a cabeça para a arquibancada e sigo a direção de seu olhar, apenas para ver seu pai levantando a mão a fim de acenar para nós dois. Ele está usando o mesmo terno e gravata, mas raspou a barba, e sem ela Charlie se parece com Teddy, uma versão mais velha e calejada do garoto sentado do meu lado.

— Ele veio — comenta Teddy, claramente aliviado. — Eu não tinha certeza...

Ele não precisa terminar a frase. Ambos sabemos qual parte não foi dita: ele não tinha certeza de que seu pai de fato viria, não tinha certeza de que ele ainda estaria na cidade, não tinha certeza de que ele realmente cumpriria uma promessa pelo menos uma vez.

Mas ele cumpriu, e posso ver a cor retornando ao rosto de Teddy quando ele volta sua atenção para o barco. Não importa o quanto ele tenha decepcionado no passado. Não importa ele ter passado seis anos alternando entre sofrer e sentir raiva. Não importa seu pai ter faltado a cem jogos de futebol e baseball e basquete. Só importa ele estar aqui agora, e, pelo queixo de Teddy, posso ver que ele está mais determinado a vencer a corrida agora.

— Pronta? — pergunta ele, e pelo seu bem consigo formar um sorriso.

— Pronta — garanto, me perguntando se é verdade.

Trinta e Dois

Quando chega nossa vez, nenhum barco afundou ainda e quase dá para sentir a plateia apenas esperando por isso. Estão cansados de assistir uma série de engenhocas de papelão atravessando com sucesso a piscina da escola. Eles querem fogos de artifício. Eles querem uma catástrofe. Eles querem um show.

Quando Teddy e eu nos aproximamos da beirada da piscina, um murmúrio se esparrama pelas arquibancadas. O público ficou cada vez mais barulhento conforme a tarde passou, mas agora é diferente. Só há um barco ao lado do nosso, uma embarcação sofisticada que Mitchell Kelly e Alexis Lovett pintaram para que parecesse um submarino, com periscópio e tudo. Só que instintivamente sei que a mudança na energia não tem nada a ver com aquilo. Tem a ver com Teddy, e fica claro pela tensão em seus ombros que ele também sabe.

De repente alguém grita bem alto:

— Última vez que você vai precisar remar, riquinho!

O grito é seguido por um rugido de gargalhadas, e Teddy curva mais ainda os ombros, parecendo espantado. Durante toda a sua vida ele foi o cara legal, o improvável herói, aquele por quem todo mundo torcia no campo de futebol ou na quadra de basquete.

Agora sua história é outra. Ele não é mais o azarão. Em vez disso, virou subitamente o cara mais sortudo do lugar, da escola, talvez até da cidade toda. É o cara mais sortudo que todo mundo ali conhece, e não há por que torcer para um cara desses. Não há outro lugar para ele ir a não ser para baixo, e é para lá que querem levá-lo. Porque caras como Teddy — caras de sorte, caras bem de vida — não precisam de apoio. E a plateia sabe.

Estou agachada na beirada da piscina com uma das mãos sobre o barco, que parece mais frágil agora do que parecia em nosso porão. Meus olhos já estão lacrimejando por causa do cloro, e minha nuca está arrepiada; quase dá para sentir como a plateia mudou, quase posso sentir a impaciência de todos para que o equilíbrio de seus mundos volte ao normal, mesmo que por meio de algo tão inconsequente quanto um projeto de ciências fracassado.

Procuro por Leo na arquibancada, porque realmente ajudaria um sinal de apoio. Mas, quando finalmente o encontro, sua cabeça está virada para o lado, olhando alguma coisa mais ao alto. Sigo seu olhar e vejo dois homens de pé, discutindo com raiva.

Um deles é o pai de Teddy.

Viro para trás para ver se Teddy notou, e ele está apertando os olhos naquela direção também, os braços caídos ao lado do corpo, seu rosto a expressão perfeita da dúvida.

— Tenho certeza de que não é nada — digo, mas ele não me responde.

O restante da multidão se aquieta agora, sua atenção muda e as vozes dos dois homens se tornam mais audíveis. Charlie tira o braço de alguém de seu ombro.

— Paga logo, cara — diz o outro homem, e meu coração desaba quando um professor de educação física interfere, tentando apaziguar os dois. Está quase completamente silencioso agora, mais de cem pessoas assistindo ao espetáculo, como se estivessem em um teatro.

— Não vou embora — diz Charlie ao professor. — Estou aqui para ver meu filho.

Olho para Teddy novamente; suas orelhas estão ficando rosadas enquanto ele observa. Do outro lado das arquibancadas, fico aliviada ao ver tio Jake. Ele está ao lado de tia Sofia e Katherine — que está assistindo a tudo com uma expressão horrorizada —, mas então ele corre pelas fileiras de alunos arrebatados até chegar a Charlie, que ainda está gritando.

— Sou pai também! — grita ele para o professor, apontando para Teddy. — De um aluno. *Daquele* aluno.

O silêncio está começando a se transformar em sussurros e murmúrios e risadinhas abafadas. Tio Jake finalmente alcança Charlie e, quando o faz, abaixa a cabeça para falar com ele em voz baixa. Charlie olha pela multidão com uma expressão de compreensão antes de fixar o olhar em seu filho, que vira o rosto. Finalmente ele suspira e se permite ser acompanhado para fora.

— Boa sorte, garoto! — grita ele vagamente na direção de Teddy, e, assim que a porta bate atrás dele, as arquibancadas voltam a se encher de barulho. O outro homem vai atrás deles um segundo depois, mas àquela altura ninguém mais está prestando atenção.

— Boa sorte, garoto! — começam a gritar as pessoas, colocando as mãos em concha em volta de suas bocas e gritando:
— Faça por seu papai.

Olho para Teddy, que está encarando a água muito azul da piscina, de costas para a multidão. Com um estalo de estática, o Sr. Dill recomeça a falar no megafone:

— Perdão pela interrupção, pessoal. Mas parece que estamos prontos para a próxima.

— Ei — digo a Teddy, tão suavemente que não sei nem se ele escuta em meio a todas aquelas vozes. — Você está legal?

Ele inclina ligeiramente a cabeça, e posso ver que está com os lábios apertados. Sem responder, Teddy se abaixa para empurrar o barco para dentro d'água, segurando-o com firmeza enquanto entro na frente. Dobro meus joelhos e pego um dos remos, feitos de tubos de papelão. Em seguida ele entra e se senta atrás de mim, o barco balançando loucamente de um lado para o outro até se estabilizar outra vez. Fico assustada em ver o quanto afundamos na água; meus cálculos diziam que ficaríamos bem mais alto. Mas, como não fizemos testes, esta é nossa primeira viagem, e é tudo meio que adivinhação daqui em diante.

Seguro meu remo com força, esperando o assovio do Sr. Dill cortar o ar. A nossa esquerda, Mitchell e Alexis olham para a frente, seus rostos rígidos de tanto foco, e atrás deles as arquibancadas são um borrão de pessoas e barulhos.

— A postos — diz o Sr. Dill, sentado na cadeira do salva-vidas na metade da piscina, com uma prancheta apoiada no colo. — Preparar...

Então, ele apita, e damos partida.

Teddy se inclina para a frente tão rapidamente que bate sua cabeça em meu ombro, e imediatamente solto meu remo. Ele o alcança antes que o objeto flutue para longe, enfiando-o de volta em minha mão e começando a remar freneticamente em seguida. Mas ele é muito mais rápido que eu, e, em vez de avançarmos, começamos a rodar em círculos.

Ele grunhe, tira seu remo da água para levá-lo ao outro lado e me ajudar, mas consegue bater em minha cabeça no processo, e largo meu próprio remo mais uma vez. Quando Teddy consegue pescá-lo, já estamos para trás, o outro barco espirrando água em nossa frente, nossos dois colegas de turma de alguma maneira tão sincronizados em seus movimentos quanto atletas de uma equipe de remo.

— Mais rápido! — grita Teddy entre dentes, e me inclino para a frente, remando o mais forte que consigo. Estou tão focada em alcançar o outro barco que levo um minuto para notar que tem água no fundo do nosso, pelo menos 2 centímetros, ensopando meus joelhos e pés descalços. Viro para Teddy para mostrar meu pânico, mas ele apenas balança a cabeça para mim e repete: — Mais rápido!

A plateia bate palmas com força agora, metade rindo e metade vaiando enquanto nos assistem afundar no meio da piscina.

O nível de água dentro do barco se eleva, e sinto o fundo começar a se dobrar.

— Teddy — digo, virando a cabeça para trás, mas seus olhos estão focados, e ele nem me vê: está olhando através de mim, na direção da linha de chegada.

O barulho agora é ensurdecedor, as vozes ecoando pelo piso de azulejo e paredes de concreto. O outro barco alcançou a linha de chegada, e, apesar de ainda estarmos remando rápido, não parecemos chegar a lugar algum, afundando cada vez mais na água azul-turquesa.

Ainda assim, Teddy continua a remar, sem querer desistir, e, então, faço o mesmo, apesar do papelão ensopado, apesar da água subindo cada vez mais, apesar da multidão aos berros.

Avançamos três quartos de distância até a linha de chegada quando a coisa toda desmonta. Não me surpreende nada àquela altura, e não levo um susto; já estou metade ensopada, e as beiradas do barco começam a se curvar. É como um cobertor sendo dobrado ao meio, os quatro cantos se fechando para dentro, e, pouco antes de acontecer, antes do fundo ceder inteiramente, a coisa toda desistindo ao mesmo tempo, consigo fechar os olhos e prender a respiração. E, simples assim, afundamos até o chão da piscina.

Ainda assim sinto um pouco do choque: a água está gelada e a queda é súbita. Permaneço submersa por alguns segundos, suspensa no silêncio abafado. Mas, quando abro os olhos ardendo para procurar por Teddy, não vejo nada, então, chuto os pés com força e me permito voltar à superfície bem a tempo de vê-lo sair da piscina.

— Teddy! — grito, mas o som se perde em meio aos ruídos de nossos colegas, que estão batendo os pés, uivando, gargalhando e apontando.

Mais sorte na próxima, garoto!

Não dá para ganhar todas, riquinho!

Cadê seu iate quando você mais precisa dele?

A meu lado, nosso barco amassado ainda flutua, na água cheia de cloro, como algo morto, o fundo já começando a se despedaçar, então agarro a beirada e começo a nadar na direção da parte rasa, arrastando-o atrás de mim.

Levanto a cabeça a tempo de ver Teddy desaparecendo pela porta que leva aos vestiários sem olhar para trás, e de repente sinto raiva. Estou com raiva por termos perdido, com raiva por termos fracassado. Com raiva por Teddy ter alterado meu projeto depois de não contribuir com nada durante tanto tempo. Com raiva por ele ter me deixado ali com aquele barco castigado e a multidão rindo de nós.

Com raiva por ele ter me deixado.

Quando chego à borda da piscina, a próxima leva de barcos já está em fila e pronta para entrar, e fico parada ali, com água até a cintura, pingando e tremendo e descolando minha camiseta molhada do corpo enquanto procuro alguém para ajudar a tirar aquela bagunça de papelão molhado da piscina. Mas ninguém parece se importar. O Sr. Dill está escrevendo alguma coisa em sua prancheta — provavelmente nossa nota zero —, e o público já voltou sua atenção para a competição seguinte, sem dúvida esperando um fracasso ainda mais espetacular.

Começo a levantar os restos molhados do barco pela beirada de concreto da piscina, mas o material é resistente e supreendentemente pesado. Fico aliviada quando alguém se abaixa e puxa a coisa toda de uma vez, atirando-a sobre os azulejos azuis, onde ela cai no chão, como algum tipo de animal marinho encalhado.

Quando levanto a cabeça, levo um susto ao descobrir que foi Sawyer quem veio me resgatar. Apenas alunos do último ano têm permissão de assistir à prova, o que significa que ele deve ter matado aula.

— O que está fazendo aqui? — pergunto, enquanto ele estende uma das mãos. Mas, em vez disso, nado até a escada e subo sozinha, olhando em sua direção enquanto torço meu short ensopado.

— Queria torcer por você — responde ele, me passando uma toalha de cima de uma pilha. Envolvo meus ombros com ela, agradecida.

Atrás da gente, soa o apito, e a corrida seguinte começa, um turbilhão de barulho de água e de gritos. Sawyer coloca uma das mãos em meu ombro, me conduzindo na direção do vestiário. Sinto alívio por ter alguém para me levar na direção certa.

— Você está tremendo — observa ele, e percebo que ele tem razão.

Mas, de repente, na porta do vestiário, me dou conta das vozes agudas de meus colegas de classe vindo de dentro, muitos rindo, provavelmente de Teddy e de mim.

Então, dou meia-volta e saio para o corredor, os pés descalços deixando pegadas molhadas no chão, enquanto Sawyer me segue. Quando chegamos a um corredor vazio entre a enfermaria e o ginásio, escorrego por uma parede até o chão, descansando a cabeça no concreto frio. Minhas roupas ainda estão encharcadas, a toalha continua em volta de meus ombros, como uma capa, e meu cabelo pinga água no chão. Mas estou grata pelo silêncio súbito.

Sawyer se senta a meu lado, deixando um espaço entre nós, e não sei por que me sinto estranhamente culpada enquanto espero ele dizer alguma coisa.

— Então, a gente ganhou? — brinco, mas a expressão em seu rosto não muda.

— Você gosta dele, não gosta?

Meu primeiro instinto é perguntar quem, para ganhar tempo ou talvez apenas para evitar completamente aquela conversa. Mas não posso fazer aquilo com Sawyer. Não depois de tantas coisas legais que ele fez por mim. Foi ele quem ajudou a tirar o barco da água. Quem me deu uma toalha. Quem me estendeu a mão.

Foi Sawyer que me apoiou hoje.

E não é justo fingir para ele.

— Sim — respondo baixinho, encarando a poça que deixei no chão, e, em vez de ver, consigo apenas sentir a maneira com que ele se enrijece. Sinto sua dor tão próxima da superfície, a maneira com que ela irradia como uma espécie de calor.

— Fiquei esperando naquela noite — revela ele, levando seus joelhos até o queixo. — Para ter certeza de que você entraria em casa. Eu o vi parado nos degraus da frente, e a maneira com que conversaram.

— Não aconteceu nada — revelo, o que é verdade. Não aconteceu nada naquele dia, nem nunca vai acontecer. Teddy me assegurara quanto àquilo. Nosso beijo aquela manhã em seu apartamento parece ter sido entre duas pessoas completamente diferentes.

Sawyer me olha com tristeza.

— Não precisou.

— Somos só amigos — alego, tentando não soar tão decepcionada com aquele fato.

Uma gota de água desliza por meu nariz, e Sawyer levanta uma das mãos para secá-la, mas ele muda de ideia e a abaixa de volta. Seus olhos, no entanto, permanecem fixos nos meus, e posso perceber que ele quer me beijar. Honestamente, há uma parte de mim que também quer fazer isso, mas sei que não seria justo, porque simplesmente não sinto a mesma coisa que ele. Queria sentir. Queria mais que qualquer coisa sentir por ele o que sinto por Teddy, porque tornaria tudo tão mais simples, tão melhor.

Mas eu não sinto. E não posso evitar.

Então me afasto ligeiramente, e a expressão em seu rosto espelha tristeza.

— Ele pelo menos gosta de você?

Demoro um segundo para responder, e, quando o faço, há algo de oco na palavra.

— Não.

— Porque eu gosto — confessa ele, a voz rouca. —⸱ Gosto de você, Alice. Muito. Acho você incrível, e, se ele não consegue ver isso, então...

— Sawyer — interrompo, porque não posso suportar a ideia de ele terminar a frase. — Sinto muito.

Ele me olha de um jeito duro.

— Eu sei que você também gosta de mim.

— Eu gosto — afirmo, meu estômago se revirando quando noto seus olhos se enchendo de esperança. — Mas é só que... é diferente com Teddy. Queria que não fosse. Queria que fosse você em vez dele. Mas simplesmente parece que não consigo esquecer essa coisa que sinto por ele.

— Vocês dois têm uma história — constata ele, como se fosse a pior coisa do mundo, mesmo que histórias sejam o que ele mais ama.

— Temos. Mas não é isso.

Sawyer fica imóvel por um minuto e, então, se levanta, me olhando de cima com uma expressão inescrutável.

— Você sabe que ele não te merece, certo? — diz ele, com uma pontada de raiva. — Por isso é uma droga tão grande. É duro ver você esperando uma coisa que nunca vai acontecer porque ele é autocentrado demais para notar algo que está bem na frente dele.

Abro minha boca, mas a fecho de volta logo em seguida, sem saber como responder. Mas não importa, de qualquer forma. Sawyer dá meia-volta e atravessa o corredor, o som de seus passos diminuindo até desaparecer por completo.

Mesmo depois de ele ir embora, continuo ali, o coração pesado, os olhos ainda ardendo por causa do cloro, pensando em como a pior parte de tudo isso provavelmente era o fato de ele ter razão.

Trinta e Três

Mais tarde, Leo e eu estamos do lado de fora do apartamento de Teddy.

— Sabe que este é basicamente o último lugar no qual eu queria estar agora, não sabe? — pergunto, e Leo me olha com uma expressão de cansaço.

— Precisamos ter certeza de que ele está bem.

Franzo a testa.

— Estávamos no mesmo barco, sabe? Literalmente.

— Não estou falando do barco — explica ele, enquanto levanta a mão para bater, e, quando Teddy abre a porta, ele parece tão feliz quanto eu em nos ver.

— O que vocês estão fazendo aqui?

— Sabíamos que era noite de tacos — responde Leo, acenando para Katherine, que está fatiando um tomate na cozinha. Ela está com seu jaleco, e sei que deve estar saindo para trabalhar logo, logo, o que para mim é até bom, considerando que ainda estou irritada com Teddy por ter me deixado para trás com o barco hoje, e não quero discutir com ele na frente da mãe.

— Perfeito. Só estou fazendo mais comida antes de sair, porque a fome desse aí não acaba nunca — explica Katherine, assentindo para Teddy. — Então tem de sobra para todo mundo.

Leo sorri para ela, e Teddy abre passagem de má vontade para nos deixar entrar, apesar de ainda se recusar a me olhar nos olhos. Vamos até a cozinha, pegando pratos e guardanapos, nos ocupando para não termos de conversar sobre qualquer outra coisa.

Noto uma pilha de recortes de jornal na bancada, embaixo de um porta-guardanapos. A de cima mostra o rosto sorridente de Teddy debaixo de uma manchete que diz SONHOS REALMENTE SE TORNAM REALIDADE. Há um floco de salsa caído sobre seu queixo.

— Fico feliz em vê-la seca novamente — comenta Katherine, levantando o olhar da tábua de cortar. — Foi uma corrida dura.

Teddy não diz nada, nem eu.

— Se fosse uma corrida até o fundo da piscina, vocês dois teriam arrasado — brinca Leo, mas ninguém ri.

Quando termina de repor as tigelas de tomate, alface e queijo, Katherine limpa as mãos em seu jaleco e olha para cada um de nós.

— Estão levando isso a sério demais. Era um barco de papelão. O que esperavam?

— Talvez uma ajudinha para tirá-lo da piscina — respondo baixinho, e Teddy estreita os olhos em minha direção.

— Eu voltei para te buscar. Mas aquele sei lá quem parecia estar se saindo muito bem sozinho.

Olho feio para ele.

— Só porque você me deixou sozinha na água.

— Ah, qual é? Não é como se você estivesse se afogando.

— Você teria notado se eu estivesse?

— Eu estava puto, ok? Só precisava dar o fora dali. Literalmente naufragamos na frente da escola inteira.

— Eu sei — respondo, praticamente cuspindo as palavras. — Eu estava lá também. Lembra?

Leo coloca uma tortilha na boca, quase parecendo achar graça daquilo. Mas Katherine bate palmas com força, e o barulho nos assusta e nos cala.

— Ok — diz ela, com firmeza. — Acho que está na hora de mudar de assunto.

— É — concorda Leo, sorrindo. — Aquele barco definitivamente já partiu.

Olho desanimada para ele.

— Leo — diz Katherine, virando na direção dele. — Como foi em Michigan?

De repente o sorriso some do rosto de meu primo e é substituído pela expressão nula que ele tem adotado sempre que alguém lhe pergunta aquilo agora.

— Bem.

Katherine inclina a cabeça, esperando que ele diga mais, e, quando ele não o faz, ela insiste:

— Deve ter sido bom ver Max.

— Foi — concorda ele, de repente concentrado em tirar uma tortilha da tigela de salsa.

— Ok, preciso ir nessa — se despede ela, aparentemente desistindo da gente. Ela anda até Teddy e fica na ponta dos pés, e ele se abaixa para a mãe poder beijar sua testa. — Último turno da noite.

Ele sorri.

— Tenho tentado te convencer sobre essa novidade de dormir quando está escuro há anos. Recomendo fortemente.

— Obrigada — agradece ela, rindo e se virando para mim. — E obrigada você.

As palavras são tão repletas de gratidão que me sinto ficando vermelha.

— É claro. Estou tão feliz por você.

— É uma grande noite — comenta ela, pegando sua bolsa. Em seguida ela olha fixamente para Teddy. — Não fique acordado até tarde. E nada de festinhas. E não ouse comprar nada maior que uma caixinha de fósforos. — Ela revira os olhos para

Leo e para mim. — Viram a máquina de sorvete? E a jukebox? Não vou ter onde dormir se ele não parar.

— Mãe — geme Teddy.

— E escute — continua ela, sua voz mais séria agora. — Seja lá o que tenha acontecido com seu pai na corrida hoje...

— Eu já te expliquei — interrompe ele, rapidamente. — Não foi isso. Ele prometeu.

Katherine solta um suspiro.

— Teddy, seu pai... ele não é um cara mau. Mas também não é o mais... Olhe, entendo que queira acreditar no melhor. Mesmo. Mas, honestamente, não sei se as promessas de Charlie valem tanto assim.

— Dessa vez é diferente — insiste Teddy.

— Talvez — aceita ela. — Mas mesmo assim não sei se ele é a melhor influência para você. Ele é muito divertido de ter por perto quando há dinheiro caindo do céu, mas...

— Mãe. Está tudo bem.

Katherine assente, mas ainda não parece convencida.

— Bem, se ele aparecer apenas... Não sei. Tome cuidado, ok?

— Como assim?

— Só estou te pedindo bom senso. Sei que ama seu pai, mas não se esqueça de como ele consegue ser encantador. Um pouco até demais. E isso facilita não enxergar o que ele realmente quer, ok? Então me ligue se precisar.

Teddy faz que sim.

— Eu te amo — diz ela carinhosamente, e ele se abaixa e a abraça.

— Também te amo.

Quando ela sai, Teddy se vira para a gente, claramente ansioso para encerrar o assunto.

— Vamos comer antes de esfriar.

Nós o seguimos até a mesa, passando as tigelas de coberturas e recheios em silêncio até o telefone da cozinha começar a tocar.

Depois de alguns segundos, a secretária eletrônica — velha e desesperadoramente antiquada — apita. Se eu não soubesse o motivo, ficaria surpresa por Teddy ainda não a ter trocado. Mas há uma velha mensagem de seu pai na fita, ligando de Las Vegas algumas noites antes de tudo ir por água abaixo, desejando a Teddy sorte em uma partida de basquete. Uma vez, quando ele achou que eu estava dormindo, eu o flagrei escutando a mensagem, e aquilo basicamente me matou.

— Olá, Sr. McAvoy — diz uma voz anasalada. — Aqui é Errol Mitchell, da Peak Performance Investimentos. Estou ligando porque soube de sua recente boa sorte e tenho informações sigilosas sobre uma oportunidade que pode ser muito interessante para você, mas precisamos agir rápido. Então, me ligue e podemos conversar sobre seu futuro financeiro. Parabéns!

Quando ele termina, olho para Teddy, que dá de ombros.

— Acontece o dia inteiro.

— Achei que havia mudado seu número.

— Eu mudei. Duas vezes.

— E ainda está recebendo essas ligações?

— Dez ou doze vezes por dia. Mais ainda no celular.

Leo assovia.

— Nossa!

—É — comenta Teddy, levando seu prato até a cozinha para pôr mais comida. Quando ele passa, aperta um botão na secretária para apagar a mensagem.

O celular de Leo começa a vibrar em cima da mesa. Ele congela ao olhar para a tela do aparelho. Estico o pescoço para ler o nome na tela: Max. Quando levanto a cabeça, nosso olhar se cruza, e, então, Leo pega o celular e arrasta sua cadeira para trás.

— Eu já volto — balbucia ele, indo para o quarto de Teddy.

Um minuto depois, escutamos a porta do quarto sendo fechada.

— Max? — pergunta Teddy da cozinha.

Confirmo com a cabeça.

— Acho que eles não se falam desde que...

— Então, é um bom sinal — diz ele, voltando para a mesa.

Está totalmente escuro lá fora agora, e posso ver seu reflexo na janela. Ele está usando a mesma camisa que vestia na manhã seguinte a seu aniversário, a com o trevo de quatro folhas, e seu cabelo está espetado na nuca, do jeito de sempre.

Quando ele se senta diante de mim, a expressão em seu rosto é séria.

— Sinto muito. Sobre hoje. E sobre nossa nota.

Balanço a cabeça afirmativamente. É um alívio ouvi-lo dizer aquilo; e mais ainda saber que é sincero.

— Obrigada — agradeço, com sinceridade também. — Vai ficar tudo bem. Não acho que vão voltar atrás depois de me aceitarem só por causa de um monte de papelão encharcado.

— Sinto muito mesmo por ter saído daquele jeito. Eu só precisava dar o fora dali.

— Eu sei.

— Foi coisa demais, com meu pai e aqueles caras, e depois o barco... Meio que pareceu que o lugar inteiro estava rindo de mim.

— Da gente — corrijo, mas ele balança a cabeça.

— Não, definitivamente era de mim. — Ele apoia a cabeça entre as mãos e passa os dedos pelo cabelo. — Não sei o que está acontecendo. Pareceu mais que apenas zoação. Pareceu que eles realmente me odiavam. — Ele parece perdido, como se tivesse sido preciso apenas uma tarde para abalar o que ele julgava ser verdade. — Como já podem me odiar? Nem fiz nada ainda além de dar coisas a eles.

Aperto os lábios, sem saber bem o que dizer. Teddy sempre foi inseguro em relação a dinheiro, e obviamente ele achara que aquele golpe de sorte mudaria tudo. Mas ter dinheiro demais às vezes vem com a própria gama de problemas.

— Eu não pedi isso — continua ele, abaixando a cabeça.

— Simplesmente aconteceu comigo. Então como eles podem...

— É porque você está diferente agora.

— O quê? Não estou, não.

— Está. Ou vai ficar.

— Mas nada mudou — insiste Teddy, a voz falhando na última palavra. — Nada importante, pelo menos.

— O que aconteceu com você... o separa deles de alguma maneira. — Faço uma pausa, mordendo o lábio. — Aconteceu comigo depois que minha mãe morreu também, quando ainda morava em São Francisco.

Teddy levanta a cabeça bruscamente, surpreso por ter sido convidado a ouvir aquela parte de minha história.

— Um dia eu era como todos os meus amigos — continuo, tentando manter a voz equilibrada. — E, no seguinte, eu era a garota com a mãe morta. Todo mundo passou um tempo pisando em ovos comigo, então, apenas meio que pararam de brincar. Eu chegava em casa chorando todo dia, e meu pai achava que era por causa de minha mãe, o que em parte era, mas também era por causa do que estava acontecendo na escola, e eu não podia contar a ele, porque parecia muito pequeno em comparação, sabe?

Teddy faz que sim.

— Mas eu acho que entendo agora. Tudo ficou diferente, e as pessoas não sabiam mais como agir perto de mim.

— Isso é horrível — lamenta Teddy, sombriamente.

— Talvez. Mas é assim que as pessoas são. Não é exatamente por você. É por elas. Então, não deixe isso te afetar, ok?

Teddy pigarreia.

— Sinto muito por seus amigos terem feito isso com você.

— Eu estava no terceiro ano — explico, diminuindo o fato. — Mal me lembro dos nomes.

— É. Mas mesmo assim.

Depois de um instante, concordo com a cabeça e digo:

— Mesmo assim.

Ele se recosta na cadeira, de repente parecendo exausto.

— Não achei que seria assim. Achei que seria mais...

— Divertido?

Ele concorda.

— E foi — digo. — Por um tempo. Mas sempre existirá a parte difícil também.

— Eu queria que alguém tivesse me avisado antes, sabe? — confessa ele, com um sorriso triste. — Aqui estava eu achando que tudo se resumiria apenas a sacos e sacos de dinheiro e sonhos se realizando.

— Dinheiro não conserta tudo.

— Eu sei — concorda ele, assentindo, e então um pouco de brilho volta a seus olhos. — Mas pode consertar algumas coisas.

— Tipo o quê?

— Bem, pode ser usado para coisas como passagens de avião e quartos de hotel e...

— Vai viajar novamente?

— Na verdade, sim — confessa ele, sorrindo. — E você também.

— Do que você está falando?

— Vamos para São Francisco. Ou, para ser mais exato, vamos para Palo Alto. Visitar Stanford.

— Está brincando — digo, encarando-o fixamente, mas ele balança a cabeça negativamente.

— Não estou, não.

— Está falando sério?

— Sim.

— Você e eu?

— Você e eu.

— Tá brincando — digo, soltando uma risada, meio surpresa e meio confusa.

Os olhos de Teddy estão brilhando.

— Olhe, sei que você acha que eu fiquei meio louco com o dinheiro, e talvez tenha razão. Mas quero gastá-lo em coisas importantes para mim. Com pessoas importantes para mim. E isso significa você. Então, espero que você esteja ok com a ideia.

Fico sem saber o que dizer.

— Teddy...

— Você quer estudar em Stanford desde sempre, mas não pisa lá há milhões de anos, e realmente acho que devia dar uma olhada no lugar antes de decidir.

Faço que sim, ligeiramente assoberbada. A ficha está começando a cair. Não apenas em relação à gentileza de Teddy, mas também pelo significado de voltar à Califórnia depois de todo esse tempo, voltar a um lugar de tantas lembranças, tantos fantasmas.

— Fiquei com medo de ser difícil demais — continua Teddy, falando com mais cautela agora, a testa franzida de preocupação. — Voltar. Mas imagino que uma hora você terá de fazer isso, e não seria melhor fazer isso com alguém a seu lado?

— Muito melhor — confesso, com gratidão, e ele parece aliviado.

— Já falei com Sofia e Jake, e eles acharam uma ótima ideia — avisa ele; então ele para e a ponta de suas orelhas ficam vermelhas. — Eles só quiseram ter certeza de que ficaríamos em quartos separados, o que vai acontecer. Quartos bem, bem legais.

Sinto meu rosto esquentar, então faço a primeira pergunta que me vem à mente, ansiosa para simplesmente dizer alguma coisa.

— Quando a gente vai?

— Esse fim de semana. Tem planos?

— Agora tenho — respondo, sem conseguir esconder o sorriso, porque mal posso acreditar que isso está realmente acontecendo, que, depois de todos esses anos, finalmente vou voltar a São Francisco, a cidade que ainda me prende tanto. E não só vou com Teddy, como estaremos sozinhos durante um fim de semana inteiro. — E Leo?

— Ele também já sabe — revela Teddy, indicando com um gesto os fundos do apartamento, onde Leo presumivelmente ainda está falando com Max. — Ele tentou dar um jeito de ir falando alguma baboseira quanto a visitar Alcatraz, mas prometi que o levaria para outro lugar assim que ficássemos de férias. Essa viagem será só eu e você. — Ele hesita, parecendo menos seguro. — Tudo bem?

— Sim — consigo responder. — Claro. Não sei como agradecer.

— Que tal prometer que vai odiar Stanford e assim não precisar estar tão longe ano que vem?

Eu rio.

— Que tal de outro jeito?

— Que tal me deixar te dar um milhão de dólares?

— Tente de novo.

— Que tal você colocar mais salsa na tigela?

— É difícil negociar com você, McAvoy — digo, sorrindo. — Mas temos um trato.

Trinta e Quatro

Ainda estou pondo colheradas de salsa em uma tigela quando alguém bate na porta. Teddy e eu trocamos olhares de interrogação. Demora um tempo para ele expressar uma sombra de resposta no rosto e, quando o faz, arrasta sua cadeira com tanta força para trás que ela quase cai no chão.

Eu o observo correr até a porta para olhar pelo olho mágico, e então ele a abre.

— Oi, pai — cumprimenta ele, quando Charlie aparece, ainda de terno, significativamente mais amarrotado agora. — Onde você estava? Mandei mensagem depois da competição...

— Meu celular estava desligado. — Ele está parado com as mãos nos quadris, seus olhos varrendo o apartamento. — Sua mãe está aí?

Teddy balança a cabeça negativamente.

— Não. O que houve hoje mais cedo?

— Não foi nada — responde ele, e, então, me vê. — Oi, Alice. Soube do barco de vocês. — Ele diz isso com uma entonação tão séria que você acharia que naufragamos o Titanic. — Má sorte.

— Acontece — respondo, dando de ombros.

Ele apalpa o bolso do terno e dali tira um saco de Skittles, que atira na direção de Teddy cujo rosto se ilumina.

— Mentira — diz ele, olhando para o pacote de balas em suas mãos como se estivesse cheio de pedras preciosas em vez de doce. Ele se vira para mim, ainda na cozinha. — Costumávamos jogar pôquer com essas balas. As verdes eram as que valiam mais.

— Isso. — Charlie dá um tapinha em suas costas. — As verdes eram boas. E você sempre conseguia juntar uma bela coleção, se me lembro bem.

— Você me ensinou bem — comenta Teddy, sorrindo.

— Então, ei — começa Charlie, esfregando as palmas das mãos. — Escute. Sinto muito fazer isso. Mas estava esperando que ainda desse para aceitar sua oferta agora e pegar uns trocados emprestado.

Posso sentir o olhar de Teddy em minha direção, mas mantenho minha cabeça baixa, encarando o pote de salsa. Não quero que ele veja o que estou pensando, que é "eu sabia".

— Claro — diz Teddy, já pegando sua carteira. — De quanto precisa?

— Talvez mil?

Ele para.

— O quê?

— É, é uma besteira, na verdade. Perdi minha carteira hoje de manhã, e meu cartão de crédito estava lá, então, só preciso de dinheiro vivo para sobreviver até resolver tudo.

Teddy balança a cabeça.

— Não tenho essa quantia aqui.

— Qual é, garoto? — diz Charlie, sua voz deliberadamente alegre. — Você é um milionário agora. Deve ter algum dinheiro largado por aí. Que tal uns quinhentos?

— Pai...

— Ou, então, te digo o que mais. Talvez possa me fazer um cheque em vez disso. A não ser que tenha um caixa eletrônico aqui por perto?

Teddy o olha por um bom tempo.

— Você estava apostando nas corridas de barco — constata ele.

Fica claro pela decepção em seu rosto que ele suspeitava o tempo todo, desde que vira o pai discutindo na arquibancada. Ele só não queria acreditar.

Fecho meus olhos por um segundo, sentindo que não deveria estar assistindo a essa cena se desenrolar, não devia ser testemunha de algo tão pessoal. Mas eles estão bem ali no meio da sala, o que significa que não tem como eu ir embora sem interromper. Sendo assim, fico ali, tentando me tornar invisível.

Charlie passa uma das mãos pelo cabelo grisalho, suspirando.

— Não foi uma aposta de verdade. Só uma brincadeirinha à parte. O cara a meu lado estava se gabando do barco do filho, algumas corridas antes da sua, então aceitei a aposta, mas eles acabaram ganhando e dobramos ou nada na seguinte, e... Bem, não é como se eu estivesse nas mesas em Vegas nem nada.

— Você disse que tinha parado com isso — diz Teddy, e ele parece tão arrasado que fico com vontade de me aproximar e pegar sua mão.

— Eu tinha — afirma Charlie, dando de ombros impotentemente. — Eu parei. Foi só uma vez. Uma brincadeira, na verdade. Falando sério, não foi nada demais.

Teddy está mordendo o lábio.

— Meio que foi, sim.

— Meu Deus, Teddy — diz Charlie, impaciente agora. — O que você quer, algum tipo de garantia? — Ele tira o paletó do terno e o empurra para cima de Teddy. — Tome, não preciso disso. Não tem reunião de trabalho nenhuma. É isso que você queria ouvir?

— Você faltou às reuniões? — pergunta Teddy.

Percebo, então, que ele ainda não entendeu o que está acontecendo. Nunca existiu emprego algum. Nunca existiu viagem de negócios. Era apenas Charlie, esperando que, quando consertasse as coisas com o filho, já tivesse sugado dinheiro suficiente para cobrir o custo, provavelmente incluindo o terno novo.

— Qual é? — diz Charlie, abrindo um sorriso largo de repente. — Acha mesmo que eu desistiria da glamorosa vida de um eletricista? — Ele tira um maço de cigarros do bolso e o segura. — Tudo bem se eu fumar? — Mas, quando ele vê a cara de Teddy, dá de ombros e guarda o cigarro de volta. — Olhe, vi você no noticiário e pensei em vir até aqui para fazer uma visita. Não é crime querer ver meu filho, é?

Teddy pisca para ele.

— Então, você sabia?

— Eu só... eu te vi na TV e fiquei orgulhoso, então eu...

— Orgulhoso por quê? — pergunta Teddy, a voz gelada. — Eu não fiz nada.

Charlie se encolhe mais uma vez.

— Certo. Ok. Entendo que esteja zangado. Só achei que, como agora é o grande ganhador da família, podia estar se sentindo generoso.

Teddy joga a cabeça para trás.

— Realmente achei que você tinha mudado — comenta ele, olhando para o teto, e percebo que está tentando se controlar. — Achei que havia mudado de verdade.

— Não foi o único motivo — arrisca Charlie, parecendo mais arrependido agora. — Você é meu filho. Eu te amo. Tenho vontade de revê-lo há anos. É só que... eu ficava esperando, esperando que eu desse certo. E, então, um dia ligo a TV e lá está você. E daí não consegui mais esperar.

Teddy balança a cabeça.

— Qual é, T — insiste Charlie, tentando abrir um sorriso. — Tem ideia de quantos bilhetes da loteria eu já comprei na vida? E de quantas vezes perdi? E, então, você ganha desse jeito na primeira vez que joga? Precisa admitir que foi uma sensação boa, não?

Aquilo me faz olhar para ele. Porque parte de mim estava pensando naquele dinheiro como algo mágico, algo que caiu em nossas vidas do nada, como um pote de ouro. Mas é claro que não. Aquele dinheiro vem de pessoas como Charlie McAvoy, que apostam o tempo todo. Pessoas que provavelmente não podiam estar gastando com bilhete após bilhete, mas que ainda assim o fazem.

Teddy endireita um pouco as costas.

— Não posso te dar o dinheiro.

— Olhe — começa Charlie, o rosto ficando mais sombrio. — Preciso encontrar esse cara em uma hora, e devo quinhentas pratas a ele.

— Antes você disse mil.

— E importa? Essa quantia não é nada para você. Não mais. — Ele tenta sorrir, mas há algo elástico na expressão. — Vai comprar um prédio inteiro para sua mãe, mas não pode emprestar alguns trocados para seu velho?

Um músculo se retorce na mandíbula de Teddy.

— Não posso — repete ele, equilibradamente.

Sem aviso, Charlie dá um soco com força na parede. Mesmo da cozinha é o bastante para me fazer dar um pulo, fazendo meu coração chacoalhar. Mas Teddy não. Ele continua parado ali, imóvel, o queixo erguido.

Dos fundos do apartamento, uma porta se abre e Leo aparece na sala de estar. Ele olha de Teddy para Charlie e, então, para mim.

— Tudo bem por aqui? — pergunta ele, franzindo a testa.

— Ótimo — diz Teddy, o olhar ainda fixo no pai. — Ele já estava de saída.

Por um momento, Charlie parece pronto para protestar. Ele fica imóvel, esfregando as mãos e parecendo surpreso por ter ido parar nesta situação.

— Ok — diz ele, adotando um tom de voz mais gentil. — Entendo. Chega disso. De tudo. Eu juro... eu juro... que esta terá sido a última vez.

Teddy cruza os braços, o rosto sem demonstrar nada. Leo se aproxima e se junta a mim na cozinha, apoiando os cotovelos na bancada. Mas, apesar de parecer relaxado, posso perceber que ele observa tudo com atenção, pronto para intervir se for preciso.

— Teddy, qual é? — insiste Charlie, parecendo mais desesperado. — Pelo menos me dê os quinhentos paus para eu acertar as coisas antes de ir. É o mínimo que vocês podem fazer. — Ele lança um olhar em minha direção, como se toda essa coisa fosse em parte culpa minha. — Prometo que esta será a última vez. É isso, e, então, volto para casa e não te incomodo mais.

— Não estou dizendo para você ir embora — diz Teddy. — Foi bom te ver de novo. É só que...

— Eu sei — responde Charlie, miseravelmente.

Teddy dá um passo curto para mais perto do pai.

— Olhe, vou a uma reunião com você. Agora mesmo. Vamos fazer isso juntos.

— Não preciso de reunião. Preciso de dinheiro. Só estou pedindo uma ajudinha de meu filho, e você nem...

— Internação, então — implora Teddy, parecendo esperançoso. — Deve ter algum tipo de programa, não? Vou pesquisar e acertar algumas coisas...

A expressão no rosto de Charlie muda mais uma vez.

— Então, você pagaria por isso — diz ele, seus olhos se estreitando. — Mas não confia que eu faça sozinho?

— Não é isso, mas...

— Esquece.

Teddy balança a cabeça.

— Sinto muito, é que...

— Não acredito em como você mudou — continua Charlie, fazendo careta.

As palavras pairam no ar por um segundo, porque é exatamente o que você esperaria que um pai dissesse a seu filho depois de tanto tempo, só que não assim, não em tom de insulto, amargo e vingativo e cruel. — Achei que havia educado você melhor que isso.

Alguma coisa dentro de Teddy parece se partir com aquilo.

— Você mal me criou. Jogou fora nossas economias, nossa casa, nossa *família* por algumas rodadas de pôquer. Prometeu procurar ajuda, e não procurou. Prometeu não desaparecer mais, e desapareceu. Prometeu que nunca tocaria na conta da mamãe, e limpou toda ela em um fim de semana. E em vez de ficar por perto para consertar, você deu o fora. — A voz dele está aumentando de volume, seus olhos estão cheios de lágrimas. — Não é o bastante mandar um monte de presentes idiotas quando você ganha no jogo. Coisas das quais nem precisamos. Precisávamos de você, e você não estava lá, e agora é tarde demais. Sabe quantas vezes você me mandou um e-mail ano passado? Quatro. Demora, tipo, três segundos, mas você nem se dá o trabalho. Nem no meu aniversário. Então, você não pode simplesmente aparecer aqui agora, e esperar que seja tudo normal. Não existe normal. Você se certificou bem disso.

Charlie está de cabeça baixa, sua gravata torta, e ele de repente parece bem mais velho.

— Sinto muito. Não queria que nada disso acontecesse.

O rosto de Teddy se amolece ligeiramente.

— Eu sei.

— Juro que será diferente da próxima vez.

— Claro — diz Teddy, assentindo sem muita convicção.

— Mas talvez... — recomeça Charlie, se encolhendo enquanto continua — talvez ainda pudesse me dar pelo menos parte do dinheiro. Só para cobrir esta aposta, sabe?

Por um segundo, Teddy não se mexe. Então ele tira sua carteira.

— Isso é tudo o que tenho — diz ele, estendendo a ele uma pilha de notas de vinte.

— Qual é — diz Charlie, implorando com o olhar. — Precisa ter mais em algum lugar. Sei que está escondendo de mim.

Teddy apenas balança a cabeça negativamente, seus ombros baixando, e o rosto de Charlie muda novamente.

— Quando foi que passou a ser tão sem coração? — murmura ele, voltando-se para a porta, saindo para o corredor e batendo-a ao sair.

Durante alguns instantes, nenhum de nós três diz nada. Mas as palavras continuam ecoando pelas paredes do apartamento, e, quando olho para Teddy, eu o vejo parado com uma das mãos sobre o peito, bem onde fica o coração, como se checando para ter certeza de que ele ainda está lá.

Trinta e Cinco

Na manhã de sexta, estou esperando na janela quando uma limusine para na frente da casa. Ainda não está totalmente claro, lá fora o céu ainda está escuro nas extremidades, e fecho a porta atrás de mim com cuidado para não acordar ninguém. Já nos despedimos ontem à noite, quando tio Jake enfiou mais um pouco de dinheiro em minha mão, e tia Sofia me fez prometer que eu mandaria mensagens pelo menos três vezes por dia, e Leo bagunçou meus cabelos e me mandou ser boazinha.

Agora a casa está quieta, e sinto uma estranha pontada de perda ao me afastar, como se eu estivesse indo por mais tempo que um final de semana, como se de alguma maneira estivesse dando adeus.

O que, é claro, não é verdade.

É só um fim de semana fora. Volto no domingo à noite.

Mesmo assim, olho para trás na direção da estreita casa de pedras, meu peito apertado com uma emoção inesperada, e me apresso pelo resto do caminho até a limusine, de repente ansiosa em partir. O motorista sai para pegar minha mala e abrir a porta para mim, revelando Teddy esparramado no banco de trás, com uma tigelinha de cristal cheia de mentas com chocolate em uma das mãos, e uma garrafa de água com gás na outra.

— Bem-vinda — cumprimenta ele, grandiosamente, assim que entro, sentando-me em seguida de frente para ele. Teddy estende o pote de doces. — Mentas?

— Estou bem — respondo, olhando para o luxuoso interior de couro do carro.

— Então, fique à vontade e relaxe. Quando se viaja com Teddy "Riquinho" McAvoy se viaja com estilo.

— Parece que sim.

— Deixe de ser tão tensa — diz Teddy, se endireitando no banco. — Sei que está sentada aí, pensando em quanto isso custa e em quantas crianças famintas esse dinheiro alimentaria, mas juro que vou alimentar algumas crianças famintas com todo esse dinheiro também. E, por enquanto, quero fazer este fim de semana ser ótimo. Além disso, é minha primeiríssima viagem de limusine. Então, vamos só aproveitar. Ok?

— É minha primeira vez em uma limusine também — admito, e Teddy parece animado com aquilo.

— Bem, viu? — Ele coloca os óculos de sol, apesar de definitivamente ainda estar escuro demais para alguém precisar de um. — Isso vai ser divertido. Eu prometo.

No avião, fico mais surpresa do que deveria ao descobrir que vamos de primeira classe, mais uma primeira vez para mim.

— A gente ganha sorvete de graça — sussurra Teddy, assim que sentamos. — E toalhinhas quentes. E talheres de prata de verdade com a refeição.

— Como sabe?

— Recesso de primavera — diz ele, claramente satisfeito em já ser um profissional. Sem avisar, Teddy se debruça por cima de mim, alcançando o painel de controle no braço de minha poltrona, seu ombro tocando o meu, seu rosto subitamente próximo demais. — Olhe isso.

Ele aperta um botão, e meu assento desce para trás, um descanso de pés surgindo do nada.

— Muito legal — observo, colocando o assento da forma como estava novamente. — Então... mais alguma notícia de seu pai?

Charlie não se comunicou mais naquele dia, nem deu mais notícias desde então.

Teddy suspira, mais de impaciência que de qualquer outra coisa.

— Não.

— Com certeza ele está bem — asseguro.

Teddy grunhe, porque não é essa a questão. Charlie sempre fica bem. Ele vai acabar aparecendo em Salt Lake City, ou talvez Vegas, e, finalmente, quando estiver pronto, vai retomar seu padrão de comunicação interrompida de sempre.

Mas aquela foi a primeira vez em seis anos que ele de fato apareceu, em pessoa. E porque terminou tão mal — como acabou sendo uma visita tão epicamente fracassada — não há garantias de que Teddy terá um dia a chance de reparar tudo o que ainda pode ser reparado entre os dois.

Quando ele não diz nada, tento mais uma vez:

— Sua mãe...

— Ela deixou um monte de mensagens para ele.

— E ela não teve not...

— Não.

— Bem, e se...

— Vamos falar sobre outra coisa? — pede ele abruptamente. — Como está Leo?

Eu o encaro frustrada.

— Não sei direito. Mas eles se falaram de novo ontem à noite.

— Foi melhor dessa vez? — pergunta ele, a expressão parecendo mais animada. — Ou apenas mais brigas?

— Mais brigas, eu acho. Ele não fala nisso de verdade. Fica mudando de assunto. — Olho para ele com ar desafiador. — Tipo você quando fica mudando de assunto toda vez que pergunto sobre seu pai.

Ele ergue uma das sobrancelhas.

— Tipo você nos últimos nove anos, mudando de assunto toda vez que eu perguntava sobre seus pais?

— Acho que sim — concordo, sorrindo, com pesar.

— Olhe — diz Teddy. — Essa semana foi péssima. Mas agora estamos de férias, acho que devíamos esquecer tudo isso, pelo menos pelas horas seguintes. Tem, tipo, sessenta filmes neste voo, e, se não começarmos logo, nunca vamos conseguir assistir a todos.

Eu rio.

— Quanto tempo acha que este voo leva?

— O bastante — responde ele, tocando na tela a sua frente.

Durante um tempo, passamos de um filme para outro, contando até três antes de apertarmos o play para começarmos exatamente ao mesmo tempo em nossas TVs individuais. Mas, quando Teddy adormece, viro a cabeça para olhar pela janela, admirando o interminável véu de nuvens abaixo de nós.

Mais tarde, quando o avião começa a descer e a baía de São Francisco aparece em meio à neblina, olho para o lado e noto que Teddy já está acordado, me observando.

— Oi — digo.

Ele sorri.

— Oi.

— Oi — repito, e, então, ambos começamos a rir. Mas durante um tempo após aquilo (até a comissária de bordo se aproximar e pedir que coloquemos nossas poltronas na posição sentada), ele fica me olhando e eu fico olhando para ele.

Um carro preto nos busca no aeroporto, e vamos direto para o hotel, que definitivamente é o lugar mais chique onde já fiquei, e possivelmente o melhor no qual jamais pisei. O saguão tem espelhos antigos e sofás ornamentados e tantas flores que parece um jardim. Quando nos aproximamos da recepção para fazer o check-in, a mulher ergue as sobrancelhas ao nos ver: dois adolescentes de mochila e calça jeans e chinelos, ambos tentando parecer confortáveis apesar de ligeiramente espantados com o lugar.

Enquanto ela busca nossa reserva no sistema, fico esperando ela nos desmascarar, ou pedir para falar com nossos pais, ou nos dizer que foi algum tipo de engano. Acho que parte de mim espera isso desde sempre. Porque em qual universo paralelo pegamos limusines e voamos de primeira classe e ficamos em suítes de luxo?

Mas ela nos entrega nossas chaves sem incidentes, e subimos para deixar as malas nos quartos, que ficam lado a lado. Quando entro no meu, solto uma risada tamanha a surpresa. É enorme, do tamanho de um andar inteiro de minha casa.

— Isso é como um salão de dança — digo, quando Teddy vem me buscar. — Dá para realmente dar uma festa aqui.

— Bem, vamos ter de dançar mais tarde. Estou com fome demais para pensar em qualquer coisa além de almoçar agora.

— Que novidade! — comento, e ele faz uma careta para mim.

— Então, onde quer ir?

— Tenho uma ideia — digo a ele, enquanto saímos.

Quando eu era pequena, meus pais me levavam ao mercado Ferry Building nos finais de semana, onde perambulávamos pelas tendas e barraquinhas, comprando pão, queijo e frutas para um piquenique em um dos bancos com vista para a baía.

Até agora eu não tinha certeza de querer voltar lá. Ou a qualquer um dos lugares de minha vida antiga dos quais me lembro. Uma coisa é sonhar em voltar para casa, para São Francisco, e outra é fazer. Eu não sabia se suportaria revisitar nossos lugares favoritos, refazer nossos passos, rever nossa velha casa — o lugar onde moramos por tantos anos como uma família feliz — sem machucar ainda mais meu coração já despedaçado.

Mas, então, no caminho do aeroporto, ouvi o som das buzinas de nevoeiro e senti o cheiro salgado da água e, para minha surpresa, tive uma súbita vontade de ficar no píer e olhar para a Bay Bridge, como fazíamos com tanta frequência.

Então, é para lá que vamos.

Primeiro levo Teddy ao Ferry Building para mostrar a ele os enormes telhados inclinados e fileiras de lojinhas. Está cheio de gente comprando cafés e flores e potes de mel, entrando na livraria e carregando garrafas de vinho. Teddy não resiste a um sorvete, mesmo tendo acabado de comer um no avião.

— Férias — lembra ele, sorrindo enquanto o conteúdo da casquinha escorre até pingar em seu sapato.

Lá fora, a neblina se dissipou em sua maior parte, e o ar é pungente e frio. Paro por um instante a fim de inspirar tudo aquilo, Teddy a meu lado.

— Você está bem? — pergunta ele, parecendo preocupado.

— Sim — respondo, e dessa vez é de verdade.

É bom estar de volta depois de tanto tempo, como se o tempo tivesse ficado mais lento e se alongado, como se todos esses anos no meio nunca tivessem realmente se passado.

Vamos a pé até o Farmers Market, onde vendedores em intermináveis fileiras de tendas vendem frutas e vinho, biscoitos e pão.

— Tem alguma coisa com um cheiro incrível — digo, enquanto passamos em meio às barracas, e Teddy aponta para uma com frango de padaria.

— Almoço? — sugere ele, e concordo com a cabeça enquanto vamos para o fim de uma fila comprida.

Ele termina seu sorvete enquanto aguardamos, e não consigo evitar cantarolar "If you're going to San Francisco", feito uma turista deslumbrada. Me sinto meio animada demais por estar de volta, e estou de tão bom humor quando chegamos à expositora que demoro alguns instantes para notar que a mulher atrás do caixa está tentando não chorar.

— Olá — balbucia ela, seus olhos cheios de lágrimas. — O que vai querer?

Teddy e eu nos entreolhamos.

— Você está bem? — pergunto, e ela levanta o queixo, respirando com dificuldade.

— Estou bem. Obrigada.

— Tem certeza? — insiste Teddy. — Porque...

— Bem — repete ela.

Ela baixa seu caderninho e limpa as mãos trêmulas no avental. Ela é jovem — provavelmente 20 e poucos anos — e seu cabelo escuro forma uma cortina em volta do rosto enquanto ela tenta se recompor. Atrás dela, fileiras de frangos dourados giram lentamente acima de uma chama, e atrás de nós a longa fila passa pela barraquinha ao lado, onde estão vendendo ramos de lavanda.

— Só recebi notícias ruins, só isso — explica ela, piscando. — Desculpe por estar... aqui, preciso anotar o pedido de vocês.

— Tudo bem — asseguro. — Se precisar de um minutinho, podemos esperar.

Teddy aponta para mim com o polegar.

— Eu e ela — diz ele, com um sorriso de empatia — estamos bastante familiarizados com más notícias.

A expressão no rosto da mulher desmorona com aquilo, e ela pega um guardanapo de uma pilha ao lado do caixa. O homem atrás de nós estica o pescoço impacientemente, e olho feio para ele.

— Obrigada... É só que descobri que minha mãe vai precisar ir para um asilo, o que eu sabia que ia acontecer, mas além de tudo é tão caro e já tenho dois empregos e... — Ela não termina, parecendo horrorizada de repente. — E não acredito que estou contando isso tudo a vocês. Sinto muito.

— Não sinta — digo, balançando a cabeça. — De verdade. Sinto muito por sua mãe.

— Eu também — ecoa Teddy.

De canto de olho, vejo que ele já está pegando a carteira, e lhe dou uma cotovelada, porque o mínimo que ele pode fazer é deixá-la terminar antes de finalizarmos a compra. Mas ela usa a ponta de seu avental para secar os olhos, funga uma vez e endireita as costas.

— Desculpem — repete ela. — O que vão querer?

— Só um frango com ervas — respondo, sentindo-me péssima, e ela pega um dos sacos de papel pardo que o chef enfileirou a seu lado.

— Dá catorze e cinquenta.

Teddy dá a ela uma nota de vinte, dispensando o troco quando ela tenta lhe dar.

— Boa sorte com tudo — desejo, pegando o saco e dando meia-volta para ir embora.

Pouco antes de ir, vejo Teddy colocar alguma coisa dentro da caixinha das gorjetas, um copo de plástico vermelho cheio de moedas e algumas notas amassadas. Quando nos afastamos, olho para ele.

— Qual é seu problema? — respondo, não conseguindo esconder minha irritação.

— O quê?

— Você pegou sua carteira no meio da história da moça, o que é basicamente o sinal universal para "ande logo com isso". — Sacudo a cabeça. — Espero que pelo menos tenha deixado uma boa gorjeta para ela.

— Eu deixei.

Alguma coisa na maneira com que ele diz aquilo me faz parar.

— Deixou?

Ele assente, sem conseguir conter um largo sorriso.

— Quanto?

— Mil dólares.

Eu o encaro.

— Deixou?

— Deixei — reafirma ele.

— Então, quando pegou sua carteira...

— Estava só vendo o quanto tinha.

Abro minha boca e a fecho novamente. Subitamente sinto-me tão orgulhosa que fico com vontade de abraçá-lo. Em vez disso, dou uma risada, sacudindo a cabeça de admiração.

— Você é um cara muito bom, Teddy McAvoy. Sabia disso?

— Obrigado — agradece ele, colocando um braço em volta de meus ombros enquanto caminhamos até um dos bancos. — Mas não precisa parecer sempre tão surpresa em relação a isso.

Trinta e Seis

Alguém bate a minha porta no meio da noite.

A princípio, o barulho é baixinho, uma batida abafada que entra em meu sonho. Mas, então, ela vai ficando cada vez mais alta e meus olhos se abrem subitamente. O relógio da mesinha de cabeceira está marcando 3h24, e aperto os olhos em meio à escuridão antes de me lembrar de onde estou.

— Estou indo — murmuro, descendo da cama.

Em casa, as noites são pontuadas por postes de luz e estrelas que entram através das frestas da persiana. Mas, aqui no hotel, as cortinas pesadas bloqueiam tudo, então ligo o abajur quando atravesso o quarto enorme, piscando repetidamente os olhos até me acostumar com a súbita luz.

Ao chegar à porta, fico na ponta dos pés, olho através do olho mágico e levo um susto ao ver a imagem distorcida de Teddy: seu nariz grande demais e a testa pequena demais. Ele está pulando de um pé para o outro, batendo de novo de vez em quando.

— O que foi? — pergunto ao abrir a porta. Por algum motivo, ele parece tão surpreso em me ver quanto eu em vê-lo.

— Ah — responde ele, como se tivesse sido uma pergunta estranha. — Nada.

Arregalo meus olhos para ele.

— Então, por que está batendo a minha porta?

Ele passa por mim e entra no quarto sem responder. Está com a calça do pijama e um moletom do Chicago Bears, e um lado de seu rosto ainda tem marcas do travesseiro. Quando ele vira, posso notar como parece ansioso — batendo com o punho na palma da outra mão enquanto anda de um lado a outro —, e me ocorre, então, que não devem existir muitos motivos que justifiquem alguém aparecendo no quarto de hotel de outro alguém às três da manhã.

Pensar que o motivo poderia ser o mais óbvio é ao mesmo tempo excitante e apavorante, e meu coração acelera quando me viro para ele, pensando *talvez*, pensando *espero*, pensando *finalmente*.

Mas, então, ele para de se mexer o bastante para me olhar nos olhos, e posso ver na expressão em seu rosto que não é nada daquilo; claro que não. Não há nada de romântico em seus olhos, apenas uma espécie de despertar frenético, uma excitação nervosa que só vi nele uma outra vez: na manhã em que descobrimos a respeito da loteria.

— Você está legal? — pergunto, afundando na cama, tentando não me sentir tão desanimada.

Ele confirma com a cabeça.

— Sei que está bem tarde, mas tenho pensado nisso sem parar, e não conseguia esperar até amanhecer.

— O que foi?

— Eu tive — começa ele, se aproximando para sentar do meu lado, a cama afundando entre nós dois — a melhor ideia do mundo.

— Uau! — exclamo, distraída pelo toque de seu joelho no meu. — Ok.

Teddy parece desapontado.

— Eu estava meio que esperando uma reação maior.

— Bem, talvez se me contasse o que é...

— Certo — diz ele, batendo palmas tão alto que chego a me encolher. Ele pula da cama e volta a andar de um lado para o outro. — Se lembra da moça do frango hoje?

Fico o encarando.

— O quê?

— A moça do frango — repete ele, impacientemente. — A mulher que vendeu o...

— Sei de quem você está falando. Só não sei se ela gostaria muito de ser chamada de moça do frango.

— Isso não importa — argumenta ele, se agachando a minha frente, como se fosse me dar um discurso de encorajamento, o que ele meio que faz. — Vê se acompanha meu raciocínio, ok, Al? Isso é importante.

Tento estampar uma expressão mais séria no rosto.

— Ok.

— Então — continua ele, levantando-se novamente. Seus pés descalços deixam marcas rasas no tapete felpudo enquanto ele anda de um lado para o outro a minha frente. — Não consegui parar de pensar no assunto o dia todo. Ou obviamente a noite toda.

— O frango estava bom mesmo.

— Não estou falando do frango, sua pateta. Estou falando da gorjeta. Foi muito bom poder fazer aquilo por ela, sabe?

— Aposto que sim — respondo sorrindo, porque eu sei, é claro que sei, e fico muito aliviada em ver aquilo em Teddy agora também.

— E a questão é a seguinte: não foi só pelo dinheiro. Foi que pude ouvir sua história, e que sei exatamente o que aquele dinheiro poderia fazer por ela. E a melhor parte é que ela não faz nem ideia. Não foi nenhum babaca me deixando mil mensagens pedindo dinheiro, nem meus colegas de time idiotas querendo tirar vantagem. E ela não era uma entidade dessas grandes, sem rosto...

— É — interrompo, ciente do tom defensivo em minha voz —, mas essas entidades sem rosto arrecadam dinheiro para pessoas desconhecidas e desamparadas.

Teddy ergue as mãos.

— Eu sei. De verdade. Elas obviamente fazem um trabalho incrível. Mas, desde que ganhei esse dinheiro, tem sido difícil me empolgar com uma causa. Porque sei que devo doar grande parte dele.

Ergo as sobrancelhas.

— E também *quero* doar — corrige ele, rapidamente. — Quero dizer, é mais dinheiro do que jamais sonhei. E mais do que eu saberia usar. E além disso... — Ele se senta a meu lado e sorri. — Foi você que comprou o bilhete, e sei como esse tipo de coisa é importante para você. Então é claro que quero usá-lo para ajudar as pessoas. É lógico.

Faço que sim, e meu coração se enche. Era o que eu tanto queria ouvir, algo que já estava começando a duvidar de que ouviria.

— Então, qual é a ideia?

— Quero ajudar pessoas como ela. Pessoas que precisam, mas não estão esperando. Consegue imaginar a cara dessa garota quando ela viu aquele dinheiro todo? Eu teria amado ver aquilo. Sei que não é algo que vá mudar a vida de alguém como outras coisas. Mas tem algo de bem legal em dar uma alegria às pessoas quando elas precisam, só um pouquinho aqui e ali para tornar a vida delas mais fácil.

— Atos aleatórios de gentileza — observo, e Teddy sorri.

— Exatamente.

Parece óbvio agora que ele disse. Teddy gosta de pessoas; ele vive para se comunicar e gosta de estar perto dos outros. Sempre quer que todos a sua volta estejam felizes — ele sempre foi assim —, e agora que está armado com uma quantia tão insana de dinheiro, esse instinto pode realmente fazer uma grande diferença.

Penso naquela mulher mais uma vez, e em como era improvável que logo nós dois resolvêssemos comer em sua barraca bem naquela hora, quando tantas pessoas provavelmente poderiam estar precisando de ajuda também naquela multidão e tão poucas provavelmente estivessem em posição de oferecer.

Assim que penso nisso, sou tomada por uma animação súbita. *Isso pode dar certo*, penso, surpresa pelas possibilidades, pelo potencial. Porque, naquela hora, a quantia não pareceu ter a mesma carga de sempre, como se fosse uma herança ou um legado.

Pareceu algo mais próximo de mágica.

— Então? — pergunta Teddy, se sentando com uma expressão esperançosa. — O que achou?

— Eu achei — respondo, baixinho — brilhante.

O rosto de Teddy se ilumina.

— Sério?

— Sério.

— Mas?

— Mas daria bastante trabalho — continuo. — Muito no que pensar. Não seria só sair por aí dando gorjetas bem generosas.

— Eu sei — diz ele, e o modo com que afirma, com tanta insegurança, mostra que era exatamente nesse ponto que ele tinha pensado. — Não pensei em tudo ainda.

— Certo — digo, assentindo. — Tipo, você teria uma equipe por aí procurando pessoas, ou elas teriam de escrever para pedir ajuda? E seria sem fins lucrativos? Todas as doações viriam de você, ou você criaria uma fundação para que outros também pudessem contribuir? E seria...

— Eu não sei — interrompe ele, ligeiramente irritado. — Acabei de ter a ideia.

Mordo o lábio inferior, estudando seu rosto sob a luz fraca do abajur, e percebo com uma sensação triste que já sei o que vai acontecer. É o que sempre acontece quando se trata de Teddy. Não importa se são barcos de papelão ou inscrições de faculdade ou até mesmo garotas.

Ele se deixa levar pelo momento, fascinado por uma ideia.

E, então, tão rapidamente quanto começou, ele perde o interesse.

Sentada ali, sinto uma amargura subir até a garganta só de pensar. Mas talvez seja porque está muito tarde, estou com *jet lag*, minha cabeça está zonza e meus olhos ardem. Talvez seja por estarmos sentados juntos em uma cama de hotel no escuro, e que ainda assim a ideia de me beijar não poderia estar mais distante da cabeça de Teddy.

Ou, talvez, até porque eu também seja um de seus projetos abandonados. Porque ele me beijou como se realmente quisesse me beijar. E depois descobriu que não queria mais.

Ele ainda está esperando que eu diga alguma coisa, e fico olhando minhas mãos, tentando recompor meus pensamentos desencontrados.

— Realmente acho que está chegando perto — digo, finalmente. — E poderia ser totalmente incrível. Então, espero que esteja falando sério. Mas, se não estiver, pode por favor me dizer logo para eu não criar expectativas à toa?

Minha voz vacila quando digo aquilo, e Teddy franze a testa para mim, confuso.

— Al — diz ele, balançando a cabeça. — Qual é? Está de madrugada. Pode por favor me dar uma folga?

— Essa é a questão. Todo mundo está sempre te dando uma folga.

— Então, deixe ver se eu entendi: você está há séculos irritada comigo porque eu não estava fazendo algo de bom com o dinheiro, e agora que pensei em uma coisa que realmente quero fazer, você não acha bom o bastante?

— Eu já falei — respondo, mais gentilmente — que achei a ideia brilhante.

— Então, por que está pegando tão pesado comigo?

— Porque isso poderia ser algo realmente especial.

— Então, está tentando me forçar a fazer?

— Acho que talvez eu esteja tentando desafiá-lo a fazer.

— Bem, você está sendo meio que má.

— Alguém precisa ser — respondo, com um sorriso, e ele revira os olhos.

— Legal de sua parte se oferecer.

— É o mínimo que posso fazer. Especialmente considerando que tudo isso é culpa minha.

— Oi?

Dou de ombros.

— Você estar nesta situação.

— Que situação? — pergunta ele, parecendo genuinamente confuso.

— Esta — digo, gesticulando ao redor do quarto, com seu carpete macio e cortinas pesadas, seu lustre de cristal e pinturas a óleo sem graça.

— Eu não chamaria isso exatamente de situação — comenta ele, mas há algo de forçado em seu sorriso.

— É, bem, nada disso teria acontecido se não fosse por mim — insisto.

Meu tom de voz é inconfundível: ambos sabemos que não estou falando do hotel cinco estrelas nem da viagem de primeira classe, nem mesmo do prédio que ele está comprando para a mãe. Estou falando de todo o resto: do retorno do pai, dos caras da escola, dos repórteres fazendo plantão na portaria de seu prédio e das incessantes mensagens em sua caixa postal. Estou falando dos blogs e dos talk shows e da tranca extra na porta do apartamento. Estou falando da maldição.

— Bem, você — diz ele, finalmente — e os bons velhinhos da loteria.

— Certo. Mas aqueles caras são bem menos propensos a questionar sua ética no meio da noite.

— Isso é verdade. — Ele fica me olhando fixamente por um breve instante. — Acho que tenho muita sorte em ter você, então.

Abro um sorriso.

— Você não faz ideia.

Trinta e Sete

Pegamos um carro e dirigimos até Stanford na manhã seguinte. Precisamos negociar um pouco antes de conseguirmos partir no pequeno sedã prata — aqui você precisa ter pelo menos 25 anos para alugar um carro, mas ser muito, muito rico também serve.

Resolvemos pegar o caminho mais bonito, apesar de ser duas vezes mais longo, e, durante a maior parte da viagem, permanecemos em silêncio. Teddy não menciona a visita a meu quarto de madrugada, nem eu. A lembrança é meio turva e intranquila pela manhã; houve uma ideia e uma discussão, e agora o que sobrou foi:

Teddy, com medo de ter me dado esperanças demais.

E eu, preocupada por ter pressionado Teddy demais.

Não é assim que dançamos normalmente; não costumamos ser tão cuidadosos um com o outro. Ainda assim, o clima no carro está desconfortável, e, depois de alguns quilômetros, abro as janelas para deixar o ar entrar, observando o oceano ao longo da costa, muito azul e pontilhado de branco.

Quando vemos a primeira placa de Palo Alto, meu coração se acelera, e, como se pudesse sentir, Teddy olha para mim.

— Tudo bem?

Afirmo com a cabeça, sem confiar muito em minha voz para responder, e, sem dizer nada, ele pega minha mão. Abro um sorriso de gratidão, e, simples assim, a tensão da noite anterior desaparece. Simples assim, voltamos a ser um time.

Quando paramos no estacionamento, Teddy sai do carro e levanta os braços para se espreguiçar. Coloco meus óculos de sol e olho ao redor do campus — essa pequena fatia de meu passado, essa possível peça de meu futuro — através das lentes cor de âmbar.

— Nada de excursões — advirto, pensando em todos aqueles grupos de pais e filhos que vi marchando pelo campus da Northwestern.

— Só caminhar pelo campus — promete ele.

Quando começamos a explorar, percebo que não me lembro muito bem de minha última visita e o pouco de que me lembro pode facilmente ter vindo de tantas visitas que fiz ao site da universidade. É tudo tão perfeito que é quase difícil focalizar: os prédios de telhados vermelhos e a grama impecavelmente aparada, as árvores cheias de folhas e a luz do sol californiana.

— Estar aqui muda sua opinião? — pergunto, e, para seu crédito, Teddy nem se dá o trabalho de fingir que não sabe do que estou falando.

— Na verdade, não — responde ele, olhando em volta. — Isto é, parece um lugar perfeito para passar quatro anos. Mas não para mim.

— Bem, isso é bom — retruco, achando graça. — Porque duvido que mesmo cento e quarenta e um milhões de dólares fizessem você ser aceito com suas notas.

Ele me dá uma cotovelada.

— Estava falando da faculdade em geral.

— Eu sei — digo, e é preciso bastante esforço para não dizer mais nada em relação àquilo.

Os caminhos entre os prédios estão entupidos de alunos, mochilas penduradas nos ombros e livros nas mãos. Tento me imaginar ali no ano que vem. Não parece tão distante. Mas também não parece tão loucamente diferente da Northwestern nem das outras faculdades que visitei até agora. O cenário muda de uma para a outra — tijolinhos vermelhos ou alvenaria; parcas ou chinelos de dedo —, mas, no fundo, são todas bastante parecidas.

A gente não tem muita base quando chega o momento de escolher onde passar quatro anos da vida, um lugar onde vamos estudar e fazer amigos e pensar no que acontecerá quando formos cuspidos de volta ao mundo real.

Se você escolhe um lugar, sua vida pode seguir um rumo.

Se escolhe outro, será completamente diferente.

É melhor nem pensar demais nisso, senão a incerteza pode acabar com você.

Enquanto contornamos os prédios banhados pelo sol, minha cabeça começa a latejar, como um pequeno metrônomo bem atrás de minhas têmporas.

— Você provavelmente só está cansada — sugere Teddy. — Eu não devia... — Ele não termina. *Eu não devia ter ido até seu quarto ontem à noite.* É isso que ele está dizendo sem dizer.

Paramos diante de uma enorme torre com um sino, e inclino minha cabeça para trás, imersa em pensamentos. Há um chafariz na frente, baixo, largo e vazio, seus azulejos azuis escaldados pelo sol. Quando me aproximo, uma lembrança me vem à mente: estar sentada aqui pequenininha, comendo um chocolate metade derretido, enquanto meus pais conversavam ali perto.

Só que eles não estavam conversando. Estavam discutindo.

Eu me sento na beirada do chafariz, e Teddy se senta a meu lado.

— Al?

— Estou bem — balbucio.

Preciso apoiar minha cabeça entre as mãos enquanto o mundo zumbe ao redor. Não sei o que há com este lugar, com esta lembrança. Mas é diferente das que vieram à tona nesta viagem: pipas voando alto na praia ou os barcos à vela na baía, o mercado de produtos orgânicos ou as caminhadas à noite nas colinas íngremes de nosso velho bairro.

Aquelas lembranças aconteceram, todas elas.

Mas esta também: meus pais a alguns metros de distância, ambos chateados, as vozes baixas para eu não conseguir ouvir o que discutiam.

Fecho meus olhos. Será que é por que tenho tão poucas lembranças dos dois discutindo que nunca penso nelas?

Porém, essa entra em foco de uma só vez.

— Talvez você pudesse esperar até o ano que vem — dissera meu pai aquele dia, parecendo sofrer enquanto os dois permaneciam de pé ali no meio, com o campus bem na frente, mas de alguma forma fora de alcance. — Não podemos pagar agora.

— Poderíamos, se você...

— O quê? Arranjasse um emprego de verdade?

— Eu ia dizer um emprego que pagasse mais. Só por um ano. Só enquanto completo essa pós. Vou sair daqui mais qualificada, o que significa que conseguirei mais fundos, poderíamos expandir o centro. Talvez pudéssemos até trabalhar juntos nele.

— Por que as suas causas sempre são mais importantes que as minhas? — perguntou meu pai, levantando as mãos em frustração.

— Porque estou tentando salvar *crianças*.

Ele ergueu as sobrancelhas.

— E eu só estou tentando salvar árvores.

— Bem — respondeu ela, dando de ombros.

A discussão nos acompanhou por todo o campus até o carro e durante todo o caminho de casa. Mas é difícil lembrar o que aconteceu depois daquilo. Minha mãe adoeceu apenas alguns meses mais tarde, e acabou nunca realmente cursando a pós. E, de toda forma, meu pai precisou arranjar um emprego melhor para pagar o tratamento. Quando seu carro foi atingido por um motorista bêbado um ano depois de ela morrer, ele ainda era apaixonado por salvar árvores. Mas passava os dias trabalhando em um call center no qual respondia dúvidas de consumidores a respeito de suas cafeteiras defeituosas.

Todo este tempo, achei que minha mãe não tinha ido a Stanford por que teve câncer — e não por causa de uma coisa tão comum quanto dinheiro, tão mundana quanto um desacordo com meu pai. E alguma coisa nessa ideia me abala.

Teddy encosta o joelho no meu.

— O que foi?

— Nada.

— Al — começa ele.

Por um instante, tudo em que posso pensar é: Leo. Queria que Leo estivesse ali para contar a ele esta história e não ter de explicar o que ela queria dizer. Leo compreenderia em um instante, e saberia exatamente as coisas certas a dizer.

Mas, então, olho para Teddy e a maneira com que ele está me observando, os olhos cheios de preocupação, e me lembro do que ele disse naquela noite em seu quarto: *você vai até Leo quando quer lembrar. Você vem até mim quando quer esquecer.*

Neste momento, é Teddy que está aqui, mas eu não quero esquecer. Não isso. Então respiro fundo. E conto a ele.

Ele escuta em silêncio enquanto explico tudo — o que eu não lembrava que tinha acontecido até um minuto atrás —, e, quando termino, espero que ele diga algo como "Puxa" ou talvez apenas "Sinto muito, Al".

Mas em vez disso, ele diz:

— Então, eles não eram perfeitos.

Pisco para ele.

— O quê?

— Eles eram apenas humanos — diz ele, virando a cabeça para me olhar de lado. — Pessoas muito boas, mas pessoas.

— Sei disso — alego.

Mas, mesmo enquanto digo isso, percebo que não tenho tanta certeza. Ainda estou me recuperando da força daquela lembrança, me perguntando do que mais não estou recordando, o que mais posso ter perdido.

— Eu acho — continua ele lenta e cuidadosamente — que às vezes você vê seus pais como esses mártires completamente altruístas. Você os pôs nesse pedestal impossível, e não é realmente justo, nem com eles nem com você. Sei que eles fizeram muitas coisas para tornar o mundo um lugar melhor, o que é bem legal...

Ergo o queixo, esperando-o continuar.

— Mas eles também faziam essas coisas porque era seu trabalho. Até mesmo pessoas que trabalham para salvar o mundo o fazem em troca de um salário. E, no final do dia, elas são apenas humanas.

Sei que ele tem razão. Eles não eram perfeitos. Eram como todo mundo. Lutavam e falhavam e decepcionavam um ao outro. Estavam frustrados e cansados. Explodiam e resmungavam.

Mas eles também riam e faziam gracinhas e brincavam. Sentiam todas as coisas muito profundamente e se importavam de verdade. Tentaram deixar sua marca no mundo, sem fazer ideia de que teriam tão pouco tempo para isso. E eles me amaram. Eles me amaram tanto...

Eram apenas humanos.

Mas também eram meus pais.

— É — respondo a Teddy. — Mas eles eram pessoas bem incríveis.

Ele me olha demoradamente.

— Sabe quantas pessoas neste mundo teriam recusado dezenas de milhões de dólares?

Balanço a cabeça.

— Ninguém — responde ele por mim. — A resposta é ninguém. Só você, Al.

— Certo, e você me acha louca.

— Talvez um pouquinho — admite ele, com um sorriso. — Mas também acho você bem incrível.

Apoio minha cabeça em seu ombro, o sol quente no rosto.

— Achei que seria diferente. Voltar aqui. Achei que teria uma sensação maior de estar de volta à casa.

— Só era sua casa por causa de seus pais — argumenta Teddy, baixinho. — Sem eles, é apenas um museu.

Endireito as costas para encará-lo, e Teddy sorri para mim, mas há algo triste em seu sorriso.

— Fui visitar meu prédio antigo outro dia — revela ele, respondendo à pergunta que nem precisei fazer. — Tive essa ideia louca de pedir ao arquiteto para deixar nosso antigo apartamento exatamente do jeito que está. — Ele balança a cabeça. — Foi uma ideia idiota. Significaria que o restante do lugar estaria novinho em folha, e teria uma unidade que é meio que um lixão.

— Então por que...?

— Fiquei receoso depois de ver meu pai — explica ele, encolhendo os ombros. — É onde estão todas as minhas lembranças dele, sabe? Eu simplesmente não conseguia imaginar destruir tudo.

Concordo com a cabeça.

— Deve ter sido bem difícil voltar lá.

— Foi. E não foi. Foi como entrar em uma máquina do tempo. Os novos moradores não alteraram nada por lá. Lembra daquela rachadura no teto que parecia um jacaré? Ainda está lá. Assim como aqueles azulejos quebrados no banheiro. Mas também foi bom. Ver tudo. Porque não parecia a mesma coisa de quando eu morei lá. Eu não sou mais a mesma coisa. E agora podemos construir algo melhor no lugar.

Em algum momento ao longo dessa conversa, tínhamos nos inclinado um para o outro, nossos olhares travados, e agora, lenta e quase involuntariamente, Teddy inclina a cabeça para o lado. Ao redor, as árvores farfalham com o vento, e os alunos chamam uns aos outros, e as nuvens estão atravessando o céu azul demais. E, durante todo aquele tempo, ficamos daquele jeito, as cabeças inclinadas em direções opostas, nos entreolhando fixamente.

Espero ele sair daquele transe, se afastar novamente, mas ele não o faz. De alguma maneira, nossos rostos estão mais próximos agora, a distância menos da metade, e, por alguns demorados segundos, ficamos congelados daquele jeito, empacados de certa forma entre uma conversa e um beijo, um prelúdio imóvel que parece durar para sempre. Então, Teddy arregala os olhos ligeiramente e dá uma pequena sacudida de cabeça antes de se recostar de novo, inspirando fundo todo o ar, toda a esperança, todas os pedacinhos de meu coração.

— Enfim — balbucia ele, subitamente focado em olhar os próprios sapatos.

Faço que sim, ainda incapaz de dizer muita coisa.

— Enfim — repito. Então me afasto um pouco, o coração ainda batendo como um motor quente. Ficamos sentados ali por mais um minuto, encarando a grama verde e os prédios laranjas, e, então, expiro longamente. — Posso perguntar uma coisa?

— Qualquer coisa.

— Podemos ir até minha antiga casa?

— Claro — responde ele, parecendo aliviado com a mudança de assunto. — Mas tem certeza?

— Na verdade, não — admito, abrindo um sorrisinho, mas me levanto mesmo assim.

Enquanto caminhamos de volta até o estacionamento, olho para ele. Está usando sua velha jaqueta de camurça em vez da nova que comprou quando ganhou todo aquele dinheiro. Está gasta nos cotovelos e manchada em alguns lugares, mas sempre achei que ele ficava bonito nela, e hoje não é exceção.

Não sei o que foi, isso que acabou de acontecer entre nós, e a atração magnética naquilo. Mas agora sei o que ele sente por mim. E não quero que as coisas se compliquem entre nós, não depois de tudo o que ele fez por mim. Não depois de ter sonhado toda essa viagem. Não quando finalmente somos nós novamente.

— Ei — chamo, com delicadeza, passando um braço pelo dele. Sinto que Teddy começa a ficar tenso, mas ignoro, determinada a voltar à terra firme, ansiosa em mostrar a ele que não estou me agarrando a esperanças, que estou bem em relação a como as coisas são. — Obrigada.

Ele me olha receoso.

— Pelo quê?

— Meio que por tudo — respondo, porque honestamente há coisa demais para listar.

Seu rosto relaxa, e ele sorri.

— Não precisa agradecer — diz ele, parecendo satisfeito, e andamos o restante do caminho até o carro unidos assim.

Quando estamos prontos para partir, ele me pede o endereço para colocar no GPS, e respondo sem hesitar, impressionada em como ainda lembro tão bem depois de nove anos. Mas suponho que coisas como essa fiquem gravadas em você; coisas que não são muito fáceis de esquecer.

Pegamos um caminho mais rápido desta vez, acelerando pela estrada até São Francisco, passando pelo aeroporto e pela cidade na direção de meu antigo bairro, que fica em uma colina com vista para a baía.

Teddy estaciona a algumas quadras de distância, e subimos juntos a colina íngreme. Passamos pelo parquinho ao qual meus pais costumavam me levar, e pela casa com o beagle que sempre uivava quando eu passava de bicicleta, e pelo quadrado da calçada onde alguém desenhou um coração com uma flecha no cimento fresco há um milhão de anos.

A rua parece exatamente igual e, ao mesmo tempo, completamente diferente. Paro perto do topo, respirando com dificuldade, desacostumada com aquelas colinas. Depois de nove anos em Chicago, parece que me tornei oficialmente uma habitante do Meio-Oeste.

— Fica bem ali — digo, apontando para o final do quarteirão.

— Quer que eu espere aqui? — pergunta Teddy, mas balanço a cabeça negativamente.

— Não. Vem comigo.

Quando chegamos à casa, me preparo, sem saber bem o que esperar. Mas ela parece mais ou menos igual: uma construção vitoriana alta e estreita, com telhado pontudo e uma varanda branca. Quando morávamos lá, as paredes eram pintadas de azul-claro, mas agora estão de um amarelo vivo e alegre. Nosso apartamento ficava no andar de cima, e posso ver a janela de meu quarto de onde estamos. Alguém pendurou um pedaço de vidro colorido ali, e ele reflete a luz do sol.

Por alguns segundos, fico encarando a janela, sentindo-me meio dormente. Passei tanto tempo pensando e não pensando nela ao longo dos anos, tentando desesperadamente me lembrar e ainda mais desesperadamente esquecer.

E agora estou aqui, e Teddy tinha razão. É apenas um museu. Uma mostra de meu passado. Uma parte de minha história.

Todos esses anos, achei que talvez fosse este o lugar ao qual pertencia.

Achei que este ainda era meu lar. Mas, no final, é apenas uma casa.

Uma sensação de vazio toma conta de mim, seguida por uma tristeza tão grande que preenche cada centímetro de meu corpo, cada canto de meu coração. Porque eles se foram, realmente, de verdade, e porque sinto saudades, e porque se eles não estão aqui neste lugar no qual morávamos todos juntos — onde nos sentávamos nestes degraus da entrada em noites de verão e jantávamos atrás daquela janela e plantávamos flores bem ali na varanda —, então, onde estão?

Só percebo que estou chorando quando Teddy me abraça. Pelo menos dessa vez ele não diz nada, não pergunta se estou bem, nem tenta me alegrar. Ele apenas me abraça enquanto enterro o rosto em sua camisa, e por um bom, bom tempo depois daquilo, ele não me solta.

Parte Cinco

MAIO

Trinta e Oito

O envelope do Instituto de Arte chega no mesmo dia em que tenho de avisar a coordenação de Stanford se aceitarei sua oferta.

Está na caixa de cartas quando voltamos da escola, e Leo nem entra em casa antes de rasgar o envelope. Fico abaixo dele nos degraus da escada, assistindo ansiosamente ele ler a carta. Então ele abre um largo sorriso, levanta os braços e desce de volta os degraus para nosso pequeno jardim, correndo em círculos felizes e uivando alto, a carta erguida no ar.

Não consigo não gargalhar.

— Imagino que sejam boas notícias?

Como resposta, ele estende a mão para um high-five quando passa correndo por mim.

Lá dentro, ele larga a bolsa carteiro no chão, tira o casaco e pega o celular e liga para tia Sofia no trabalho. Vou até a geladeira e pego uma maçã e, em seguida, me sento à mesa de frente para ele a fim de assistir a entrega das boas-novas.

Depois de contar a ela, ele pula na bancada.

— Eu sei — diz ele, dando uma piscadinha para mim. — Eu sei. Sou um gênio. Realmente.

Reviro os olhos.

— Sim, mal posso esperar — continua ele, e seu sorriso diminui ligeiramente, provavelmente ao pensar em Max. Há alguns segundos de silêncio, e, então, ele olha para mim. — Não ela ainda não respondeu. Acho que está esperando até o último minuto para dar um efeito dramático.

Dou uma mordida em minha maçã, pensando naquilo. Na verdade, tenho até meia noite da Costa Oeste, o que são duas da manhã aqui. Então ainda há tempo de sobra. E devia ser fácil, a decisão mais fácil do mundo. Mas, por algum motivo, não consegui tomá-la ainda: aceitar minha vaga em Stanford.

Leo ainda está ao telefone, e sei que, assim que desligar, ele vai querer ligar para tio Jake também, então aceno para ele e faço um sinal de positivo, indo até meu quarto.

Meu laptop está na cama e entro no site de Stanford, olhando as fotos ensolaradas daqueles prédios todos, pensando em Teddy e eu sentados na beirada daquele chafariz.

Passaram-se apenas duas semanas desde aquela tarde, mas parece muito mais. Não falamos mais nela, no que aconteceu ali na rua: em como desmoronei, em como ficamos tanto tempo apertados em um abraço. Algo em ver minha antiga casa me desmontara de certa maneira, e ali na calçada desnivelada, em uma colina pacífica no meio de São Francisco, Teddy tentou me remontar.

Mas, mesmo depois que acabou, ele não parou de tentar.

Durante o restante da viagem, ele grudou em mim. Em alguma outra hora, e em alguma outra cidade, isso poderia ter amolecido meu ansioso coração. Mas havia uma vigilância em Teddy que me deixou desconfortável, como se ele estivesse com medo de eu desmoronar novamente em pedacinhos a qualquer momento.

Quando tropecei em uma caminhada até o Presídio, ele veio correndo com uma expressão de grave preocupação. Na praia, ele se preocupou com meu pé ficar gelado quando entrei na baía congelante. E, em uma livraria, ele tirou uma cópia de *A redoma de vidro* de minhas mãos.

— Ouvi dizer que esse é muito triste — comentou ele, me entregando uma cópia de *Adoráveis mulheres* no lugar.

Ergui uma sobrancelha.

— E você acha que esse é mais feliz?

— Por quê? — perguntou ele, alarmado. — Não é?

— Você sabe que Beth...

— Nada de spoilers — interrompeu ele, pegando o livro de volta e me entregando uma cópia de *Oliver Twist* dessa vez.

— Dickens — comentei. — Claro! Ele é sempre positivo.

Sei que Teddy só estava tentando me alegrar. Ele tinha me visto desmoronar, havia ficado a meu lado e me deixado chorar em seus braços, e queria ter certeza de que não aconteceria de novo. Mas havia algo quase febril em seus esforços, um desespero que solidificou a preocupação que se instalara em meu estômago.

Que talvez tivesse sido demais para ele.

Desde que voltamos, ele parece estranhamente distante. Quando o vejo na aula de física, sempre parece distraído. Quando envio uma mensagem, ele não responde mais. E, quando ligo, cai direto na caixa postal. Existe um motivo pelo qual não falo muito de meu passado. Odeio a ideia de alguém sentindo pena de mim; especialmente Teddy. E agora parece que nove anos de autopreservação foram pelo ralo em um único final de semana.

Volto para o site de Stanford com um suspiro. É especialmente difícil agora, quando tudo o que quero fazer é conversar sobre aquela decisão com ele. Durante tanto tempo o plano era ir para a Califórnia, só que alguma coisa mudou durante a viagem, e agora subitamente não tenho mais tanta certeza.

Repouso os dedos sobre o teclado e, desta vez, me surpreendo digitando a palavra *Northwestern*. Quando o site carrega, fico olhando a tela, me lembrando do que tia Sofia disse aquele dia no campus: *quero ter certeza de que é isso que você quer também.*

Mais que qualquer coisa, eu queria que minha mãe estivesse aqui. Queria tanto que posso sentir a dor dessa sensação até as pontas dos pés. Queria poder saber o que meus pais pensariam de mim agora, se estariam orgulhosos ou preocupados, se veriam uma garota tentando honrar sua memória, ou apenas uma garota desesperadamente perdida.

Fecho o computador e esfrego os olhos. Estou dividida. Pego uma folha de papel e traço uma linha no meio. Então, antes de poder pensar demais no que estou fazendo, escrevo *Stanford* de um lado e *Northwestern* do outro.

Pisco para aquelas palavras, sabendo que o que realmente quero dizer é Califórnia *versus* Chicago.

O que realmente quero dizer é passado *versus* presente.

Há uma batida em minha porta, e Leo coloca a cabeça para dentro do quarto.

— Mamãe queria que eu te avisasse que vamos jantar lá fora hoje, então desça logo. Acho que ela quer fazer uma pequena comemoração. — Ele ergue as sobrancelhas para a lista diante de mim. — Alguma pista de que também comemoraremos por você?

— Ainda não — respondo, e ele se inclina na parede, os braços cruzados.

— Um dia no campus com Teddy — comenta ele sorrindo. — Foi tudo de que precisou para fazê-la duvidar de Stanford?

Eu rio.

— A culpa não é dele.

— Olhe — diz Leo, seu rosto ficando mais sério. — Vou dar a você o mesmo conselho que você me deu: faça o que é certo para você. Não para mim. Não para Teddy. Não para meus pais. E nem para os seus. Para você.

Olho para o papel a minha frente, meus olhos indo de um lado para o outro, dois possíveis futuros.

— A gente te vê lá embaixo daqui a pouco? — pergunta ele, e confirmo com a cabeça. Quando ele fecha a porta, me vejo focando na coluna da esquerda.

Antes de poder pensar demais, começo a escrever.

Quando termino, escuto as vozes do lado de fora e me levanto para ir até a janela. Lá embaixo, os três estão sentados em volta da mesa de ferro do quintal dos fundos, e, quando observo, tia Sofia ergue uma taça para brindar com Leo, que faz seu melhor para parecer envergonhado, mesmo reluzindo de alegria.

Uma vez eu poderia ter visto isso e me enfiado de volta embaixo das cobertas, mantendo uma distância segura, mantendo-me próxima aos cantos. Mas não mais.

Quando voltei de São Francisco e a limusine parou nesta casa, com suas luzes acesas e alegres vasos de planta, meus ombros relaxaram de tanto alívio. Seja lá o que estava se remexendo dentro de mim durante aqueles dias na Costa Oeste parou tranquilamente, como o vento desacelerando depois de uma tempestade, como o término de uma corrida, como familiaridade, como paz, como uma sensação de lar.

Agora, ao ver os três reunidos lá fora, tudo o que quero fazer é descer e dizer a eles que tomei uma decisão. Que já sei para onde quero ir ano que vem. Mas, em vez disso, espero um pouco e fico ali observando. Tio Jake com sua cabeça para trás no meio de uma gargalhada que sobe até minha janela, tia Sofia olhando com tanto amor para Leo, que está contando uma história com seus braços esticados para o lado, o rosto animado, os olhos dançando.

Minha família.

Além das fileiras de prédios atrás de nós, o sol está se pondo cada vez mais, banhando tudo em uma luz suave e amarela; alguns pássaros estão empoleirados em fios telefônicos que se estendem pelo quintal. Eles observam a cena lá embaixo, iguaizinhos a mim.

Há um bolo sobre a mesa, e de cima posso ver que diz *Parabéns, Leo e Alice!* Ao lado dele, há três pilhas de guardanapos. Uma tem leões de desenho animado estampados, em honra aos leões de pedra enormes que guardam a entrada do Instituto de Arte. Os outros dois têm cores sólidas: vermelho e roxo.

Uma é a cor de Stanford. E a outra, da Northwestern.

Não consigo não sorrir ao pensar que tia Sofia pôde pensar naquela possibilidade antes mesmo que eu. Que ela de alguma maneira me conheça tão bem assim, apesar de todas as barreiras que ergui entre nós duas. É uma sensação boa, como estar em terra firme, como ser finalmente descoberta depois do jogo de pique-esconde mais demorado do mundo.

Então penso em tia Sofia e em tio Jake, em Leo e em Teddy, no que meus pais realmente desejariam para mim depois de tudo o que aconteceu — em fazer o que me faz feliz e estar perto das pessoas que amo, as pessoas que me amam de volta —, e respiro fundo, tomando minha decisão.

Quando desço as escadas, abro a porta de vidro que leva ao pátio e os três se viram para olhar para mim, os rostos estampados com exatamente a mesma pergunta.

— Então? — pergunta Leo, e abro um sorriso.

— Então — respondo, me sentando.

Trinta e Nove

Alguns dias mais tarde, me arrastando escadas abaixo, ainda não totalmente acordada, escuto um grito abafado. Eu me endireito nas escadas com a cabeça levantada, escutando. Então, ouço o ruído novamente e desço correndo o restante dos degraus para ver o que é.

Na cozinha, tio Jake, tia Sofia e Leo estão em volta de uma caixa de papelão posicionada em cima da mesa.

— O que está havendo? — pergunto, e eles se afastam para revelar o rostinho marrom de um boxer espiando pela beirada. Ele tem orelhas caídas e um focinho inquieto, e seu corpo todo treme, a caixa mexendo para lá e para cá sobre a mesa.

— Caiu um boxer do céu — diz tio Jake sombriamente.

— O quê?

— Ele simplesmente apareceu — explica ele, indicando a caixa com a mão. — Completamente do nada. Caiu do céu.

Olho dele para Leo, que está tirando o filhotinho agitado de dentro da caixa, rindo quando ele cobre seu rosto de lambidas.

— Não sei como...

— E eu sou alérgico — diz tio Jake, indignado. Ele olha para Leo, com seriedade. — Alérgico! Então não se apegue muito, porque esse monstrinho não vai ficar aqui muito tempo.

— Ah, qual é! — rebate Leo. — Você não espirrou nem uma vez ainda.

Tio Jake descruza os braços.

— Mas vou.

— Ele está bem — garante tia Sofia. — Ele não é realmente alérgico.

— Você não é? — perguntamos Leo e eu.

Ficamos encarando-o estupefatos. Quando Leo era criança, isso era tudo o que ele queria: um filhotinho de patas grandes e desequilibrado. Mas ele nunca pode nem pensar em ter um por causa das alergias do pai.

Tio Jake se remexe desconfortavelmente, mandando um olhar desesperado na direção de tia Sofia.

— Por que está me expondo justo agora?

— Porque — responde ela, pegando o filhote inquieto das mãos de Leo e segurando-o próximo ao peito — não existe a menor possibilidade de devolvermos esse carinha. Ele é fofo demais.

— Você jamais foi alérgico? — pergunta Leo, balançando a cabeça em descrença. — Nunca?

Tio Jake sorri largo.

— O que posso dizer? Você sempre foi meio crédulo. Isto é... você acreditou na fada dos dentes até os 10 anos.

— Onze — interrompo. Tia Sofia coloca o cachorrinho no chão, e eu o pego no colo, descansando meu queixo em sua cabecinha aveludada, sentindo seu coraçãozinho batendo contra o meu. — Ainda não entendi de onde ele veio.

— Um cara apenas entregou a caixa — explica tio Jake, apontando com o polegar para a porta. — Ele não falou de quem era.

— Não importa. — Tia Sofia está olhando carinhosamente o cachorro. — Agora ele é nosso. A pergunta maior é o que vamos fazer com ele o dia todo?

— Bem, é você quem quer ficar com ele — argumenta tio Jake. — Então, obviamente devia levá-lo ao escritório.

— Estou no tribunal hoje. Você fica só sentado atrás de um computador.

— Meu escritório é cheio de clips de papel e grampos — rebate ele, soando ligeiramente histérico. — É cheio de armadilhas mortais!

— Tudo bem — diz Leo, erguendo uma das mãos. — Eu falto a aula, digo que estou doente.

Tia Sofia balança a cabeça.

— Você não vai matar aula por causa de um cachorro.

— Só faltam algumas semanas de aula, e eu já entrei na faculdade. Estou bastante certo de que isso não vai descarrilar minha vida. E assim posso ir à pet shop e comprar uma coleira e escolher um nome para ele.

— Não sei se confio em você escolhendo um nome sozinho — digo. — Você provavelmente vai querer dar um nome meio nerd, tipo JPEG ou Pixel.

— Na verdade, Pixel não é nada mal.

Olho feio para ele.

— Nada de dar um nome a ele até todos concordarmos, ok?

— Ok, seu pobre cachorro sem nome — diz ele, olhando para o animalzinho ainda em meus braços. — Hoje seremos só eu e você, amigão.

Depois de eu transferi-lo de volta para a caixa, saímos de casa, deixando Leo se virando sozinho. Ele ergue uma xícara de café em despedida, parecendo bem feliz em ficar em casa, e eu não o culpo. Eu mesma ia me oferecer para cuidar do cachorro, mas agora que escolhi a Northwestern, estou desesperada para contar a Teddy. Parece estranho ter tomado uma decisão tão importante sem ele, e estou ansiosa em compartilhar.

Passo a manhã inteira procurando por ele pelos corredores. Mas é só na aula de física, quando me sento atrás de sua carteira vazia, que me dou conta com certeza de que ele não veio hoje. De novo. É a quarta vez nas duas últimas semanas que ele falta às aulas. Teddy jamais ganhou prêmios por uma assiduidade impecável, mas, ainda assim, é meio estranho, e fico desapontada por não vê-lo.

Quando saio da sala, repasso as mensagens sem resposta que mandei para ele ao longo dos últimos dias, percebendo que foram doze ao todo, mensagens como "Cadê você?" e "Atende o telefone!" e "Você está legal?" e "Sério, onde diabos está você?"

Agora digito a décima terceira: *sinto sua falta*.

Mas não consigo enviá-la.

Quarenta

Depois da aula, estou ansiosa para chegar logo em casa e ver o cachorrinho, mas tenho uma sessão de leitura com Caleb, então, em vez disso, sigo para a biblioteca. No dia anterior, recebi um e-mail de sua mãe adotiva, dizendo que eles haviam terminado de ler *A menina e o porquinho*, o que significa que é hora de escolher um livro novo. Essa sempre foi minha parte favorita: andar pelas fileiras de livros, escolhendo pelas lombadas, observando Caleb examinar as capas e pesar suas opções.

Hoje, ele fica olhando *O bom gigante amigo*, que já sei que será um sucesso. Enquanto voltamos para nossas cadeiras, ele está tão entretido folheando as páginas que preciso guiá-lo entre as prateleiras. Quando viramos na esquina da seção de suspense, vejo que nossa mesa de sempre já foi ocupada. E não por alguém qualquer.

Foi ocupada por Teddy.

Caleb continua a caminhar, ainda perdido nas ilustrações, mas eu continuo parada ali, incapaz de fazer qualquer outra coisa a não ser encarar. Acho que nunca vi Teddy em uma biblioteca antes — nem mesmo na biblioteca da escola —, e é uma visão estranha e inesperada.

Quando ele levanta a cabeça, não parece surpreso em me ver.

— Oi — cumprimenta.

Ele se recosta na cadeira pequena demais quando nos aproximamos. Sua mochila está apoiada em seus pés, aberta pela metade, revelando uma série de livros e fichários. Na mesa há um caderninho e um lápis, como se ele tivesse acabado de se acomodar para trabalhar um pouco.

— Hum, oi — digo, franzindo a testa para ele.

Caleb se senta na outra cadeira, colocando seus livros sobre a mesa e olhando com admiração para o gigante desenhado na capa. Teddy se inclina para a frente a fim de examiná-lo.

— Esse é bom. Quem é seu personagem favorito?

— Wilbur — responde Caleb, rapidamente.

— É o gigante?

Ele olha para Teddy como se Teddy fosse meio lento.

— Não, ele é o porco.

— O gigante é o porco?

— Wilbur é o porco.

— Ah — diz Teddy, assentindo como se entendesse agora. — Então, o porco é um gigante?

Caleb ri com aquilo tudo.

— Não, o porco é um porco, e o gigante é um gigante.

Teddy sorri para ele.

— Então, quem é Wilbur?

Como sei que aquela conversa poderia continuar daquele jeito para sempre, pigarreio, e os dois olham para mim.

— Posso falar com você um minutinho? — pergunto a Teddy, que pega sua mochila e estende a mão para Caleb em um cumprimento.

— Até mais tarde, cara.

— Eu já volto — digo a Caleb, enquanto arrasto Teddy até o corredor, onde ele se recosta em um pôster de *A pequena espiã*, as mãos enfiadas nos bolsos do colete de pelinhos. — O que está fazendo aqui?

— Trabalhando — responde ele, encolhendo os ombros.

— Na seção infantil?

— Gosto do ambiente.

Franzo a testa para ele.

— Imagino que não esteja fazendo algum trabalho de escola.

— É verdade.

— Então?

— Então... o quê?

— Pare de ser tão esquisitão — peço, dando um soquinho em seu peito. — Você não pode desaparecer da face da Terra e, então, agir como se nada tivesse acontecido. O que está acontecendo com você? Por onde tem andado? E por que está passando tempo na biblioteca?

Teddy esfrega o local onde o soquei, tentando parecer magoado, mas seus olhos o entregam: estão brilhando com a vontade de rir.

— Já falei. Estou trabalhando.

— No quê?

— Só umas coisas — responde ele, andando para o lado antes que eu possa atingi-lo de novo. — Ainda não posso te contar, mas em breve você vai saber, ok? Prometo.

Cruzo meus braços.

— Certo. Mas...

— O quê?

— Estamos bem?

Ele assente.

— É claro.

— É só que... Bem, desde que voltamos da viagem, você meio que desapareceu.

— Eu sei — diz ele, e, então, faz algo que nunca fez antes. Ele estica o braço e coloca uma mecha solta de meu cabelo atrás da orelha, o que me faz estremecer. — Mas estamos bem. Eu prometo.

— Ok.

— Um passarinho me contou que você optou pela Northwestern — diz ele, sorrindo. — Que novidade, hein? Eu nem sabia que você estava considerando a opção. Especialmente depois de nossa viagem.

— Eu sei — digo, meio timidamente. — Foi um pouco inesperado, mas acabei mudando de ideia.

Ele faz que sim.

— Você tem permissão — avisa ele, pigarreando em seguida. — Como bem sabe, não sou muito fã de faculdades em particular...

— O que ainda não terminamos de discutir...

— Mas sou muito fã da localização. — Ele parece prestes a dizer mais, mas para. — Então, parabéns.

— Obrigada. Estou muito feliz com tudo.

— Bem, eu estou feliz por você estar feliz. E adivinhe só? Minha última oferta para o prédio foi aceita. O que significa que agora sou dono do edifício inteiro.

— Uau! — exclamo, arregalando os olhos. — Sua mãe já sabe?

Ele balança a cabeça.

— Acabei de saber. Vou contar a ela quando chegar em casa.

— Ainda não consigo acreditar que você comprou um prédio inteiro. Isto é, eu acredito... obviamente. Mas alguns meses atrás, isso teria sido...

— Impossível — completa ele, sorrindo.

— Então, quando consegue se mudar?

— Mês que vem. Ainda tem muita obra para fazer, mas o empreiteiro prometeu que ao menos um dos andares estaria habitável até lá. Acho que não tem muita pressa, mas estou ansioso. Parece mais que hora de um recomeço.

Tenho uma sensação incômoda de que ele está se referindo a mais que apenas o apartamento. Penso em seu distanciamento recente e me pergunto o que teria significado. Se ele finalmente estaria se afastando de mim. A ideia me faz querer pegar sua mão e me recusar a soltá-la.

Ele se balança sobre os calcanhares.

— Enfim, preciso ir. Mas parabéns de novo pela Northwestern.

— Obrigada. E parabéns pela casa nova.

Ele acena para mim, mas, enquanto começa a ir embora, me ocorre uma coisa.

— Ei, Teddy? — chamo, e ele dá meia-volta. — Isso pode parecer estranho, mas... você mandou um filhotinho de cachorro para Leo?

Ele abre um de seus sorrisos largos que já viraram marca registrada.

— Talvez.

— Por quê?

— Porque — responde ele, como se devesse ser óbvio — ele sempre disse que queria um.

— É, quando tinha 12 anos.

Teddy sorri mais ainda.

— Exatamente.

Balanço a cabeça, achando graça.

— Vejo você mais tarde, Ali Gator — diz ele, acenando por cima do ombro.

Faz anos, mas, mesmo assim, minha resposta é automática.

— Estarei aqui, Ursinho Teddy.

Quando ele sai, eu me viro para Caleb, que está debruçado sobre o livro, o dedo movendo-se rapidamente sobre a página.

— Tudo bem até agora? — pergunto, e ele aponta para a palavra dormitório. A repito em voz alta para ele, mas ele ainda parece confuso.

— O que é um dor-mi-tó-rio? — pergunta Caleb, experimentando o som.

— Bem, é um lugar onde muitas pessoas dormem.

— Mas porque Sophie precisa dormir lá? — pergunta ele, os olhos ainda grudados na página. — Onde estão seus pais?

— Eu acho — digo cautelosamente — que esse dormitório é um orfanato.

— Para órfãos? — pergunta ele, baixinho.

Faço que sim.

— Como eu.

— E eu — digo.

Caleb me olha atentamente, seu rosto enrugado, como se ele não tivesse certeza de poder acreditar em mim, como se estivesse tentando descobrir se pertenço à categoria de adultos que o enrolam ou à categoria dos que contam a verdade.

— Você? — pergunta ele, e confirmo mais uma vez.

— Sim.

— Você é órfã?

Aquelas palavras ainda doem, mesmo depois de todo esse tempo. Mas tento não demonstrar, porque Caleb não precisa saber disso. Ele não precisa ver que ainda é preciso muito esforço para parecer uma pessoa normal, para manter uma casca dura o suficiente em volta de tudo o que ficou tão frágil por dentro.

— Sim — repito, olhando fixamente em seus olhos. — Eu sou.

— Sua mãe morreu.

Confirmo com a cabeça.

— E seu pai?

Confirmo novamente, e ele me analisa por um instante.

— Os meus também — diz ele, de repente muito direto. — É uma droga.

Não consigo não rir.

— Concordo plenamente.

Durante alguns segundos, ficamos apenas olhando um para o outro. Então, ele volta a seu livro, movendo o dedo para a palavra seguinte na página e, então, para a seguinte, murmurando-as em voz alta e com seu jeito lento e deliberado. Mas não consigo focar na história. Olho para a parede mais distante de onde estou, onde filas de pôsteres estão pendurados acima de uma prateleira baixa. Alguns são de cachorrinhos e gatinhos sentados ao lado de pilhas de livros, mas outros são mais motivacionais. A maioria são clichês: SIGA SEUS SONHOS! NÃO TENHA MEDO DE COLORIR FORA DAS LINHAS! É PRECISO ACREDITAR EM SI PARA ALCANÇAR O SUCESSO!

Um deles tem o fundo preto, e cada palavra está escrita em diversas cores vibrantes. Elas dizem: TUDO BEM NÃO SABER. TUDO BEM NÃO SE IMPORTAR.

Fico encarando aquilo um bom tempo.

— Você já leu Harry Potter? — pergunto a Caleb, interrompendo-o bem na hora que ele chega a uma linha sobre a hora das bruxas. Ele levanta a cabeça para mim, confuso.

— Não, mas vi alguns dos filmes.

— Então, sabe que Harry também era órfão — ressalto, e ele faz que sim. — Mas, quando você pensa nele, qual é a primeira coisa que vem a sua cabeça?

— Bruxo? — pergunta ele, soando igualzinho a Leo um dia.

— Certo. E o que mais?

— Jogador de quadribol? — Ele para por um segundo para pensar mais. — Grifinória?

— Exatamente. Harry era órfão, mas também era toda essas outras coisas. Assim como você é um monte de outras coisas.

Caleb não parece exatamente convencido.

— Como o quê?

— Bem — começo, tamborilando com os dedos na capa do livro. — Você lê. — Então, aponto para sua camiseta azul. — E é fã dos Cubs.

Ele sorri timidamente.

— É.

— E o que mais quer ser?

— Bombeiro — responde ele, sem hesitar. — Ou criador de porcos.

Eu rio.

— Duas coisas muito boas.

— E você?

— Bem, eu sou sobrinha. E prima. E melhor amiga.

E filha, penso, e por uma vez a palavra não me faz me perguntar se é realmente verdade, se você ainda pode ser filha de alguém sem ter seus pais. Em vez disso, ela me faz pensar no que tia Sofia disse aquela manhã na Northwestern.

Em vez disso, aquilo faz meu coração se encher todo.

— E professora particular — continuo, sorrindo, dando uma cotovelada de leve no braço de Caleb, e, apontando para o livro, completo: — E leitora.

Ele faz que sim.

— O que mais?

Eu hesito, porque já não tenho mais palavras e a lista parece alarmantemente curta. Percebo que não sei a resposta para aquela pergunta, assim como não sabia quando tinha 9 anos, e há algo de desapontador naquilo.

— Eu não sei — admito. — Ainda estou pensando.

Quarenta e Um

Quando saímos da biblioteca uma hora mais tarde, Miriam, a bibliotecária da recepção, acena para que nos aproximemos. Ela tira uma caixa branca simples com um laço azul de baixo do balcão e olha para Caleb.

— Isto é para você.

Ele joga a cabeça para trás, os olhos arregalados.

— Pra mim?

— De quem... — começo a perguntar, mas Miriam apenas dá uma piscadela para mim enquanto Caleb arranca a tampa da caixa e dá um grito. Lá dentro, há um bolinho cor-de-rosa: um porquinho de pelúcia.

Ele o abraça com força contra o peito.

— Igualzinho o Wilbur.

— Igualzinho o Wilbur — repito, olhando ao redor por todo o saguão. — Quem deixou isso aqui?

— Um cara — responde Miriam, ainda sorrindo para Caleb.
— Não tem nenhum cartão?

Verifico a caixa mais uma vez e balanço a cabeça negativamente.

— Nenhum cartão.

— Que estranho — comenta ela.

Mas, enquanto acompanho Caleb e seu novo porquinho de pelúcia para a rua até sua mãe adotiva, que está esperando no carro, penso que na verdade não é tão estranho assim.

Quando chego em casa, há uma caixa branca parecida na varanda da frente, e não fico nem um pouco surpresa com isso também. Subo os degraus e abro a caixa, onde encontro um casaco roxo da Northwestern. Só isso. Sem cartão. Sem assinatura. Sem etiqueta.

Não há ninguém na cozinha, o que não é inesperado, considerando que ainda está cedo demais para meus tios chegarem do trabalho. Mas eu estava esperando o cachorrinho vir correndo para cima de mim. À medida que vou passando pelos cômodos, chamando Leo, esperando escutar o arranhar das patas nas tábuas de madeira do chão, começo a ficar preocupada.

Mas, então, escuto um leve som de latido do lado de fora. Pelas portas de vidro que dão no quintal, vejo Leo com o cachorrinho. E mais alguém.

Quando me aproximo, percebo que é Max.

Ele está sentado à mesa, com uma lata de refrigerante, enquanto acompanha com o olhar o cachorro — que também está atrás de alguma coisa, seu focinho colado ao chão —, e meu ânimo melhora ao vê-lo sentado ali, como se ele não devesse estar em Michigan neste exato momento, como se ele e Leo não tivessem terminado algumas semanas antes, como se nada tivesse mudado.

— Max — digo, quando abro a porta, e ele gira a cabeça em minha direção, sorrindo largo, levantando-se de um pulo e me abraçando.

— Alice — diz ele, beijando o topo de minha cabeça. — Cara, como eu estava com saudades de você.

Por cima do ombro de Max, posso ver Leo nos observando com um sorriso incerto. Dou um passo para trás e apoio as mãos nos ombros de Max, estudando-o. Parece um pouco mais alto do que eu lembrava, um pouco mais barbudo, mas tem os mesmos cabelos castanhos desgrenhados e covinhas desiguais, e está usando a mesma jaqueta de lona que usa desde o primeiro ano.

— Você não mudou nada — digo, com aprovação, depois de ter a chance de analisá-lo. — Exceto pela barba por fazer.

Ele ri e esfrega o queixo.

— É só preguiça.

— Bem, combina com você — opino, sorrindo. — O que está fazendo aqui?

— Leo precisava de reforços com esse carinha — responde Max, se abaixando para pegar o cãozinho nos braços.

— Sério? — pergunto, olhando na direção de Leo, que dá de ombros timidamente.

— Sei que ele parece um anjo — responde Leo. — Mas, confie em mim, ele é puro dente.

— Cresci com cachorros — explica Max, mudando o cachorro de braço. — E estava procurando uma desculpa para evitar estudar para as provas finais, então, achei que podia vir conhecer esse carinha pessoalmente.

Os dois se olham, nenhum exatamente sorrindo, mas também sem conseguir desviar o olhar até o filhote levantar o pescoço e morder a orelha de Max.

— Ai — reclama ele, rindo. — Ele parece uma piranha.

— Talvez seja esse o nome que devíamos dar a ele — sugiro, mas Leo balança a cabeça.

— Não. Ainda estou pensando.

— Bem, acho que já descobri de onde ele veio — digo, pronta para contar a eles sobre a biblioteca esta tarde, sobre ver Teddy e sobre a caixa com o porquinho de pelúcia e sobre o moletom da Northwestern. Mas Leo assente.

— Eu também — revela ele, parecendo achar graça. — Teddy, né?

— É — confirmo, surpresa por ele ter descoberto também.

— É o que eu costumava dizer que gostaria de ter se ganhasse na loteria — continua ele, respondendo a pergunta que não cheguei a fazer. — Mas isso foi há um milhão de anos. Não acredito que ele se lembrou.

— Nem eu — digo. Apesar de não ser exatamente verdade. Na verdade, estou começando a achar que podemos ter subestimado um pouco Teddy.

Max coloca o cachorrinho de volta no chão, e ficamos o observando se equilibrar no degrau mais alto, tentando tomar coragem para descer.

— Você definitivamente precisa pensar em um nome que traduza o espírito desse aventureiro — comenta Max.

Eu rio, mas, quando olho para Leo, seu rosto parece receoso.

— Já volto — balbucia ele, andando na direção da porta.

— Eu só vou... — digo, e Max faz que sim distraidamente enquanto atravessa o quintal novamente para pegar o cachorro no colo outra vez.

Na cozinha, encontro Leo parado na frente da pia, os braços esticados em volta dela enquanto mira a janela com vista para o quintal.

Paro na porta.

— Você está bem?

— Sim — responde ele, sem olhar para trás. — Eu só... não acredito que ele esteja aqui.

— Tipo... de um jeito bom? — pergunto esperançosa

Eu amo Max e, mais importante ainda, sei que Leo ama Max, e, mesmo que tenha sido ele quem terminou, estava óbvio o quanto sentia falta do namorado.

— Ainda não sei — confessa ele. — Não tenho ideia do que isso significa, e tenho medo de perguntar. O cachorrinho estava comendo tudo, e fiquei pensando que queria poder ligar pra ele, então apenas meio que... liguei.

— Vocês conversaram sobre mais alguma coisa?

— Não. — Leo balança a cabeça. — Essa é a parte mais louca. Ele pegou um carro emprestado e dirigiu até aqui. Cinco horas!

Mas até agora ficamos só brincando com o cachorro. Sem conversar. Pelo menos não sobre nada importante.

— Mas ele está aqui.

— Ele está aqui — concorda Leo, observando Max meio que arrastar o filhotinho, agarrado na barra de sua calça jeans, pelo quintal. — Queria saber o que isso significa.

— Bem, pode ajudar começar a conversar com ele em vez de comigo.

— É, mas estou com medo de, se a gente começar a conversar, isso pode...

— Estragar tudo? — pergunto, e ele sorri timidamente.

— Sei que você acha que eu sou maluco.

— Eu acho — começo, observando-o atentamente — que o único motivo pelo qual você terminou com ele foi para ele não terminar com você antes.

— O quê? — Leo me encara. — Não.

— Acho que você estava tão ocupado esperando algo ruim acontecer que, em vez de ser pego de surpresa, você resolveu ir em frente e fazer acontecer você mesmo.

Ele balança a cabeça, se recusando a olhar para mim. Mas posso notar pela cor em suas bochechas que tenho razão.

— Olhe — recomeço, com mais cuidado —, a maioria das coisas ruins que acontecem estão fora de seu controle. Então, não faz sentido acrescentar coisas criadas por você. Especialmente por estar com medo, ok? Você ama Max. E ele te ama. — Quando Leo abre a boca para protestar, o impeço. — Ele ama. Acredite em mim, ele não dirigiu cinco horas para ver o cachorro.

— Talvez não — admite Leo, sua atenção voltando para a janela.

— Não sei se vai dar certo para vocês dois. Nem todo mundo tem tanta sorte — continuo, sentindo uma dor familiar no peito ao pensar em Teddy. — Mas não estrague tudo você mesmo. Se for para acontecer, ao menos deixe o universo fazer isso por você.

Ele se permite sorrir.

— Achei que você não acreditava nessas coisas.

— Não acredito — afirmo, dando de ombros. — Mas você sim. Então vá lá conversar com ele. Vão dar um passeio ou tomar um café ou alguma coisa. Vou ficar de olho no cachorrinho.

Leo sorri.

— Sortudo.

— Sim, nem todo mundo tem tanta sorte, mas...

— Não — interrompe ele, rindo. — O nome.

— O quê?

— Do cachorro. Acho que vou chamá-lo de Lucky. Sortudo.

Fico encarando Leo.

— Está brincando.

— Não.

— Não acha isso meio...? — Não sei exatamente como terminar a frase, mas não importa, porque Leo não está ouvindo; ele está ocupado demais assistindo Max rolar na grama com o filhote.

E o que eu sei é: este momento não tem nada a ver com sorte, mas tudo a ver com amor.

Mas é óbvio que Leo não percebe isso. Ao menos não ainda.

— Ok — concordo. — Lucky então.

Quarenta e Dois

Quando tio Jake chega em casa do trabalho, ele larga a maleta na mesa da cozinha, onde estou trabalhando em minha redação final para a aula de História Americana, uma defesa meio desinteressada de Aaron Burr.

— Cadê todo mundo? — pergunta ele, assim que o filhotinho vem trotando, todo rugas e orelhas balançantes. Tio Jake olha o cão com uma expressão de ameaça exagerada. — Você não. Eu definitivamente não estava perguntando de você.

— Tia Sofia vai precisar trabalhar até tarde — respondo, fechando meu laptop. — E Leo está com Max.

Ele arregala os olhos comicamente.

— O quê?

Eu rio.

— É.

— Ele está aqui? Em Chicago?

— Veio ajudar com o cachorro. Supostamente.

— Bem — diz ele, olhando para o cachorro. — Acho que você não é tão inútil afinal.

— Eles foram tomar um café um tempinho atrás e ainda não voltaram. O que ou é um ótimo sinal, ou péssimo.

— Vamos presumir que seja ótimo por enquanto — sugere tio Jake, indo até a geladeira e abrindo a porta. O cachorro trota atrás dele, erguendo-se sobre as patas traseiras para enxergar as prateleiras, o focinho tremendo. — Então, somos só os dois para o jantar hoje, hein?

— Os três.

Ele pega uma cerveja, fecha a porta e faz uma careta para o animalzinho.

— Vira-lata sem nome — diz ele, e o cão abana o rabo alegremente.

— Na verdade, ele já tem nome.

— Vocês estão cientes de que é bem mais difícil colocá-los para fora depois de lhes dar nomes, certo?

— Sortudo.

— Sortudo...? — pergunta ele, procurando o abridor de garrafa; então, ele para e me olha.

— O nome dele é Lucky — explico.

— Ah. Entendi. Fofo. Parece coisa do Teddy.

— Não — digo, resolvendo nem contar a ele que a aparição do cachorro em si é obra de Teddy, pois tio Jake poderia jamais perdoá-lo. — Leo escolheu.

— Bem, acho que estamos presos a ele então.

— Vai se acostumar.

— É? — pergunta ele, sentando a minha frente. — Como sabe?

— Você se acostumou comigo — digo, dando de ombros, e tio Jake arregala os olhos e me encara.

Ele parece surpreso, e eu também. Não havia planejado dizer aquilo. Não sabia nem que eu estava pensando naquilo.

— Alice — começa ele, seu rosto muito sério. — Você não chega nem perto de um cãozinho abandonado.

Balanço a cabeça.

— Eu sei. Não quis dizer...

— Tudo bem. Só não quero que pense...

— Eu jamais pensaria...

Ele levanta uma das mãos.

— Pare. Chega.

— Não — começo a dizer, mas é tarde demais.

— Eu acho — diz ele, enquanto se levanta novamente — que estamos prestes a ter uma Conversa com C maiúsculo, sim?

Dou um gemido.

— Não.

— E você conhece a regra dessas conversas, não conhece?

— Chocolate — respondo, relutantemente.

— Certo — diz ele, indo até a despensa e enfiando a cabeça lá no fundo. Ele remexe seu conteúdo por um minuto e, então, inclina as costas e me mostra um saco de biscoitos de chocolate pela metade. — Acho que não devíamos comer esses.

— Achou certo.

— Bem, é uma emergência — declara ele, derramando o conteúdo em uma tigela enquanto o cachorrinho dá voltas ao redor de seus pés. Ele coloca a tigela no meio da mesa e me encara até eu pegar um.

Tio Jake acredita piamente que discussões importantes fluem melhor com uma dose de açúcar.

— Então — começa ele. — No que está pensando?

Olho feio para ele.

— É você que queria conversar.

— Foi você quem se comparou a um cachorro.

— Não foi exatamente o que eu quis dizer.

Ele pega um punhado de biscoitos.

— Então o que foi que você quis dizer?

— Nada — respondo.

Estou ciente da teimosia em meu tom de voz. Mas sou pega de surpresa por sua persistência em organizar meus pensamentos. Geralmente, isso é território de tia Sofia. Ela está sempre à caça de significados ocultos em qualquer coisa que eu diga, e tem uma habilidade sobrenatural em pegar um comentário sobre algo tão mundano quanto o clima e de alguma maneira relacioná-lo a meu passado.

Mas não tio Jake. Ele é bom para conversar sobre responsabilidades financeiras ou sobre a importância de uma faculdade, sobre as muitas alegrias da pesca ou qual chave de fenda usar em determinada situação. Mas, quando se trata de conversas sobre o que aconteceu comigo — especialmente conversas que começam com C maiúsculo —, ele sempre pareceu ansioso em evitá-las.

— Olhe — diz ele agora, empurrando a tigela de lado e se debruçando sobre a mesa com os cotovelos apoiados no tampo. Seus olhos, tão parecidos com os de meu pai, estão fixados nos meus. — Sei o que aconteceu em São Francisco.

Pisco repetidas vezes para ele. Não era isso que eu estava esperando.

Quando voltei de viagem, meus tios me encheram das perguntas óbvias: *o que achou de Stanford? Foi legal voltar lá? Como foi com Teddy?* (Para não mencionar: *Não fizeram nenhuma gracinha, certo? Certo? Mas, falando sério, certo?*)

Contei a eles sobre o mercadinho e sobre o som das buzinas de nevoeiros sobre a baía e como a cidade se esparramava diante de nós, cheia de prédios escalonados e colinas íngremes. Contei sobre a praia, a livraria e o campus de Stanford, que era ainda mais bonito que nas fotos. Mas não contei a eles sobre a enxurrada de lembranças naquela tarde no campus, nem sobre o vazio que eu sentira parada em frente da casa, nem como aquele pedaço de vidro manchado em minha velha janela havia praticamente despedaçado meu coração.

— Nada aconteceu — retruco, mas tio Jake permanece me olhando sem demonstrar nada.

— Teddy ligou pra gente depois.

Sinto meu rosto esquentar sem motivo em particular.

— Ele ligou?

— Não fique com raiva — pede ele, ao notar minha expressão. — Ele sabia que você estava chateada e que não ia querer conversar sobre o assunto, e só estava tentando ser um bom amigo. — Tio Jake inclina a cabeça de lado. — Então, o que foi que houve?

Estou quase respondendo que nada, novamente, mas, em vez disso, tento pensar no que posso dizer, tentar dar alguma versão da verdade que não doa tanto, traçar algum trajeto de volta até lá que não seja tão traiçoeiro.

A meu lado, o cachorrinho está brincando com um pedaço de barbante no carpete, parecendo o gato mais desajeitado do mundo, e eu me abaixo para pegá-lo no colo, seu corpinho quente junto ao meu.

— Fomos até minha antiga casa — começo finalmente, mantendo meu olhar na mesa de madeira riscada. — Foi... difícil vê-la novamente. Você não estava lá nos últimos momentos, quando tia Sofia estava empacotando tudo. Estávamos só nós duas, e parecia tão diferente, até mesmo na época. Mamãe já havia partido há um tempo. Mas era como se papai simplesmente... — Levanto as mãos e abro os dedos. — Puf! Simples assim. Uma hora aqui, uma hora não mais.

Levanto o olhar para os olhos de tio Jake, que estão marejados. Ele bebe um gole de cerveja e baixa o copo com um pouco de força demais sobre a mesa.

— Enfim, me lembro que tia Sofia colou post-its em todas as nossas coisas para saber onde cada caixa deveria ir: você sabe, rosa para o lixo e azul para caridade e amarelo para Chicago. Uma coisa assim. Desci as escadas uma manhã, e a casa inteira estava coberta deles. Pareciam enfeites, parecia confete. Nunca mais usei um post-it.

Tio Jake pigarreia.

— Alice...

— A casa era azul. Lembra?

Ele faz que sim.

— Agora é amarela. — O cãozinho começa a roncar em meus braços, um som baixo que vibra em meu corpo. Observo suas pálpebras se remexendo durante o sono, suas patinhas se movendo em sintonia com algum sonho que desconheço. — Meu pai era alérgico a cachorro.

— Eu sei.

— De verdade — acrescento, o que faz nós dois rirmos.

— Eu sei — repete ele. — E a gatos também.

— Mamãe estava sempre trazendo bichos de rua para casa, o que o deixava maluco.

— Bem, para falar a verdade, ele às vezes a deixava bem maluca também.

— É engraçado — comento, o sorriso sumindo de meu rosto. — Eu tinha me esquecido disso.

— Do quê?

— Que eles costumavam brigar muito. — Ajeito o cachorro em meus braços. Pela janela, posso ver que já está quase escuro, e percebo nossos reflexos no vidro. — Que eles não eram perfeitos.

Tio Jake me olha esquisito.

— Suponho que não vá ajudar muito informar a você que ninguém é.

— Eu sei. Pessoas são pessoas. E uma casa é só uma casa, certo?

— Nem sempre — diz ele, girando a cerveja no copo. — Aquela era sua casa. E, honestamente, achei bem corajoso de sua parte voltar lá. Não tem como ter sido fácil. Eu devia ter ido com você. Provavelmente, devíamos ter feito isso há muito tempo.

— Tudo bem.

— Na verdade, não. Sinto muito ser tão difícil para mim conversar com você sobre essas coisas.

— Você conversa com tia Sofia sobre elas — digo, tentando não parecer tão magoada.

Ele faz que sim.

— É, converso sim.

— Então, por que não comigo?

— Porque — começa ele, a voz vacilando — você me lembra dele.

— Lembro?

— Claro que sim. Você é cem por cento filha dele, Alice. O jeito com que espirra quando come pimenta. Ele também espirrava. E você faz uma expressão quando está concentrada que me tira o chão. Fica igualzinha a ele. E os olhos. Você tem os mesmos olhos.

Percebo que estou sorrindo.

— Você também.

— A questão é que não parece que se passaram nove anos. Sei que isso não é desculpa, mas ainda parece que foi ontem. E, se parece para mim, sei que para você deve ser ainda pior.

Por algum motivo, penso em Sawyer e em sua obsessão com História. Às vezes, parece que o tempo é maleável, como se o passado se recusasse a ficar quieto e você acabasse o arrastando por aí com você, querendo ou não. Outras vezes, parece tão antigo e distante quanto aqueles castelos. Talvez seja assim que as coisas devam ser.

Há um espaço entre esquecer e seguir em frente, e ele não é fácil de encontrar. Ainda estamos procurando por ele, tio Jake e eu. E tudo bem.

— Ele ficaria tão zangado comigo. Se tinha uma coisa que seu pai amava, era conversar sobre as coisas. — Ele sorri, quase para si mesmo, os olhos distantes. — Cara, o sujeito gostava de falar.

Eu rio, sentindo alguma coisa começar a relaxar dentro de mim.

— Uma vez ele foi na mercearia e demorou quatro horas para voltar. Quando finalmente apareceu, trouxe um grupo de turistas que conheceu por lá, e eles acabaram ficando para o jantar.

— Isso não é nada — diz tio Jake, com um enorme sorriso. — Uma vez estávamos acampando no quintal, e nossos vizinhos chamaram a polícia por causa do barulho. Mas, quando os oficiais apareceram, seu pai acabou falando tanto que eles cansaram, é claro, e os vizinhos vieram ver o que estava acontecendo.

— E?

— Acabaram ficando para a sobremesa.

Sacudo a cabeça.

— Parece típico dele mesmo.

— Ele podia ser meio irritante com essas coisas — relembra tio Jake. — Mas é por isso que todos o amavam. Especialmente sua mãe.

Ficamos em silêncio por um instante, perdidos em nossas lembranças individuais. Sentada nessa cozinha quase escura, me surpreendo com como isso é diferente. Há algo de cru na dor que sinto agora, algo quase bruto. Talvez seja a luz diminuindo, ou talvez o cachorrinho em meu colo. Talvez seja apenas temporário, ou talvez seja o que acontece quando você fala sobre alguma coisa até o fio de corte começar a ficar cego, até que as quinas pareçam menos afiadas, até que pareça menos agudo.

Talvez seja isso o que signifique deixar o tempo fazer sua mágica. Ou talvez não exista mágica alguma. Talvez amanhã tudo volte ao normal.

Puf. Simples assim.

Mas não agora. Ainda não.

— Ei — digo, e Lucky levanta sua cabecinha. — Sei que é muito difícil para você...

— Sim — admite tio Jake, antes que eu possa terminar.

— E também não é sempre fácil para mim...

— Sim — repete ele.

— E honestamente nem sei se quero...

— Sim.

— Mas acho que poderia ajudar. Falar mais deles com você. Então, se estiver tudo bem...

— Sim — repete ele. Seus olhos estão vermelhos, e ele parece bastante cansado, mas está sorrindo. — Tem razão. Sei que tem razão.

— E talvez não pareça tão difícil se pararmos de encarar essas conversas como conversas com C maiúsculo — continuo, observando meu tio cuidadosamente. — Talvez seja mais fácil se mantivermos tudo meio que em letras minúsculas por enquanto. Pelo menos para começar.

Tio Jake parece pensativo.

— Pode funcionar.

— Mas?

Ele aponta para a tigela no meio da mesa.

— Ainda podemos contar com o chocolate?

— Acho que, que quanto a isso, tem jogo — brinco.

Quarenta e Três

Estou tomando café na manhã seguinte quando Leo entra com dois envelopes de cor creme. O de cima tem meu nome escrito em letras cursivas.

— Você e Max já marcaram o casamento? — brinco, largando a colher na tigela de cereal. — Que legal de sua parte me convidar.

Leo não está realmente escutando; ele acabou de levar Max até o carro — para ele voltar a Michigan a tempo de fazer as provas finais — e ainda parece meio encantado. Ele desliza um dos envelopes, girando por cima da mesa, em minha direção, mas o envelope cai no chão, assustando Lucky, que estava cochilando a meus pés.

— O que é? — pergunto, me abaixando para apanhá-lo, então, eu o abro. O papel é grosso e caro, e tem um brilho perolado.

— Não faço ideia. Alguém enfiou por baixo da porta.

Seus olhos estão vermelhos esta manhã, ou de cafeína demais ou de falta de sono ou apenas pela súbita ausência de Max depois de sua também súbita aparição. Na última noite, os dois voltaram para casa horas depois de terem saído com sorrisos idênticos e uma energia meio nervosa. Tio Jake pausou o filme que estávamos assistindo quando eles pararam na porta da sala, os dois balançando-se.

— Quanto café vocês dois tomaram? — perguntei, esfregando os olhos.

— Cinco xícaras! — exclamou Leo, e Max abriu um sorriso meio maníaco.

— Eu tomei sete.

Tia Sofia ergueu uma das sobrancelhas.

— E?

— E conversamos — explicou Leo, me olhando como se aquilo explicasse tudo. O que meio que era verdade.

Depois que eles foram para a cozinha comer uns restos de pizza, notei Max segurando a mão de Leo. Eles pararam, seus olhos fixos um no outro, seus dedos entrelaçados. Estavam pouco além do batente da porta, mas, de onde estava sentada, eu ainda podia ver o olhar que estavam trocando, cheio de um amor tão óbvio que não consegui conter um suspiro.

Mas esta manhã Max se foi mais uma vez, e, mesmo que ele vá voltar em breve, Leo claramente não está no clima de ver seja lá o que está nestes envelopes.

Eu abro o meu e encaro o pedaço de papel em minha mão, surpresa ao ver um pedido bizarramente formal para comparecermos ao apartamento de Teddy hoje, às quatro da tarde em ponto, para uma apresentação. Está assinado Theodore J. McAvoy com um floreio meio engraçado.

— Isso não pode ser de Teddy — comenta Leo secamente, intrigado com o próprio convite. — O cara mal tem uma caneta. Não tem como ele ter ido a uma papelaria.

— Quais as chances de isso ser uma pegadinha?

Leo não responde. Ele apenas sacode a cabeça, virando o papel nas mãos.

— Que tipo de apresentação poderia ser afinal? "Como torrar seu dinheiro da loteria em itens de papelaria desnecessariamente caros"?

A caminho da escola, continuamos a especulação.

— Talvez seja mais uma espécie de anúncio — sugere Leo, caminhando com os dedos presos nas alças da mochila. — Talvez ele esteja comprando uma ilha. Ou investindo em uma viagem espacial. Ou talvez vá nos revelar seus planos de explorar o mundo.

Um arrepio percorre minha espinha ao pensar naquela última hipótese.

Quando as aulas do dia terminam, encontro Leo perto do bicicletário, e vamos juntos na direção da casa de Teddy. É o tipo de tarde primaveril que faz a gente esquecer dos invernos locais, o céu tão azul que quase parece de mentira, e as árvores repletas de folhas novinhas.

— Então, você e Max... — começo, e ele sorri involuntariamente. — Estão bem?

Ele assente.

— Chegando lá.

— O que acontece agora?

— Não sei. Ele vem para casa no verão, então, só estou pensando nessa parte por enquanto. Depois disso acho que vamos ver.

— É, mas o que isso quer dizer?

— Quer dizer que vamos ver.

— Certo, mas...

— Significa — interrompe ele — que eu não sei ao certo. Talvez seja bom, talvez não. Talvez vá dar tudo errado de novo quando nos separarmos ano que vem. Talvez ele termine comigo, ou eu termine com ele. Talvez a gente viva felizes para sempre. Talvez não. — Ele dá de ombros. — Estou aceitando seu conselho e tentando fingir que não há uma regra. O que significa que não faz sentido me preocupar tanto com tudo. Em vez disso, vou apenas tentar viver e ver como as coisas rolam.

— Bem, estou com uma sensação boa quanto a isso.

— Estranhamente — diz ele, sorrindo —, eu também. E como estou tentando ser mais positivo e agindo sob a presunção de que vou passar mais tempo no Show Me State ano que vem, resolvi que vou pegar mais trabalhos de design este verão para começar a poupar para um carro.

— Vai passar mais tempo no Missouri?

Ele franze a testa para mim.

— Michigan.

— Estou bastante certa de que o Show Me State é o Missouri — digo, tentando não rir, e ele revira os olhos.

— Você não precisa estar certa a respeito de tudo, sabe?

— Só geografia — respondo, tentando apaziguar. — E sua vida amorosa.

Quando nos aproximamos do prédio de Teddy, olho para cima na direção da janela de seu quarto.

— Quanto tempo será que isso vai levar? Preciso estar no sopão mais tarde.

— Acho que vai dar tempo — arrisca Leo. — Estamos falando do cara que bateu o recorde de apresentação oral mais curta na história da South Lake High School.

— Ah, sim — relembro, tentando não rir. — A apresentação de quatro segundos dele sobre o assunto brevidade. Aquilo foi um clássico.

Quando chegamos à porta, Leo toca a campainha, e ficamos esperando o cumprimento de sempre de Teddy estalar através do interfone. Em vez disso, escutamos apenas estática, e, então, uma voz, enérgica e apenas vagamente familiar:

— Posso saber quem é?

Leo e eu nos entreolhamos intrigados. Ele se aproxima mais uma vez, a boca perto do interfone.

— Teddy?

— Sim?

— É, hum, Leo. E Alice.

— Bem-vindos — cumprimenta Teddy, seu tom mudando para um ligeiramente mais alegre, mas ainda assim formal. — Obrigado a ambos por terem comparecido. Mesmo que tenham ignorado o RSVP.

— Ops! — digo, enquanto Leo aperta o botão novamente.

— Está planejando nos deixar subir em algum momento? — pergunta ele, e, como resposta, ouvimos o zumbido alto e a tranca da porta clicar.

— Talvez o dinheiro finalmente tenha o tornado excêntrico — comento, enquanto subimos os quatro lances de escadas.

Quando chegamos ao andar, encontramos a porta de número onze aberta e presa com uma cadeira. Lá dentro, Teddy está em pé na sala de estar em um elegante terno preto e gravata verde listrada. Está usando óculos, apesar de sua visão ser perfeita, e tem um lápis encaixado atrás de cada orelha. Parece alguém interpretando o papel de Executivo #2 em um filme antigo.

Também está incrivelmente bonito.

— Desculpe, era para ser uma apresentação formal? — pergunta Leo, meio brincando, mas Teddy o olha com uma expressão séria, analisando seu tênis e calça jeans.

— Suponho que vá servir — concede ele, como algum tipo de mordomo robótico.

Olho ao redor da sala, onde há três pastas azuis em cima da mesinha de centro, como uma preparação para um teste. Ao lado de cada uma delas, há duas canetas impecavelmente posicionadas e dois copos de água suados sobre porta-copos. Há também um quadro branco apoiado em um cavalete na frente da TV, e um marcador preto e grosso apoiado na bandeja abaixo dele.

— O que está acontecendo? — pergunto, voltando-me para Teddy, que gesticula na direção do sofá de um jeito exagerado, pomposo e formal demais.

— Senhoras e senhores — começa ele, apesar de só haver nós dois além dele na sala. — Podemos começar?

Quarenta e Quatro

Teddy está claramente à vontade.

Aqui nesta sala que parece servir de sala de reunião da diretoria, sob seu estranho figurino — o terno impecável e o gestual apropriado — ele é pura intensidade e entusiasmo incontido. Seus olhos brilham.

— Como sabem — começa ele, olhando para nós por cima da armação dos óculos falsos —, recentemente ganhei bastante dinheiro.

— Sim — responde Leo, com um grunhido. — A gente sabe.

— Pode por favor tirar esses óculos? — peço, estreitando os olhos para Teddy. — Eles estão meio que me distraindo.

Ele os retira com um suspiro, girando-o entre os dedos.

— E eu tenho tentado pensar no que fazer com ele.

— Que fardo pesado — ironiza Leo, olhando atentamente ao redor da sala, entupida com as recentes compras de Teddy: uma enorme TV de LED, um aparelho de som novinho em folha, uma churrasqueira portátil e uma espada samurai de aparência bastante autêntica.

— Eu admito — continua Teddy, seguindo a direção do olhar de Leo — que não tenho sido a pessoa mais responsável do mundo até agora. E sei que vocês acham que não tenho levado isso a sério o suficiente.

Ele para, como se esperando que um de nós dois discorde. Mas, quando ninguém diz nada, ele continua:

— Vejam bem — diz ele, passando os dedos pelo cabelo.
— Precisei de um tempo para entender tudo. Não tem como se preparar para este tipo de coisa. Quando alguém te entrega uma pilha de dinheiro, você espera que seja tudo arco-íris e cor-de-rosa.

— Na verdade — começo, apontando para a cozinha, onde há caixas e mais caixas de chicletes de tutti-frutti sobre a bancada —, há bastante cor-de-rosa.

Teddy sorri, pesarosamente.

— Você entendeu o que eu quis dizer.

— Entendi — concordo, olhando-o nos olhos.

— O que estou tentando dizer é que não sei exatamente o que estou fazendo. Mas sei que quero ser melhor. E não quero ser apenas Teddy McAvoy, milionário. Não quero ser famoso por não fazer nada. Não quero ser o cara de quem todo mundo fica amigo só porque quer alguma coisa em troca. — Ele abaixa a cabeça e mexe na gravata. — E não quero pessoas voltando para minha vida só por causa de dinheiro. Eu não esperava nada disso. Não foi algo que pedi.

— Teddy — digo gentilmente, mas ele balança a cabeça.

— Eu só... quero que tudo isso signifique alguma coisa, sabem? — Ele me encara mais uma vez, e, desta vez, demora mais alguns segundos para desviar os olhos. — Eu quero que valha a pena.

Na parede atrás dele, há dúzias de fotografias em porta-retratos desencontrados, literalmente um museu de sua infância. Olhar da esquerda para a direita é como uma apresentação em slides, ver Teddy crescendo até se tornar a versão diante de nós agora: ombros largos e queixo quadrado, mais sério do que era apenas alguns meses atrás, com um pouco daquela velha malandragem sumida, substituída por uma sinceridade que poderia ter parecido deslocada antes de tudo isso acontecer, e que me faz amá-lo ainda mais.

— A questão é que acho que tenho olhado para isso da maneira errada. Como se fosse algum prêmio louco que ganhei. Mas não é. Foi uma benção, sim. Mas, também, um fardo. E não estou dizendo isso para parecer dramático. Nem porque quero sua compaixão. Porque não quero. É só que às vezes pode ser bem difícil. É tipo... é tipo arrastar uma pedra pesada comigo. O tempo todo. E não quero mais fazer isso.

Leo o observa com interesse.

— Então, o que quer fazer?

— Bem — diz Teddy, tentando e falhando em esconder um sorriso. Ele está falando com nós dois, mas só olha para mim. — É essa a questão. Quero quebrar essa pedra em milhões de pedacinhos. E, depois, dar a maior parte deles.

Eu rio, em parte surpresa, em parte aliviada. Faz semanas desde nossa conversa na madrugada de São Francisco, e ele nunca mais tocou no assunto. Então, quando abri o envelope esta manhã, não quis acreditar que podia ter alguma coisa a ver. Não queria criar expectativas. Mas agora balanço minha cabeça, devolvendo seu sorriso.

— É uma boa quantidade de pedacinhos — digo, e ele sorri ainda mais.

Leo ergue os óculos na ponte do nariz, pensando no assunto. O relógio está soando alto demais, e a lava-louças desliga com um zumbido. Teddy observa o amigo atentamente, esperando que ele diga alguma coisa, porque é Leo quem sempre sabe se uma ideia é louca ou brilhante.

— Isto é, quem é que precisa de uma pedra tão grande assim, afinal? — diz ele finalmente, e Teddy suspira.

— Então... você já tem um plano? — pergunto, quase temendo a resposta, mas ele recoloca o lápis atrás da orelha, bate palmas uma vez e aponta para as pastas.

— Sim — afirma Teddy, com um sorrisinho, o mesmo que ele dá quando pergunto se ele realmente fez o dever de casa ou estudou para alguma prova. — Já tenho um plano. — Seu tom de voz exageradamente formal retorna. — Se, por obséquio, abrirem na primeira página.

— *Teddy* — dizemos ao mesmo tempo, e ele ri, imediatamente saindo do personagem.

— Ok, ok — diz ele, erguendo as mãos e cedendo. — Vou contar logo, então. Mesmo que eu tenha passado basicamente a semana passada inteira na biblioteca organizando tudo isso.

— Você foi a uma biblioteca? — pergunta Leo, fingindo espanto. — E ela ainda está de pé?

— Fui aos correios também — declara Teddy, orgulhosamente. — E ao banco, e ao escritório de um contador...

— Todos os lugares menos à escola — ressalto.

— Eu tinha peixes maiores a pescar. O que me leva à mulher do frango.

Leo franze a testa.

— Estou perdido.

— Ainda não acho que devia chamá-la assim — insisto para Teddy, que abana as mãos com um ar de impaciência.

— Que tal um pouco de silêncio aí na cozinha?

— Cozinha, frango, peixe — diz Leo. — Agora estou com fome.

— Tem, tipo, cinquenta quilos de chiclete na cozinha — lembro a ele.

Teddy suspira.

— Querem ouvir minha ideia ou não?

— Sim — respondo, rindo. — Conte.

E, então, Teddy conta a Leo o que aconteceu em São Francisco, sobre a gorjeta por impulso que ele deixou para a mulher do mercado de produtos orgânicos, de como foi ir embora, sabendo que aquele dinheiro faria diferença na vida de alguém, todas aquelas coisas que ele me contou tão sem fôlego mais tarde naquela mesma noite.

Ele anda de um lado para o outro enquanto fala, arrastando os sapatos lustrosos no piso, batendo o lápis na palma da mão. Mas esse não é o mesmo Teddy que entrou daquele jeito em meu quarto, algumas semanas antes. Está claro que não é um de seus devaneios habituais. Não é uma ideia louca nem um plano impensado. Isso não é mais só um capricho.

Enquanto o escuto dar um discurso que parece surpreendentemente uma ideia de negócios, percebo que ele não está só improvisando tudo aquilo. Fica óbvio que ele pensou bastante em tudo, e que dedicou tempo e energia ao assunto.

Pelo menos desta vez, ele não está contando só com seu charme. Ele de fato fez seu trabalho.

— Quero começar pequeno, com apenas nós três. Mas uma hora a ideia precisaria crescer e se tornar uma coisa grande. Ter um pequeno exército de pessoas fazendo boas ações pela cidade, talvez até mesmo pelo país.

— Como assim? — indaga Leo — Tipo uma pequena força--tarefa?

Teddy balança a cabeça.

— Pequena não. Estou pensando bem maior que isso.

— Atos aleatórios de gentileza — murmuro, e ele se vira para me olhar, os olhos acesos.

— Exatamente. De meu ponto de vista, ficaríamos de olho em qualquer um que pudesse precisar de uma ajudinha. Nada grande demais. Gente com dificuldade para pagar as compras de mercado, ou precisando de um café para se aquecer, ou que não esteja conseguindo comprar um presente de aniversário para o filho. A ideia seria ajudar as pessoas com pequenos gestos e que pudessem fazer grande diferença. Seria sem fins lucrativos, para que outros pudessem doar no futuro também, mas meu contador me disse que o dinheiro inicial poderia gerar interesse suficiente para manter isso de pé por um bom tempo, especialmente se doarmos em pequenas quantias. E eu estava pensando que poderíamos ter uma base on-line na qual as pessoas poderiam escrever pedidos e sugestões e... — Ele para, olhando ansiosamente para nós. — Bem, posso dar todos os detalhes mais tarde. Mas o que acham?

Leo esfrega o queixo, seus olhos sobre a mesa, imerso em pensamentos. Depois de um instante, ele pega o copo de água e o ergue.

— Eu acho incrível — diz ele, tão sinceramente que Teddy gargalha, uma mistura de alívio e alegria.

Depois ambos se viram para mim, os rostos cheios de expectativa. Então, dou a eles a única coisa que tenho por verdade, as palavras que estão dando voltas em minha mente desde que essa conversa começou há todas aquelas semanas, em um quarto de hotel escuro do outro lado do país.

— Isso vai mudar tudo — declaro, baixinho.

Não digo isso na intenção de sempre.

Não estou querendo dizer que a mudança será difícil, ou assustadora apesar de definitivamente ser ambas as coisas.

Eu só quis dizer que: às vezes, através de boa ou má sorte, através de maldições ou destino, o mundo se abre, e depois disso nada permanece igual.

Eu só quis dizer que este parece ser um desses momentos.

Quarenta e Cinco

Ainda há tempo antes de meu turno no sopão, então, Teddy sugere uma torta no Lantern.

— Para comemorar — diz ele, olhando esperançosamente para nós. — E para traçar alguns planos.

Concordo em ir, mas o trabalho final de Leo — um olhar crítico sobre a evolução do design em três de seus filmes favoritos da Pixar — é para amanhã, então ele precisa voltar para casa. Enquanto o acompanhamos até o ponto de ônibus, ele não consegue parar de falar na ideia de Teddy.

— E se também procurássemos pessoas que já estejam fazendo algo de bom pelos outros? Poderíamos recompensá-las para que elas possam fazer ainda mais.

Teddy faz que sim.

— Adorei.

— E eu vou criar o site, obviamente — continua Leo. — Podíamos até fazer uma seção com a boa ação da semana ou algo assim. — Ele põe uma das mãos no bolso de trás da calça e tira seu caderninho de anotações, abrindo numa página vazia. — E cartões. Podíamos fazer cartões de visita para entregar o dinheiro e para as pessoas que se sentissem inspiradas pudessem entrar no site e relatar a experiência. E uma logo! Eu podia criar isso também. Só precisamos de um nome.

— Ainda não pensei em um — confessa Teddy. — Vocês são os cérebros criativos por trás desta operação, então eu meio que estava esperando que inventassem algo brilhante.

Quando chegamos ao ponto, eles já traçaram mais uns mil planos, e, quando nos despedimos, Leo já está sentado no banco de metal, rabiscando furiosamente em seu caderninho.

No Lantern, Teddy abre a porta para mim e puxa minha cadeira para eu sentar, e não consigo identificar se ele ainda está no modo homem de negócios ou se só está sendo incomumente gentil. Pedimos duas fatias de torta de mirtilo para nossa garçonete de sempre, e, então, ele baixa seu menu e me olha demoradamente.

— Sinto muito — começa ele, girando o canudo em seu copo d'água.

— Pelo quê?

— Por não ter contado antes. Eu estava morrendo de vontade, mas queria que fosse surpresa. E precisava organizar tudo primeiro: preencher a papelada, esboçar um plano, encontrar um contador, resolver as...

— Teddy — interrompo. — Tudo bem. Estou muito orgulhosa de você.

A preocupação em seu rosto desaparece.

— Está?

— Claro. Acho incrível. E não consigo acreditar em como já adiantou tudo.

Ele sorri ao ouvir aquilo, e levanta uma das mãos, quase como se estivesse prestes a pegar a minha. Mas a garçonete chega com nossas tortas, e, em vez disso, ele pega o garfo.

— Bem, você tinha razão — concede ele, espetando sua fatia. — Acho que eu só precisava ser desafiado. Quem diria?

— Eu — respondo, com um sorriso largo.

Ele pisca para mim. Teddy McAvoy é a única pessoa que conheço que sabe dar uma boa piscadela.

— Então, você está no barco, certo?

— Que barco?

— Quero que você esteja envolvida — explica ele, comendo um pedaço enorme de torta. — Especialmente agora que vai estar aqui ano que vem. Tipo, eu sei que vai estar ocupada com a faculdade, mas você sempre dá um jeito de arranjar tempo para essas coisas, e agora vamos fazê-las juntos.

Ele termina de mastigar e sorri com os dentes manchados de azul. Abro a boca para responder, mas percebo que não tenho muita certeza do que quero dizer, e, conforme o silêncio se prolonga, ele parece mais decepcionado.

— Sei que pressionei você demais para aceitar o dinheiro. E sinto muito. Mas isso é diferente. É o tipo de coisa que você teria feito se fosse eu, certo?

Quando faço que sim, seus olhos se reacendem.

— Então, o que acha? Pode ser o que quiser. Diretora do programa? Chefe executiva? Diretora global de boas ações?

Abro minha boca para dizer que sim. Para dizer é claro que sim.

Mas não sai nada.

Em vez disso, apenas o encaro, apesar de ele não parecer notar. Ele agita seu garfo enquanto mastiga.

— É meio perfeito, sabe? Eu faço toda as coisas dos bastidores, e Leo vai lidar com a parte criativa. E você ficará encarregada de alcançar as pessoas, porque eu não consigo pensar em ninguém melhor para descobrir um jeito de doar um montão de dinheiro.

Tento comer um pedaço da torta, mas ela fica presa em minha garganta. Quando finalmente consigo engoli-la, bebo metade de meu copo d'água, e levanto o olhar para encarar Teddy.

— Parece incrível.

— Ótimo! — exclama ele, reluzindo.

— Mas acho que não posso.

Ele pisca algumas vezes.

— O quê?

— Não posso — repito, quase tão surpresa quanto ele.

— Por que não?

O nó em meu estômago se desfaz. Por algum motivo, a imagem do pôster da biblioteca me vem à mente, aquele pendurado na sessão infantil: TUDO BEM NÃO SABER. TUDO BEM NÃO SE IMPORTAR.

Teddy ainda está me encarando, esperando uma explicação.

— Nunca aprendi a tocar violão — respondo, e ele franze mais ainda a testa.

— O quê?

— Sempre quis tocar. Mas nunca tive tempo de fazer aulas.

Ele baixa seu garfo, a expressão ainda confusa.

— Sabe como tenho dito que a faculdade não é só para descobrir o que você quer fazer, mas também para descobrir quem você é?

Ele solta um suspiro de cansaço.

— De novo, não.

— Não estou falando de você — digo, pacientemente. — Estou falando de mim. Faz ideia de quanto tempo passei sendo voluntária nos últimos anos?

Ele remexe nos pedaços de sua torta.

— Bastante.

— Bastante — confirmo. — E não me arrependo, porque pude fazer diferença para muita gente, e sei que fiz muita coisa boa. E eu adorei. Ainda adoro. Mas não tenho certeza se minhas motivações foram sempre... minhas.

A expressão de Teddy suaviza.

— Eu sei.

— Na verdade, foi você quem meio que me ajudou a perceber isso. E tinha razão. Sempre coloquei meus pais em um pedestal, e trabalhei duro para deixá-los orgulhosos. Mas eles não estão mais aqui. — Minha voz vacila ao dizer isso, e fico encarando a torta em meu prato. — Eles não estão aqui há muito tempo...

Ele pigarreia, mas não diz nada.

— Não quero decepcioná-los. Mas também não posso passar minha vida inteira indo atrás deles. E acho que o que eles mais desejariam para mim seria que eu fosse feliz — digo, com firmeza, tanto para mim quanto para Teddy.

Sei que é verdade. É o que qualquer um quer para mim, e sinto uma onda de boa sorte ao pensar naquilo, e, mais ainda, uma sensação de paz.

Porque é o que eu quero também.

Levanto o olhar para encarar o de Teddy.

— Achei sua ideia maravilhosa — confesso, frisando ao máximo a última palavra. — E adoraria ajudar aqui e ali.

— Mas não quer coordená-la com a gente.

— Não. Acho que não.

Teddy se recosta com força em sua cadeira, como se absorvendo um grande impacto. Ele parece mais que apenas desapontado. Parece arrasado, e um horror frio e pesado se instala em meu peito. O tempo todo achei que o dinheiro seria o que nos mandaria em direções opostas. Mas talvez seja isso.

Você escolhe uma coisa, e sua vida segue de um jeito.

Você escolhe outra, e tudo sai completamente diferente.

Essa coisa que ele está prestes a fazer: acredito nela. Mas passei muitos anos tentando fazer a coisa certa pelos motivos errados. Agora quero fazer a coisa certa por mim.

Ainda assim, sinto que estou recusando mais que apenas uma oportunidade de ajudar a lançar uma organização sem fins lucrativos. É quase como se eu também estivesse perdendo outra coisa.

Mesmo que essa outra coisa seja apenas uma possibilidade.

Mesmo que essa possibilidade nem seja muito provável.

Teddy ainda está olhando para mim do outro lado da mesa e, depois de um tempo, faz que sim: uma vez, depois outra. Quando ele sorri, não é um sorriso que enruga os cantinhos de seus olhos, mas posso perceber que ele está tentando.

— Bem — diz ele, pegando seu garfo de volta. — Talvez um dia.

— Talvez um dia.

Ele ergue uma das sobrancelhas.

— Depois de você aprender a tocar violão.

— E algumas outras coisas — acrescento, pensando novamente no que tia Sofia disse a Leo naquela noite, há tanto tempo, quando ele perguntou qual outra palavra poderia me descrever.

Isso, dissera ela, *depende de Alice.*

Pela primeira vez em muito tempo, eu me sinto eletrificada de possibilidades. E, desta vez, quando a pergunta chega, estou pronta para respondê-la.

— Como quais? — pergunta Teddy, e eu sorrio.

— Acho que precisamos esperar para ver.

Quarenta e Seis

Na saída, Teddy deixa uma pilha perfeita de notas de cem dólares de gorjeta para nossa garçonete.

— Eu prometi — diz ele, seu humor claramente melhorado pela ideia de ver a expressão da garota ao encontrar o dinheiro.

Ficamos enrolando no vestíbulo, espiando pela janelinha acima da porta, e vemos seu queixo cair ao se deparar com a enorme gorjeta.

— Viu? — diz ele, sorrindo quando saímos novamente. — Tem certeza de que não quer ser parte disso?

— Tenho — respondo, tentando não soar defensiva. — Pelo menos, não oficialmente.

— Desculpe — pede ele, cedendo. — Eu sei. Pode fazer o quanto quiser. Sério. Terei uma montanha de dinheiro pronta para você, então, pode pegar e distribuir quando tiver vontade. Eu prometo.

— Obrigada — agradeço. — Sempre quis uma montanha de dinheiro.

Ele ri.

— Escuto essa frase bastante hoje em dia.

Ainda estamos parados debaixo do neon do restaurante, nenhum dos dois se movendo para ir embora. O apartamento de Teddy é em uma direção, e o sopão, na outra.

— É melhor eu ir nessa — aviso, olhando meu relógio. — Vai estar na escola amanhã ou ainda está boicotando as aulas?

— Não, estarei lá. Acho melhor me formar caso eu mude de ideia quanto a toda essa história de faculdade em algum momento.

Posso notar que ele está falando aquilo só para me agradar, mas me sinto melhor assim mesmo.

— Quem sabe um dia? — pergunto, dando alguns passos na direção oposta. Mas ele não se mexe.

Viro a cabeça para trás e aceno. Nada ainda.

— Eu acompanho você — oferece ele, correndo para me alcançar.

Já está quase escuro, com apenas um resquício de luz alaranjada no céu. Se eu não for logo, vou me atrasar, mas paro ali por um momento mesmo assim.

— Não precisa. Mesmo.

— Está uma noite agradável — justifica ele, já me ultrapassando de modo que não tenha outra opção que não o seguir.

As ruas ainda estão movimentadas a esta hora, cheias de casais de mãos dadas e crianças correndo na frente de seus pais e grupos de amigos saindo para alguma noitada.

— Eu faço este caminho sozinha o tempo todo, sabe.

Teddy parece achar aquilo engraçado.

— Eu sei. Só estou tentando ser gentil.

— É, mas estou bem sozinha, então você não precisa ser tão...

— O quê?

— Autoritário.

Ele ri.

— Mas não sou.

— É sim. E estava fazendo isso em São Francisco também. Começou a agir como uma mamãe galinha assim que...

— O quê?

Franzo o cenho para ele.

— Assim que me viu chorar. — Ao passarmos por baixo de um poste de luz, seu rosto cintila em meio às sombras. — E entendo. Eu desmoronei. Mas isso não significa que você precise me tratar como se eu fosse essa frágil...

Ele ergue as mãos.

— Opa, opa... É isso que você acha?

— Bem, o que eu devia achar? Você passou o resto da viagem me seguindo feito uma...

— Uma mamãe galinha? — sugere ele, com um sorriso.

Ignoro o comentário.

— Obviamente assustou você o bastante para fazê-lo sumir assim que pisamos de volta em Chicago.

— Eu já expliquei que estava passando tempo na biblioteca — repete ele distraidamente, olhando as vitrines das lojas, erguendo um dos dedos. — Espera só um minuto? Eu já volto.

— O quê? — pergunto, surpresa.

Mas Teddy já sumiu. Foi correndo até o banco na esquina, onde desaparece dentro do compartimento do caixa eletrônico. Sozinha na calçada, levanto as mãos em sinal de descrença. Mas é claro que ninguém está prestando atenção, então, fico esperando ali até ele voltar, enfiando sua carteira no bolso de trás da calça jeans.

— Desculpe — lamenta Teddy, e, então, sem qualquer tipo de explicação, ele retoma de onde havíamos parado. — Eu não sumi. Tudo isso que aconteceu hoje de tarde? Aquelas pastas que vocês se recusaram a abrir? Aquilo deu muito trabalho. Era isso que eu estava fazendo. Não tinha nada a ver com você.

Há uma leve hesitação em seu passo quando ele diz isso, como se fosse parar de andar, mas depois ele abaixa a cabeça e continua, a mandíbula tensa.

Essa é a parte em que eu deveria deixar para lá. Dizer a ele que tudo bem. Dar a ele o benefício da dúvida. Mas, por algum motivo, não consigo. Ainda não.

— Não acredito em você — digo, baixinho. — Acho que ficou assustado. Você diz que quer que eu seja honesta com você, que não quer ser apenas o cara que me alegra, mas, então, quando me vê desmoronar daquele jeito, você tem um vislumbre de quem eu sou verdadeiramente e...

— Não diga isso — interrompe ele em voz baixa. — Está me ofendendo.

Olho para ele assustada.

— O que?

— Você não pode agir como se eu não a conhecesse de verdade. Somos amigos há nove anos. E sim, sei que você passou por muita coisa, e sei que você não fala com frequência sobre elas, mas isso não significa que não te conheço. Conheço você melhor do que pensa.

— Então, devia saber que não precisa me tratar como se eu fosse quebrar. — As palavras saem com um amargor não intencional, mas estou frustrada e irritada e um pouco zangada, de um jeito que só pareço ficar quando estou perto de Teddy.

Ele balança a cabeça.

— Eu não...

— Você sim — interrompo. — E você, entre todas as pessoas, devia saber o quanto odeio isso.

Ele franze a testa.

— Por que eu dentre todas as pessoas?

Porque, tenho vontade de dizer, *ambos passamos por coisas que deviam ter nos partido ao meio.*

Porque ambos sobrevivemos a elas.

— Não importa — respondo, acelerando o passo. — É só que...

Mais uma vez, ele levanta um dedo, e eu paro no meio da frase.

— Só um minuto — pede ele, correndo na direção de uma farmácia. Dou um suspiro indignado, percebendo que definitivamente vou me atrasar agora, e passo os sete minutos seguintes chutando distraidamente uma caixa de correios e borbulhando de raiva por causa de nossa conversa interrompida.

Quando Teddy volta, está trazendo uma sacola plástica branca em uma das mãos, e ele a gira em círculos quando voltamos a caminhar, virando à esquerda numa interseção e subindo uma rua rodeada por árvores e casas e o ocasional poste de luz.

— Não é isso — revela ele, por fim.

Ele o faz simplesmente, como se não tivesse acabado de desaparecer sem qualquer tipo de explicação, e levo um instante para lembrar exatamente o que não é. Já estamos quase no sopão, e minha raiva está começando a passar, substituída por uma coisa mais desesperada. A verdade é que odeio brigar com Teddy. Só quero que as coisas entre nós voltem ao normal. Como eram antes da loteria. Antes do beijo. Antes de tudo isso.

— Não fiquei assustado — continua ele. — Eu só tinha trabalho a fazer.

— Na biblioteca — digo, revirando os olhos. — É, você já mencionou.

Ele para mais uma vez.

— Bem, mas é verdade.

Posso ver a igreja no final da rua, a sombra azul-marinho contra o céu roxo. Há uma fila de pessoas junto à lateral do edifício, esperando o sopão abrir. Estou longe demais para identificar os mais assíduos, mas posso ver alguém juntar as mãos em concha e acender um cigarro, o pontinho vermelho subindo e descendo em meio ao escuro.

— Estou atrasada — digo a Teddy, mas, quando o olho, percebo que finalmente consegui esgotar sua paciência habitual. Finalmente ele parece irritado comigo também.

— Se parecia que eu estava evitando você desde que voltamos — diz ele, entre dentes —, é provavelmente porque eu estava.

Cruzo os braços.

— Ok.

— Mas não é o que você pensa. Eu só estava tentando não te pressionar, está bem?

— Sobre o quê?

Ele geme, impaciente.

— Sobre ir para Stanford. Ou... não ir para Stanford.

— O quê? — pergunto, confusa.

— Isto é, a gente viu o que aconteceu com Max e Leo, e sei que veio de um lugar bom... sei que Max só queria que eles continuassem juntos, mas às vezes não importa o que você quer, sabe? — Ele fala aquilo com tanta agressividade que é difícil identificar se está zangado comigo ou com Max. — É sobre o que a outra pessoa quer. E sim, posso admitir agora que estou feliz por você não ir para um lugar tão longe quanto a Califórnia ano que vem. Porque estar tão longe assim de você pelos próximos quatro anos seria... eu nem sei. Meio que insuportável, acho. Mas eu só estava tentando me certificar de que você teria espaço para pensar nisso sozinha, então me desculpe se...

— Teddy — interrompo, e ele para, piscando para mim.

— Sim?

— Obrigada. Acho que foi a coisa mais legal que alguém já gritou para mim.

Apesar de não querer, ele ri.

— Estar tão longe de você teria sido meio que insuportável para mim também.

— Mas não foi só isso — prossegue ele, a voz mais branda agora. — E não foi só a biblioteca e a caridade. Eu tinha trabalhos meus também.

— Você fica repetindo isso, mas não faço ideia do que...

— Significa — corta ele, meio impaciente — que não acho que você vá quebrar. Mas seu coração, sim.

— O quê? — pergunto. Como não estava esperando por isso, fico o encarando. — Do que você está falando?

— Olhe. Eu... Bem, eu sou eu. Eu estrago as coisas. É o que faço. E sou descuidado com as pessoas. Não é de propósito, mas sou.

Faço que sim, apesar de ainda não ter a mínima ideia de aonde ele quer chegar.

— Mas com você é diferente. Isto é, mesmo colocando de lado toda a coisa de nossa amizade, o que é uma grande coisa para se colocar de lado, você foi bastante machucada, sabe?

— Não — respondo imediatamente. — Não faço a mínima ideia do que você...

— Você passou por muita coisa — continua ele, e antes que eu possa protestar, ele se apressa em continuar. — Passou sim. É bem difícil negar isso. E eu não queria ser mais uma coisa a te machucar. Jamais quis ser alguém que fosse fazer isso com você.

Fazer o quê?, quero perguntar, apesar de ter medo; não porque sei qual será a resposta, e sim porque sei qual eu quero que seja.

Um carro vira na rua, os faróis iluminando brevemente o rosto de Teddy.

— Então, por isso não mencionei o que aconteceu naquela manhã depois da loteria — explica ele, e acho que está falando do beijo, mas está tudo tão confuso agora que é difícil ter certeza. — E, depois, tivemos aquela briga, e me senti pior ainda, porque a ideia toda era não magoar você, e, de alguma maneira, acabei magoando ainda mais.

— Teddy...

— E, então, sim, vi você chorar em São Francisco. Mas foi uma coisa boa, na verdade, porque pude ver como você é forte. Você me deixou entrar. Isso não é desmoronar. Nem de perto.

Fico olhando para ele, sem conseguir pensar numa resposta.

— E aquilo não me assustou — confessa ele, com um sorriso.
— Foi justamente o oposto. Eu sempre soube com o quanto você já teve de lidar, e como deve ter sido horrível. Mas estar lá com você... — Ele respira fundo e balança a cabeça. — Não consigo nem imaginar como deve ser difícil. Como ainda deve ser difícil.

Há uma certa tensão que toma conta de mim sempre que alguém fala de meus pais, um enrijecimento automático no pescoço e nas costas, e isso acontece agora enquanto encaro a calçada rachada. Ali no cimento, minha sombra se embaralha com a de Teddy, e, por um segundo, quase parece que estamos de mãos dadas.

— Então — diz ele, com um tom de encerramento, como se agora tivesse explicado tudo —, percebi que eu tinha trabalho a fazer.

— Por que fica repetindo isso? — pergunto, sem olhar para ele ainda. — O que quer dizer?

— Al — diz ele, e, quando coloca uma das mãos em meu ombro, toda aquela tensão jorra de mim.

— O quê? — pergunto, e minha voz vacila.

— Sei que provavelmente não estou explicando isso muito bem...

Sem querer, começo a gargalhar, porque aquela declaração é tão minimizada em relação ao que está acontecendo neste momento. Mas, então, eu me sinto péssima imediatamente, porque Teddy parece realmente sério, e, por um desconfortável momento, ficamos simplesmente nos encarando. Há uma sensação de algo novo entre nós, e, apesar de eu não ter certeza do que é, sinto mesmo assim. Está fazendo meu coração martelar dentro do peito, minhas mãos tremerem, deixando cada centímetro de meu corpo mole como pudim.

— Preciso ir — aviso baixinho, mas não me movo.

Seus olhos me prendem no lugar. Ir embora agora seria como sair do cinema antes do final do filme. Como pular a frase que conclui uma piada boa. Como desistir de um quebra-cabeça quando faltam apenas algumas peças para encaixar.

Em vez disso, eu me forço a olhar em seus olhos.

— Tive muito trabalho a fazer por sua causa — repete ele, mais insistentemente desta vez, como se fosse uma mensagem não sendo recebida, um sinal que não estou vendo. — Você é a melhor pessoa que conheço. E eu sabia que precisava... que eu queria ser melhor também. Ou pelo menos fazer algo melhor. Entende o que estou tentando dizer?

Eu rio e seco uma lágrima que não percebi que escorrera até chegar na metade de minha bochecha.

— Nem um pouquinho.

E, então, ele me beija.

Simples assim.

Ele se aproxima e se abaixa um pouco, e me beija.

Não é como o beijo depois da loteria; não é apressado nem impulsivo. É um beijo que está sendo preparado há meses, talvez anos. É algo mais durável, mais longevo. São aquelas últimas peças do quebra-cabeça sendo encaixadas.

Ele passa as mãos por meu cabelo, meu pescoço e minhas costas, e seus lábios se movem com uma espécie de urgência, e, de uma só vez, entendo o que ele estava tentando dizer, e fico na ponta dos pés, o abraço e o beijo também.

— Teddy — digo, um pouco sem fôlego, quando finalmente nos desgrudamos.

Ainda estamos juntos, suas mãos torcendo minha jaqueta, as palmas das minhas apertadas contra suas omoplatas.

Ele abaixa a cabeça para me olhar de perto.

— O quê?

— Você sabe que não precisava investir milhões de dólares e criar todo um plano de negócios só para me beijar, não sabe?

Ele sorri.

— Eu acho que não?

— Não sou tão difícil de conquistar.

— É sim — discorda ele, e então me beija novamente.

É o tipo de beijo dentro do qual você poderia sumir, o tipo com o qual se poderia perder horas, até mesmo dias, e parece que é o que fazemos; parece que estamos ali desde sempre, entrelaçados daquele jeito, o resto do mundo se desfazendo, quando a sacola da farmácia cai da mão de Teddy.

Pulamos para o lado quando o conteúdo se esparrama na calçada, e me abaixo para recolhê-lo, minha cabeça rodando. Tudo ainda parece meio estranho, e demoro um instante para entender o que estou vendo.

— Por que você comprou tanto desodorante? — pergunto, pegando um deles antes que role até a grama. — Seu cheiro não é tão ruim assim.

— Valeu por isso — diz Teddy, rindo enquanto apanha um pacote de fio dental. — Mas, na verdade, não são para mim.

Fico de pé novamente, olhando para ele.

— Espere.

— É — confirma ele, sorrindo. Na calçada há escovas de dentes e garrafinhas de enxaguante bucal, algumas caixas de band-aid e até alguns pacotes de meias. — Vou trazer mais da próxima vez, mas eu estava ansioso para começar logo.

— Como você sabia...

Ele dá de ombros.

— Você está sempre comentando sobre de que tipo de coisas eles precisam aqui.

— Você estava ouvindo? — pergunto.

Estou tão estupefata que Teddy ri. Mas não consigo acreditar. Fico encarando os itens sobre a calçada. Todo esse tempo tenho subestimado Teddy. Todo esse tempo eu simplesmente presumi que ele não prestava atenção.

— Trouxe algum dinheiro também — diz ele, apalpando o bolso de trás da calça, onde ele guardou a carteira depois de parar no caixa eletrônico. — Sei que não é o suficiente, mas imagino que tenhamos de começar em algum lugar, certo?

Concordo com a cabeça, ainda surpresa.

— Certo.

— Então? — pergunta ele, se abaixando para pegar a sacola e olhando na direção da igreja. — Está pronta?

Fico surpresa comigo mesma ao estender uma das mãos e pegar a sua, agora livre. Mas não consigo evitar; ele parece tão esperançoso no momento, tão sincero. Sorrio para ele, e ele sorri para mim, e ficamos ali daquele jeito por um bom tempo. Então faço que sim, e, juntos, atravessamos o gramado, em transe e felizes e ansiosos para compartilhar nossa boa sorte.

Parte Seis

JUNHO

Quarenta e Sete

É estranho ver o apartamento sendo esvaziado depois de tantos anos.

Há caixas de papelão espalhadas por toda parte, cheias de livros amarelados e pratos enrolados em jornal, além de pilhas de roupas mal dobradas. Nas paredes, vibrantes quadrados azuis substituíram as muitas fotos de Teddy, e, embaixo delas, montinhos de poeira saíram de seus esconderijos, arrastando-se pelas tábuas de madeira do piso, como coelhinhos em miniatura.

Era para eu estar empacotando uma prateleira cheia de porta-retratos, mas toda hora paro e olho ao redor, espantada em ver este lugar — que sempre foi tão familiar, uma espécie de segundo lar — parecendo tão completamente diferente.

— Mudança é algo bom — garante Teddy, piscando para mim ao passar carregando uma caixa. Ele passa por mim, mas dá marcha a ré até estarmos cara a cara e se inclina para me dar um beijo rápido.

Do outro lado do quarto, Leo revira os olhos.

Mas estamos nos acostumando a isso agora, e é fácil ignorá-lo.

— Obrigada — agradeço a Teddy, que me olha demoradamente, de um jeito que faz meu coração bater rápido demais, e, em seguida, ajeita a caixa em seus braços e sai para empilhá-la perto da porta.

Mudança é algo bom, penso, testando as palavras, deixando-as flutuarem pela mente. Em seguida, penso nelas novamente, com mais intenção desta vez: *mudança é algo bom*.

Mas ainda não estou exatamente nesse ponto. Talvez nunca vá estar. É difícil imaginar uma vida onde todas as mudanças são para melhor. Aconteceram coisas demais comigo para este tipo de otimismo, este tipo de fé cega. Mas estou tentando.

Mudanças podem ser *boas*, penso, o que parece mais perto da verdade.

A porta se abre, e Katherine entra, folheando um monte de envelopes.

— A Sra. Donohue tem acumulado nossas correspondências novamente — diz ela, ao deixá-las na bancada.

Quando Teddy pega uma das cartas, ela faz um leve barulho de chocalho. Ele a abre e três Skittles verdes caem em sua mão.

Eu rio, surpresa com aquilo. Mas Teddy apenas fica encarando as balas.

— O que é isso? — pergunta Katherine, o rosto estampado de perplexidade.

— Skittles — responde ele. — Verdes.

Ela franze a testa.

— Não entendo.

— As verdes são boas — diz ele, olhando-nos com um sorriso.

— Mas o que isso...

— São de papai — explica ele, e de repente ela parece compreender.

Ninguém diz nada; estamos todos olhando as balas na palma da mão de Teddy como se elas pudessem conter algum tipo de resposta. E, para ele, percebo que elas contêm. Não é muito, mas é alguma coisa: um sinal de que seu pai está tentando, de que talvez até fique bem. Que ambos fiquem.

Penso no recibo que vi na escrivaninha de Teddy outro dia, relativo a uma doação aos Jogadores Anônimos, e em como deve ser difícil quando a pessoa que você mais quer ajudar no mundo não tem escolha a não ser ajudar a si mesma sozinha. Tudo o que se pode fazer é aguardar. E torcer.

Mas, por enquanto, verde é bom. E isso é um começo.

Teddy recoloca as balas no envelope. Em seguida, anda até uma caixa escrita *Memórias* e as guarda ali dentro.

Katherine pega o celular quando ele começa a vibrar.

— Droga. Devia estar encontrando com o marceneiro agora. Vamos escolher nossos armários de cozinha hoje.

— Que emoção — diz Teddy, e ela ri.

— Acredite ou não, é mesmo. Pelo menos para mim. Tudo está sendo.

Isso o faz sorrir. Semana passada, Leo e eu fomos com eles ver o progresso no novo apartamento, nós dois um pouco para trás enquanto mãe e filho desviavam das pilhas de tábuas de madeira para conseguir ver melhor o exato lugar em que haviam morado. Sei que deviam estar pensando em como suas vidas haviam mudado desde então, como haviam mudado para pior e depois — de repente — para melhor.

— Obrigada — dissera Katherine, puxando Teddy para um abraço. Então, ela olhou por cima do ombro dele com lágrimas nos olhos. — Obrigada a vocês dois.

Agora ela pega as chaves da nova casa em cima da bancada.

— Não se esqueçam de que vou para o hospital depois — diz ela a Teddy, acenando ao fechar a porta. — Mas volto para casa a tempo do jantar.

Quando ela sai, Leo se vira para Teddy.

— Achei que ela ia diminuir alguns turnos.

— Ela diminuiu. E não trabalha mais à noite. — Ele dá de ombros. — Fico lembrando-a que ela podia parar de vez, mas ela não quer.

— Katherine ama o que faz — lembro a eles. — Ela tem sorte.

Mas Teddy não está mais ouvindo. Sua atenção se voltou para a TV, que está ligada com o volume baixo. Está sintonizada em um canal de um programa matinal, onde o apresentador, um homem de cabelo muito escuro e pele bronzeadíssima está entrevistando uma mulher sentada no sofá a sua frente. Ela parece nervosa, a perna balançando.

— Aumente o som! — exclama Teddy, tão alto e subitamente que Leo larga a colher de pau que estava prestes a guardar em uma caixa. — Cadê o controle remoto?

— Não sei. — Procuro nos lugares de sempre, que estão em diversos estados de caos. — Por quê?

— Porque sim — diz Teddy, ficando de joelhos na frente do sofá para procurar embaixo dele.

Ele ressurge com o controle e o aponta para a TV, apertando o botão de volume para cima tantas vezes que agora as pessoas na tela estão praticamente berrando.

— Teddy — dizemos Leo e eu ao mesmo tempo, cobrindo os ouvidos.

— Desculpe — balbucia ele, abaixando de volta. — Mas olhem.

Estreito os olhos para a tela, tentando identificar exatamente o que eu deveria estar vendo, mas só quando escuto a mulher mencionar *mercado de produtos orgânicos* que me dou conta de quem ela é.

— Epa — digo, me aproximando da TV. — É a mulher do frango.

— Acha mesmo que a gente devia chamá-la assim? — provoca Teddy, mas apenas abano a mão para ele se calar, indo para ainda mais perto da tela.

— A princípio achei que tivesse sido algum engano, então não fiz nada por um tempo — diz ela. A mulher parece diferente com toda a maquiagem, de alguma forma mais velha, mais crescida. No entanto, definitivamente é ela, e ela definitivamente está falando de Teddy. — Achei que alguém tinha deixado por acidente ou que eu teria problemas se gastasse, porque poderiam querer de volta. Jamais imaginaria que alguém faria algo como aquilo para uma completa estranha, sabe?

— Acha que ela está falando de você? — pergunta Leo, se aproximando de nós, de modo que ficamos os três enfileirados de frente para a TV, braços cruzados, olhos fixos na entrevista.

— Quantas outras pessoas você acha que deixaram mil dólares de gorjeta para ela recentemente? — pergunta Teddy, apesar de estar sorrindo e suas orelhas parecerem rosadas.

— Mas, então, sua mãe piorou... — comenta o apresentador, e a mulher do frango faz que sim, parecendo ligeiramente assustada.

— Sim — responde ela, piscando. — Ela não estava muito bem, e eu estava tendo dificuldades em pagar sua estadia no asilo, então resolvi usá-lo. — Ela abaixa a cabeça por um instante, e depois olha para a câmera com os olhos marejados. — Ela morreu uma semana mais tarde.

— Sinto muito — lamenta o âncora, esticando o braço para dar um tapinha na mão da jovem em uma demonstração de solidariedade. — Mas, em seguida, aconteceu algo muito especial, não foi?

— Bem, eu resolvi começar a ser voluntária nesse mesmo asilo — conta ela, endireitando as costas ligeiramente, e o âncora faz um biquinho.

— Sim — confirma ele. — Sim, é claro. O que é admirável. Muito mesmo. Mas pode nos dizer o que aconteceu na manhã seguinte ao falecimento de sua mãe?

— Sim. Claro. Bem, havia sido uma noite difícil e eu precisava sair, então peguei o carro para comprar um café na manhã seguinte. E, mesmo estando triste, ficava pensando em como estava grata por ela ter tido os cuidados de que necessitava em sua última semana de vida, e sei que aquilo não teria acontecido sem a gentileza daquele estranho. Isso me fez querer retribuir de alguma maneira.

O âncora concorda e dá um olhar de encorajamento para que ela prossiga.

— Mas, obviamente, eu não tenho tanto dinheiro, e a única coisa em que consegui pensar naquele momento foi comprar um café para a pessoa atrás de mim na fila do drive-thru. Então, fiz isso. Não foi nada demais. Nada que sequer se aproximasse da gorjeta. Mas foi alguma coisa, sabe?

— Mas acabou sendo algo grande — diz o homem do sorriso de mil watts. — Algo bem grande. Porque, depois que você fez isso, a pessoa atrás de você ficou tão agradecida que resolveu fazer a mesma coisa. E a pessoa depois dela também. E assim por diante.

A mulher do frango concorda.

— Pois é. Mais tarde descobri que mais de seiscentas pessoas mantiveram a corrente fluindo o dia inteiro.

— Seiscentas pessoas! — exclama o âncora. — Certamente é bastante café.

Enquanto eles continuam se maravilhando com o milagre do drive-thru, Teddy se vira para nós, seu rosto aceso de excitação.

— Viram? Já está dando certo.

— É, café para todo mundo — brinca Leo, mas Teddy balança a cabeça.

— Não, você ouviu o que ela falou antes? Ela começou a ser voluntária. Numa casa de repouso! Tudo por causa daquela gorjeta.

Na tela, os dois ainda falam do café. Mas a ideia de que isso seja apenas o começo — de que vamos poder fazer isso mais vezes, de que o efeito cascata de um ato tão simples de gentileza possa ser tão ilimitado e duradouro, mais duradouro até mesmo que a corrente entre os carros do drive-thru — é o suficiente para nos manter imóveis e de pé ali durante um longo tempo.

Quarenta e Oito

É quase meio-dia quando Leo para o que está fazendo — que é ficar sentado na bancada da cozinha, estourando sistematicamente a terceira folha de plástico bolha — e olha ao redor.

— Vocês vão ficar bem se eu for nessa?

— Por quê? Estourar plástico bolha te deixou cansado demais?

Ele faz uma careta para mim e estoura mais uma.

— Vou almoçar com Max — responde ele, olhando para o mar de caixas espalhadas e sacos plásticos cheios até a borda. — Mas estou me sentindo meio culpado em ir embora. Apesar de você *ser* milionário, então, se realmente precisasse de ajuda, teria contratado alguém para fazer isso.

— É mais divertido pedir para vocês fazerem — diz Teddy. — Além disso, sobra mais dinheiro para quem realmente precisa.

— Acho que Alice fez uma lavagem cerebral em você — comenta Leo, levantando as mãos para se defender quando percebe minha careta para ele. — O que não é tão ruim assim. Mas, enquanto está separando toda essa grana para caridade, não se esqueça de poupar um pouquinho para se divertir também. Não é todo dia que se ganha na loteria.

— Ele tem razão — endosso, e Teddy me olha surpreso. — Isto é, estou bem impressionada com tudo o que está fazendo, e orgulhosa de você, mas...

— Acho que o que ela está querendo dizer — interrompe Leo — é que é bom ser um pouco mais como Alice. Mas também não pare de ser o Teddy, ok?

— Bem, fico feliz em ouvir vocês dizerem isso — confessa Teddy, afundando no sofá. — Porque tem uma coisa que eu queria...

— Eu sabia — diz Leo imediatamente. — Você comprou uma ilha.

— Não exatamente. Mas meu eu de 12 anos ficaria bastante decepcionado se eu, pelo menos, não tentasse tornar alguns de nossos sonhos de infância realidade. Por isso você é agora o orgulhoso dono de um cachorrinho. E, por isso, minha mãe tem uma casa nova. Que, por acaso, terá uma mesa de sinuca e uma máquina de pinball no porão.

— Naturalmente — digo, ao sentar a seu lado no sofá, segurando sua mão. Ainda parece tão estranho poder fazer isso e ver seu rosto derreter com o gesto, seu olhar em mim com um foco que me deixa meio tonta e que provavelmente sempre deixará.

— Também comprei para você mil lápis de cor — revela ele, voltando-se para Leo, que ri.

— Mil? Literalmente?

— Literalmente. Eu nunca mentiria para você a respeito de algo tão sério quanto material artístico. Pode contar se quiser. Pensei em esperar e mandar tudo para seu dormitório quando fosse para a faculdade, considerando que é onde provavelmente vai desenhar de agora em diante. Ah, e já cuidei disso também.

— Do quê?

— Paguei seu dormitório — diz Teddy, sorrindo. — E suas mensalidades.

Leo abre a boca, em seguida a fecha, completamente sem saber o que dizer.

— Pagou?

— Paguei.

— Uau! — exclama ele, sacudindo a cabeça. — Isto é... uau. Obrigado. De verdade. Isso... é tão melhor que uma ilha.

Teddy ri.

— Que bom que você acha. Na verdade, guardei um pouco para mim também. Só por precaução.

— Sério? — pergunto, endireitando-me. — Para uma faculdade?

— Só seria no ano que vem — responde ele rapidamente. — E isso presumindo que eu fosse aceito em alguma...

— Tenho a sensação de que você ficará bem — comenta Leo, dando um sorrisinho. — Tem um material bastante sólido para sua apresentação pessoal.

— Vou estar bem ocupado com a organização — continua Teddy, claramente temendo criar expectativas demais. — Então, pode não acontecer. Mas tenho pensado sobre a coisa de ser treinador, e acho que uma parte de mim ainda se pergunta se talvez...

— Teddy — interrompo, e ele para. — Acho que você seria um grande treinador um dia se quiser.

Ele sorri, e a expressão em seu rosto se ilumina.

— Obrigado — agradece ele, pigarreando em seguida. — Enfim, isso é entre Leo e eu. Mas você... você foi a mais difícil de pensar.

Ergo minhas sobrancelhas.

— O que quer dizer?

— Bem, sempre foi difícil saber o que você quer — explica ele, e eu sorrio, porque tudo o que realmente quis foi isso: família e amigos, segurança e amor, o sol entrando pelas janelas em uma manhã de sábado. Só isso.

Mas Teddy se contorce para alcançar atrás do sofá, tirando dali um pacote embrulhado em jornal.

— O que é isso?

— Seu desejo — responde ele, com um sorriso, e eu prendo a respiração enquanto desembrulho as páginas do caderno de esportes. Quando descubro o que é, caio na gargalhada.

— Um avestruz? — pergunto, levantando o bicho de pelúcia.

— O que posso dizer? Só estou tentando realizar todos os seus sonhos.

Leo está nos encarando, obviamente confuso.

— Não entendi.

— Ela é uma grande amante de avestruzes — diz Teddy à guisa de explicação, o que só faz Leo franzir ainda mais a testa.

Observo o bicho de pelúcia em minhas mãos, examinando seus olhos de vidro e suas penas macias.

— Obrigada — agradeço, pensando naquela manhã de neve, nós dois conversando enquanto Teddy revirava a lixeira em busca do bilhete que mudaria tudo tão completamente. — Eu amei.

— Ah, e mais uma coisa — acrescenta ele, tirando uma folha de papel dobrada do bolso e entregando-a para mim.

Quando a abro e vejo a palavra *Quênia* impressa no topo, fico com a garganta apertada. Fico olhando a página, pensando na foto de meus pais lá, o sol se pondo, a girafa solitária e como eles estavam se olhando, como se estivessem completamente sozinhos no lugar mais quieto da Terra.

— Quênia — digo suavemente, esperando a dor, a pontada, aquela sensação de calor que toma conta de mim sempre que penso neles, nas coisas que eles um dia fizeram e que ainda estariam fazendo se o destino não tivesse intervindo.

Mas ela não vem.

Tudo o que vejo agora é Teddy: seu sorriso esperançoso, a ruga entre suas sobrancelhas que expõe preocupação, o peso de sua mão na minha.

— Como você sabia?

— Aquela foto em seu quarto. Já vi como você olha para ela. Mas eu não tinha certeza se seria algo que você...

— Sim — interrompo, e, então, repito: — Sim.

Ele sorri para mim.

— É? Bom. Porque vamos fazer uma semana de safáris e espero que a gente consiga ver avestruzes de verdade em algum momento. E depois vamos fazer trabalho voluntário em um orfanato local. — Ele faz uma pausa. — Imaginei que estaria ok por você.

Quase sem querer, eu me deixo cair em cima dele, e Teddy me envolve com os braços de modo que consigo escutar o bater constante de seu coração.

— Não conseguiria pensar em nada melhor — digo, sorrindo contra seu peito, e ele ri.

— Nem uma ilha?

— Nem uma ilha — respondo, me endireitando de volta.

Do outro lado do cômodo, Leo desliza de cima da bancada.

— Quênia? — pergunta ele, com uma casualidade meio forçada. — Nossa. Parece bem divertido. Bem divertido. Quando vocês vão?

— Em duas semanas — responde Teddy. — Vamos ficar nesse acampamento incrível em um safári com tendas com vista para a savana, e dá para ver os leões e as girafas e as zebras e elefantes e...

— Legal — repete Leo. Ele se levanta e vai até a porta, chutando alguns pedaços de plástico bolha para encontrar seus sapatos, calçando-os em seguida. — Isso é bem, bem legal. Aposto que vão se divertir muito.

— Você sabe que vai com a gente, né? — revela Teddy, e Leo dá meia-volta, a expressão cautelosa.

— Vou?

— Claro. Como poderíamos ir para a África sem você e Max?

Leo arregala os olhos.

— Max também?

— Max também. Se você quiser.

— Sério?

— Sério.

— Isso — diz Leo, correndo até Teddy e o abraçando — vai ser épico.

— Vai mesmo — concorda ele, rindo. — Agora cai fora daqui. Vá contar a Max.

Leo se levanta de um pulo, correndo praticamente na ponta dos pés até a porta, e não consigo prender o sorriso ao observá-lo, porque me sinto da mesma forma: ansiosa e excitada e loucamente, impossivelmente feliz.

— Ei! — chama Teddy. — Como você vai até lá?

Leo dá de ombros.

— Não sei. Provavelmente de ônibus.

— Aqui — diz ele, pegando uma chave de cima da mesinha de centro e atirando-a para Leo, que a encara.

— O conversível?

Teddy assente.

— É todo seu.

— O quê? — pergunta Leo, congelando.

— Pega.

— Sai daqui. — Ele parece ligeiramente em pânico. — Você ama aquela coisa.

— É, bom, não é mais muito meu estilo. — Teddy se vira para mim e dá um sorriso tímido. — Além disso, se tudo der certo, você vai precisar de um carro ano que vem, certo?

Leo demora um instante para responder; ele está ocupado demais encarando a chave em sua mão.

— Sei que é uma coisa meio estranha de se dizer considerando tudo — diz ele, finalmente. — Mas eu meio que sinto que acabei de ganhar na loteria.

— Engraçadinho — diz Teddy, fitando meus olhos novamente. — Eu também.

Quarenta e Nove

Quando termino de empacotar tudo da cozinha, a única coisa que falta é o pote de biscoitos em forma de hipopótamo, e fico parada com uma das mãos sobre sua cabeça de vidro, perdida na lembrança daquela manhã azul e fria, quando o bilhete estava guardado ali dentro em segurança, ainda um segredo, ainda apenas uma possibilidade, ainda apenas nosso.

Agora, o sol do meio-dia está inundando o cômodo com um tom de mel, o pote está mais uma vez cheio de Oreos, e Teddy — o mais jovem ganhador da história da loteria Powerball — está em seu quarto, atirando suas meias uma a uma na caixa que deveria estar arrumando, e a história daquele bilhete, daquela manhã, não pertence mais a nós.

Ela pertence a todos.

Do outro lado da cidade, tio Jake e tia Sofia estão tomando café da manhã na cozinha quieta da casa de pedras, o filhotinho roncando debaixo da mesa. A alguns quilômetros de distância, Katherine McAvoy está a caminho do hospital, onde passará o dia inteiro reconfortando uma menina de 7 anos com leucemia, não porque está sendo paga, mas sim porque ali é onde ela deve estar.

E Leo está dirigindo para buscar seu namorado em um carro esportivo vermelho, já pensando no ano seguinte, nas diversas viagens que fará dentro dele desde que sua sorte continue. Max está esperando para surpreendê-lo com ingressos para o novo filme da Pixar, porque ele conhece Leo melhor que qualquer pessoa.

Em Portland, Oregon, uma mulher está parada na frente de um mercadinho, pensando na última vez que esteve lá, com quatro filhos no carro e um marido doente em casa, e um longo dia de trabalho pela frente. Ela fecha os olhos, grata por seja lá o que a fez comprar um bilhete premiado naquele dia enquanto pagava por seu café ruim e gasolina cara demais.

Ao sul, na pontinha da Flórida, um senhor está acendendo as velas de um enorme bolo. Quando ele escolheu seus números, todos aqueles meses atrás, tentou usar as datas de aniversário de seus netos, só que errou uma delas. Ele errou por dois dias, o que criou uma nova tradição em família. Hoje, eles estão comemorando o aniversário de sua neta mais nova pela segunda vez na semana.

E o homem que estava trabalhando no caixa da lojinha de conveniências naquela noite de neve está abrindo uma poupança para seu filho de 2 anos, que será o primeiro em sua família a ir para uma faculdade por causa do dinheiro do bônus que seu pai recebeu por vender o bilhete vencedor.

E um dos funcionários da loteria está lendo um artigo em uma revista sobre o que alguém tão jovem e rico como Teddy poderia fazer depois de se formar na escola, porque, mesmo depois de doze anos assinando cheques milionários, ele gosta de acompanhar os vencedores, e ver quais desabam sob o peso de tanto dinheiro e quais o usam para tornar o mundo um lugar melhor.

Às vezes ele até aposta neles com sua esposa.

Quanto a Teddy, ele está prestes a perder.

Em São Francisco, a mulher do frango está trabalhando um turno no asilo, ouvindo pacientemente uma mulher que soa exatamente como ela soava, com uma mãe doente e sem saída, ao que a mulher do frango escuta e acaricia sua mão e abre um novo arquivo, sabendo que agora existe algo que ela pode fazer, o que é a melhor sensação do mundo.

E Sawyer está sonhando com castelos na Escócia, e Charlie está entrando em uma reunião, e Caleb está tirando uma soneca em seu novo lar adotivo, abraçando com força seu porquinho de pelúcia.

E o homem que estava atrás de mim na fila aquele dia, que ganhou exatamente quatro dólares com seu bilhete e imediatamente o usou para comprar outro, que não lhe rendeu nem um centavo, está aparando sua grama, porque sua vida não mudou nada. E quem pode dizer se isso foi melhor ou pior do que o que aconteceu a Teddy, o que aconteceu a mim?

Talvez tudo fosse seguir o mesmo rumo não importa o quê.

Talvez sempre fosse para ser assim.

Talvez nunca fosse realmente sobre os números.

Cinquenta

Teddy vem deslizando até a cozinha com meias diferentes em cada pé: uma com desenho de monstro, com dentes grandes e olhos vesgos, a outra cheia de bigodinhos.

— Olha o que encontrei — diz ele, vindo por trás de mim e abraçando minha cintura. Ele afunda seu nariz em meu pescoço, e eu estremeço, me virando para ele. Ele olha para seus pés, mexendo os dedos. — Estavam presas embaixo de minha cama.

— Combinam perfeitamente — digo, e, sem avisar, ele se abaixa para me beijar.

Em um instante, minha cabeça fica leve, e meus ouvidos zumbem, e nossas mãos estão por toda parte. Ainda é uma novidade, essa coisa entre nós, mesmo que Teddy não seja uma novidade propriamente dita, mesmo que ele seja a coisa mais familiar do mundo, e que isso torne tudo tão melhor, e toda vez que ele me beije — toda santa vez — eu tenha a sensação de que talvez a gente nunca mais vá conseguir parar, que poderíamos muito bem resolver viver assim, boca com boca e quadril com quadril, juntos pelo resto de nossos dias.

Mas, então, ele me empurra alguns passos e eu bato na geladeira, e nos separamos, ambos sorrindo loucamente e respirando rápido demais.

— Oi — diz Teddy, o que ele faz basicamente toda vez que paramos, como se ainda estivesse surpreso e encantado em descobrir que era eu que ele estava beijando o tempo todo.

Sorrio de volta para ele.

— Oi.

Ele se inclina para a frente, apoiando as mãos no freezer, uma de cada lado de minha cabeça, me prendendo no lugar, como se fosse me beijar novamente, mas, então, ele franze a testa e se afasta.

— Essa coisa está bem velha — comenta ele, e pisco repetidamente, confusa.

— O quê?

— A geladeira — explica ele, olhando em volta. — E o forno também, na verdade.

— Era nisso que você estava pensando?

Ele ri.

— Desculpe, mas...

— O quê?

— E se eu surpreendesse os inquilinos que morarão aqui comprando alguns eletrodomésticos novos? — sugere ele, animado de repente. — Não seria legal se eles entrassem e dessem de cara com tudo novo?

— Seria bem legal — concordo, com sinceridade. Sempre que ele fala assim, sempre que ele se acende ao pensar em fazer alguma gentileza, meu coração começa a parecer grande demais para o peito.

Ele se abaixa na frente do forno, abrindo a porta enferrujada e olhando ali dentro. O momento claramente se foi, então, pego o saco de lixo marrom deixado ao lado da pia.

— Não jogue fora nada importante — lembra Teddy, sem olhar para cima, e posso ouvir o tom de risada em sua voz.

— Essa piada nunca vai perder a graça — admito. — Jamais.

Mas, quando saio para o corredor, sou tomada de novo pela lembrança daquela manhã, de como chegamos perto de perder o bilhete, de como algo tão pequeno — um pedacinho de papel perdido — poderia ter mudado as coisas de forma tão dramática.

Depois de jogar o saco de lixo na calha, olho por um bom tempo para os números de bronze do apartamento ao lado: 13. Houve uma época que desejei que nada disso tivesse acontecido, quando desejei que o número treze não tivesse sido dito ao homem atrás do balcão aquele dia. Mas agora não. Ele não parece mais uma armadilha nem uma mina terrestre nem uma cicatriz, aquele número. É uma coisa inteiramente diferente: uma lembrança, uma devoção, um amuleto da sorte.

É o que me trouxe até aqui.

E aqui é um lugar muito bom de se estar.

Quando entro de volta, Teddy está parado na frente da geladeira, de costas para a porta, com a cabeça abaixada, então, só quando ele se vira para mim, percebo que há algo errado. O cabelo está arrepiado do jeito que costuma ficar quando ele passa muito os dedos pelos fios, e ele parece um pouco pálido. Demoro mais alguns segundos para notar o cartão que ele está segurando, e, assim que o faço, meu coração despenca tão rápido e com tanta força que sinto como se ele de fato pudesse ter deixado meu corpo.

Encaro a geladeira, que foi afastada alguns centímetros da parede, e, então, de volta para o cartão, que ele está segurando com ambas as mãos, e depois para suas meias ridículas: qualquer lugar menos seus olhos, que tenho medo de encarar, porque tenho medo do que posso ver neles.

Tanto tempo se passou desde aquele dia de neve no ônibus, tanto tempo desde que peguei a caneta de Leo emprestada e esvaziei meu coração naquela página. Tanta coisa aconteceu desde aquela noite. Tanta coisa mudou. E agora arruinei tudo, só por causa de um momento idiota e descuidado alguns meses atrás, quando cometi o erro de escrever em um cartão de aniversário as três palavras que ainda não dissemos em voz alta um para o outro. Se isso não for suficiente para assustá-lo, para pensar melhor em nós dois, não sei o que poderia ser.

Eu devia saber melhor que qualquer pessoa que a sorte não é um recurso infinito.

E aqui, agora, posso ter finalmente usado o restinho que eu ainda tinha.

O silêncio se prolonga. Ainda estou parada junto à porta, e Teddy ainda está diante da geladeira. A distância entre nós dois é insuportável. Ele segurando o cartão, e, de onde estou, quase posso ver as palavras, apesar de carregá-las comigo há tanto tempo que não preciso me lembrar. Elas são como um segundo batimento cardíaco, estáveis e dolorosas e verdadeiras: *Eu te amo, eu te amo, eu te amo.*

Estou me preparando, esperando para que o momento siga um rumo ou outro, esperando que tudo termine ou comece. A imobilidade da cozinha é abafada e tensa. Uma nuvem passa pelo sol, e o cômodo escurece. Em algum lugar distante, uma sirene toca. E, em meio a essa quietude, solto o fôlego e estremeço, antes de finalmente me forçar a olhar nos olhos de Teddy.

Eu pensava já conhecer todos os seus sorrisos, achava já tê-los memorizado e categorizado. Mas este é diferente. O modo com que ele está me olhando agora, é como se ele estivesse prestes a se transformar em uma pessoa completamente diferente. É como se seu navio estivesse prestes a ancorar.

É como se ele fosse a pessoa mais sortuda do mundo.

É como se ambos fôssemos.

AGRADECIMENTOS

Nunca ganhei na loteria, mas muitas vezes sinto como se tivesse ganhado, e isso é por causa de todas as pessoas incríveis na minha vida. Este livro não teria acontecido sem muitas delas.

Primeiro, devo um grande agradecimento à minha agente e amiga, Jennifer Joel. Já trabalhamos juntas há mais de dez anos e não consigo pensar em ninguém que eu preferiria ter do meu lado.

Sinto-me tão incrivelmente sortuda por ter pousado na Delacorte, e sou tão grata à minha editora, Kate Sullivan, pela enorme quantidade de tempo, amor e energia que ela despejou neste livro. Obrigada Beverly Horowitz por realizar todos os meus sonhos editoriais e a Barbara Marcus por seu incrível entusiasmo e apoio. Minha assessora de imprensa, Jillian Vandall, é a melhor de todas. E fiquei emocionada por poder trabalhar com Dominique Cimina, Kim Lauber, Judith Haut, Adrienne Waintraub, Laura Antonacci, Cayla Rasi, Kelly McGauley, Kristin Schulz, Kate Keating, Hannah Black, Alexandra Hightower, Alison Impey, Christine Blackburne, Colleen Fellingham, Barbara Bakowski e o resto do maravilhoso time da Random House. Obrigada por fazerem tanta mágica acontecer.

Eu não conseguiria fazer nada disso sem Kelly Mitchell, minha irmã e caixa de ressonância.

Tenho muita sorte por ter amigos que não só são incríveis autores, como também atenciosos e generosos leitores: Jenny Han, Sarah Mlynowski, Aaron Hartzler, Elizabeth Eulberg e

Morgan Matson. Tenho uma enorme dívida de gratidão com Siobhan Vivian por ter pensado no título, e a Jenni Henaux, Ryan Doherty, Anna Carey, Robin Wasserman e Lauren Graham por toda a orientação e encorajamento ao longo do caminho.

Foi um verdadeiro prazer trabalhar com Rachel Petty, Venetia Gosling, Belinda Rasmussen, Kat McKenna, Bea Cross e George Lester na MacMillan no Reino Unido. Sou sempre grata a Stephanie Thwaites, Roxane Edouard, Becky Ritchie e Hana Murrell da Curtis Brown por tudo que eles fazem por mim em todo o mundo. Muito, muito obrigada a todos da ICM, especialmente Josie Freedman, John DeLaney e Sharon Green. E — como sempre — a Binky Urban, sem quem nada disso teria acontecido.

E finalmente, é claro, minha família: Papai, mamãe, Kelly, Errol e Andrew. Muitíssimo obrigada.

Este livro foi composto na tipologia Minion Pro,
em corpo 11/14,8, e impresso em papel off-white,
no Sistema Cameron da Divisão Gráfica
da Distribuidora Record.